La ligne des glaces

Emmanuel Ruben

La ligne des glaces

Roman

Rivages

Retrouvez l'ensemble des parutions
des Éditions Payot & Rivages sur

payot-rivages.fr

Collection dirigée par Émilie Colombani

© 2014, Éditions Payot & Rivages
106, boulevard Saint-Germain – 75006 Paris

Pour Riva Schefer

I

Gel

*Enlil, le roi de tous les pays, le père de tous les dieux,
par sa ferme parole, délimita la frontière [...].
Mesalim, le roi de Kish, la mesura à la corde
d'arpentage [et] y érigea une stèle [...]. Entemena, le
prince de Lagash, eut beau envoyer des messagers à Ila
au sujet de ce talus, Ila, le prince d'Umma, voleur
de domaines, diseur de vilenies, déclarait :
« Le talus frontière... est à moi... »*

Cunéiforme sumérien, cône d'Entemena,
vers 2400 av. J.-C., Tello
(Irak actuel, conservé au musée du Louvre)

FATA MORGANA

Embarqué ce matin dans le port de N. à bord du *S/S Nordost* à destination de V. Vers huit heures, le paquebot qui vient de se faufiler entre les dernières îles de l'archipel intérieur aborde le large, le brouillard se dissipe, les passagers affluent sur le pont, il fait frais, le ciel est d'un bleu pâle mais chacun souhaite admirer le panorama des îles s'éparpillant dans notre sillage – on laisse bientôt à bâbord un îlot semblable par ses couleurs à tous les autres, vert-noir des conifères, vert-jaune de quelques feuillus, rouge sang d'un petit cottage en bois qui jette sur les grosses baleines de gneiss son ponton de poupée, et comme cette terre de rien du tout derrière son grand phare blanc paraît la dernière avant la haute mer, je demande son nom – *Sandhamn*, me répond un inconnu et, traduisant aussitôt en anglais, *the sand haven*. Peu pressé de quitter le pont malgré le froid, je garde un instant les yeux rivés sur l'horizon désormais vide. Encore au moins dix heures avant V. Et voici que surgit soudain des lointains brumeux une silhouette qui flotte sur l'eau noire – pétrolier ? ferry ? paquebot ? chalutier ? mais, non, quelque chose me dit que cette silhouette n'est pas celle d'un navire, et la silhouette se fait plus précise, insistante, pas moyen d'en détacher les yeux, on croirait une île montagneuse à la dérive qui avancerait vers nous – j'ai consulté plusieurs fois la carte et je sais qu'il n'y aura sur notre chemin pas la moindre île, aucun rocher, une fois passé l'archipel. La rive opposée, déjà ? À ma droite, un type emmitouflé dans un plaid sombre, l'air d'un habitué, se tient immobile au bastingage. Je lui montre du doigt l'île qui avance droit devant nous, dont on voit se découper les cimes. Lui : *You speak English ? French ? You are French ? Really...* Puis dans un français parfait, sans accent, les *r* légèrement appuyés : Très bien. Parlons français, monsieur. Nous appelons cette île *Gunnarsöra*, c'est un *fata morgana*, ce genre de phénomène optique est fréquent sous nos latitudes, tout le monde en est victime, moi autant que vous, et je fais le trajet plusieurs fois par an – vous trouverez même Gunnarsöra sur les vieilles cartes, Gunnarsöra Gunnarsöra Gunnarsöra, trois taches vertes ici ou là, on ne sait pas si les Anciens pensaient que cette île existe réellement ou s'ils la situaient pour mieux dénoncer qu'elle n'est qu'une illusion. Impressionné par cette explication dans ma langue maternelle, étonné de constater que la première personne qui m'adresse la parole s'exprime dans un français livresque, je reste hébété, le coude appuyé contre le bastingage glacé, me pince le bras, non, je ne rêve pas, et songeant à ce *fata morgana*, songeant à cet archipel intérieur que nous laissons derrière nous, tenant coûte que coûte à voir dans ces mots des signes, des traces, des empreintes d'une piste à suivre, je quitte le pont, retourne dans ma cabine, m'abîme en pensée à travers le hublot dans ce vaste lavis bleu-vert qui nous berce en silence, ouvre le calepin blanc qui me sert d'agenda, pris d'un frénétique besoin d'écrire, de noter tout ça. Un *fata morgana,* ça commence bien. Où suis-je ? Où donc ai-je entendu, lu, vu quelque chose sur les *fata morgana* ? Puis, d'un coup sec, je tire le rideau. Impossible de m'endormir. Anxiété croissante. Efforts vains, désespérés, pathétiques, pour trouver le sommeil. Bribes par bribes me reviennent des rêves récurrents – comme des bouffées de fraîcheur.

VERS LE GRAND NORD ?

Je note ces rêves à toute vitesse avant qu'ils ne disparaissent. Il y a d'abord un petit train jaune, un sacré tortillard, un brin ridicule, sa locomotive pourvue d'un fuselage de quenouille, ses wagons courts, leur toiture basse, très basse – décapotée, même, au point qu'en surgit la trogne hagarde des passagers –, et ce tortillard trottine à grands cris d'essieux, de tunnel en tunnel, de viaduc en viaduc, et de gare en gare. Sur des panneaux bleu nuit, des caractères blancs dessinent des noms très longs, tout en voyelles, exotiques. Exotiques ? Je ne sais de la langue du pays promis que des formules élémentaires de politesse mais j'ai la certitude que cet exotisme est, oui, de là-haut. Paysages bizarres. Dans une des gares, qui donne sur une espèce de forêt ferrugineuse, de taïga d'acier, un escalator s'élève en colimaçon à travers un massif de fougères rouillées, franchit d'épaisses frondaisons de ferrailles ; le petit train jaune, qui s'avère un funiculaire, tourbillonne dans ce monde métallique et vrillé, puis reparaît en trottinant de plus belle, d'une grâce adolescente, sur des mamelons neigeux. À la fin du rêve, le petit train parvient à travers la brume en vue d'une cité en ruine, mi-gothique, mi-industrielle, avec des cheminées d'usine côtoyant, percées de meurtrières, des tours de guet ? des miradors ? car on distingue à leur pied, non pas des barbacanes mais des barbelés. Ce rêve récurrent, je l'ai décrit la semaine dernière à une psy. Elle a tenu à remonter à mon enfance. Un petit train dans votre enfance, ça ne vous rappelle rien ? Oui, comme bien des enfants, j'ai joué au petit train avec mon père, un petit train de fabrication suisse ! Le mot *ridicule*, surtout, l'a intriguée. Et une expérience *ridicule* – elle a insisté sur le mot ridicule, sur la dernière syllabe –, et une expérience *ridicule* quand vous étiez petit, ça ne vous dit rien ? Et la couleur jaune quand vous étiez petit ça ne vous dit rien ? Que lui répondre ? Que je tenais au moins deux des raisons pour lesquelles j'avais rêvé de petit train, cette nuit-là ? Primo : que la lenteur du métro m'avait fortement agacé – j'étais en retard à mon rendez-vous, trop de stations, trop de correspondances, une panne d'électricité, un accident passager. Secundo : que j'avais passé l'après-midi à feuilleter des brochures touristiques empruntées à l'ambassade du pays où me voici affecté. Les forêts de hautes grues multicolores des paysages portuaires m'avaient laissé une vive impression et je m'étais attardé sur un article illustré d'une photo en double page : un petit train jaune avec à l'arrière-plan – superbe, aérienne, indigo – la mer.

Dans le second rêve récurrent, de retour d'un Venezuela où je n'ai pourtant jamais mis les pieds, je passe au ministère, on me confirme mon petit exil volontaire – en sortant de la rue La Pérouse, le sourire idiot sous la drôle de moustache qui me donne un air plus romanichel que diplomatique, j'entre en fanfaron dans la première librairie qui se présente, achète une carte, la déplie dans le métro sous des regards interloqués. La mine d'un critérium pointe – ou dessine ? – un petit archipel tout au nord de l'Europe. Apparaissent les paysages, comme si les pans de la carte, à force d'être scrutés, lissés, pliés, dépliés, s'ajouraient – des arbustes ensevelis sous la neige, du blanc, rien que du blanc, la mer gelée. Paysages avant-coureurs de toundra, de banquise, de Grand Nord.

Quelques heures plus tard, je vérifie que mes rêves sont à mille lieues de la réalité. Une terre déjà vue : telle est la première impression qui se grave dans mon cerveau à l'approche du rivage. Retombe d'un seul coup, face aux premiers paysages aperçus depuis le bastingage, toute l'excitation du départ, qui m'a tenu en éveil pendant les douze heures de la traversée. J'ai rêvé des nuits et des nuits du Grand Nord et le sentiment que j'ai, tout à coup, c'est de caboter tranquillement en Méditerranée. Comme si l'on ne quittait jamais sa petite Méditerranée mentale.

OSTALGIA

Fuir le monde d'Est en Ouest ou du Nord au Sud
est l'un des sports les plus pratiqués de la jeunesse
européenne. Pour ma part, je file à rebours de mes
contemporains – j'ai fui les États-Unis pour le Canada,
le Canada pour l'Italie, l'Italie pour la Turquie, la Turquie pour ici. L'Occident, l'Ouest – ou mettons, ce que
j'en ai vu, cet immense *Midwest* qui va de Vienne,
Autriche à Denver, Colorado – a pris pour moi la figure
d'un cauchemar aseptisé qu'il faudra désormais tenir à
l'écart de ma boussole intime. Revoir la France m'effraie
chaque fois que j'y dois faire halte, comme nous effraie
le souvenir d'un visage que nous aimons trop, qui
vieillit, qui pâlit, qui grisonne et blanchit plus vite
encore que nous ne pouvions l'imaginer. Je me suis rêvé
tour à tour Iroquois, Romain, Turc, Araucan ; aucun
de ces rêves ne s'est concrétisé ; de ces tentatives
avortées de devenir un autre, j'ai gardé une barbe de
trois jours, des cheveux longs noués en catogan, et la
mauvaise élégance italienne – chemise à rayures, col dur

15

amidonné. C'est sur le pavé stambouliote que le besoin m'est venu de repartir vers le Nord. Par quarante degrés à l'ombre, la chemise trempée de sueur, rasant les murs, guettant la moindre encoignure, comment ne pas rêver Sibérie, Laponie, Groenland, Kamtchatka ? Repartir vers le Nord, oui, mais ne surtout pas, pour rien au monde, rentrer en France. D'avoir passé le plus clair de son temps, là-bas, le nez dans des bouquins, à rédiger des rapports, à composer des notes de synthèse, vous fait oublier que c'est un pays où l'on peut vivre, aimer, rêver, respirer. Enfin je savais qu'à l'avenir, la France ce serait Paris et je cherchais à repousser le plus loin possible le jour fatidique où il me faudrait débarquer là-bas, dans cette métropole inconnue que j'imaginais grouillante de désirs sous ses jupes grises, où je devrais me mêler anonyme à la foule anonyme, et dont le seul nom, Paris – gonflé de l'écho de trop de lectures, de la fermentation de trop d'ambitions, de fantasmes, de rêves inassouvis –, m'intimidait. Istanbul ! Errer de longues heures durant dans ses ruelles pavées, ses passages couverts, ses bazars, ses jardins, ses mosquées, ses cimetières, les recoins mal famés où l'herbe et les figuiers surgissaient des caniveaux – errer de la sorte m'avait suffi les premiers mois, je me croyais comblé, le soleil et le vent ne relâchaient jamais leur étreinte, j'étais captif de cette Porte d'Orient, de ce ventre à touristes, de ce vaste palais de Circé où je n'écrivais pas, ne lisais pas, n'étudiais pas, ne rêvais pas. Et puis l'été venu, le vent tiédissant, le soleil de plomb que réflé-chissait la verroterie environnante m'avait cloué – et voilà que j'étais pris par bouffées d'une étrange nostalgie :

mon petit bocage natal m'apparaissait au fin fond du Bosphore, avec ses murs de torchis, ses brouillards sans vaisseaux, sans voiliers, que le fleuve étalait le matin, dont affleuraient à grand-peine, vers midi, les cimes bleutées des Alpes. Repartir vers le Nord, par pitié, peu importe où, pourvu qu'il y ait plus de verdure et moins de chaleur. C'est un des jours les plus torrides de la fin de l'été que j'ai accueilli la nouvelle inespérée de mon affectation. Petit tressaillement de joie ; sourire de mon entourage – mais bon sang, qu'est-ce que tu vas foutre là-bas ? Difficile de dire les vraies raisons qui m'ont fait accepter, à vingt-cinq ans, un poste dans une ville inconnue, dans un pays inconnu, sous des latitudes peu propices à l'idée de douceur et de volupté qui s'attache d'ordinaire aux voyages. Le besoin de partir pour des contrées dont nul ne savait rien ? En Italie, aux États-Unis, au Pérou, en Turquie, j'avais vécu dans des villes qui étaient trop de livres, trop de couplets, trop d'images. J'avais besoin d'un de ces *pays sans légendes*, fût-il condamné, comme disent les poètes, à mourir de froid. Ce que j'ignorais, c'est que les pays sans légendes n'existent pas – que tous les coins de terre se valent, que l'exil est un mythe, l'asile notre séjour.

Il est temps de décrire la ville qui sera pendant un an mon séjour. Tiré par une énième insomnie du canapé qui me sert de couche, je descends dans la rue sombre, curieux de savoir, malgré le froid, où je me suis aventuré, où je vais risquer les douze prochains mois de ma vie. M'ont toujours attiré ces vieilles cités léthargiques dont on craint d'éveiller les fantômes en s'aventurant au petit matin dans leurs rues. Étroites, pavées, désertes, brumeuses, les rues de cette petite capitale me rappellent dès le premier abord Amsterdam. Privée de ses cyclistes et de ses grandes bicyclettes noires, la ville que je découvre à mon réveil, avec le réseau concentrique de ses ruelles et de ses canaux, pourrait être hollandaise et cette impression se confirme quand je surprends, toute à sa toilette, dans sa vitrine, sous un néon rose, une prostituée. À sa vue s'envole l'image angélique et blondinette que je me faisais des autochtones du métier : c'est une femme plantureuse, la peau couleur d'argile, le ventre feuilleté de plis, les cuisses maculées de taches verdâtres, le visage large et lippu, le crâne aplati ; les yeux bridés trahissent une origine asiatique ; son sexe glabre est enfoui sous la chair surnuméraire, ses fesses sont d'une déesse aurignacienne, ses énormes seins suintent de tristesse – leurs aréoles me décochent un regard noir. Quelques mètres et quelques putes plus loin, on passe des bordels aux boîtes de nuit, des boîtes de nuit aux bars, des bars aux cafés, des cafés aux banques. Pur automatisme, je relève au passage, sur les enseignes phosphorescentes, les noms estampillés par notre paroisse planétaire : *McDonald's, Double Coffee, Stockmann, Philips, Sushiland, Nostalgia* – cette dernière enseigne est un vieux néon rose qui clignote pitoyablement, son initiale manquante, évaporée : *ostalgia, ostalgia, ostalgia*. Malgré la pluie qui se met à tomber à verse, je tiens à poursuivre ma ronde de jour et m'engage, pressant le pas, vers des ruelles obscures, espérant que les vieux murs boursouflés, les centaines de portes cochères, les nuées d'encorbellements, les encoignures par milliers – espérant, oui, que toutes les bizarreries de cette architecture médiévale sauront m'abriter. Ce n'est pas tous les jours que se présente la chance de découvrir une ville inconnue. Seulement, au bout de mon errance dans tout ce dédale de venelles torves, si étroites que les toits jouent à touche-touche, ce n'est plus vraiment Amsterdam qui me revient en mémoire mais ma ville natale.

Ayant franchi un porche gravé d'une date en chiffres romains, je débouche sur un boulevard noir, bourdonnant. Toute la ville s'éveille au carillon des klaxons ; une sonnerie stridente, un vrai bruit de crécelle, me traverse les tympans : un tramway pile, grince, couine ou râle, comme un vieillard époumoné. Une foule élégante et bigarrée en jaillit, se presse en tous sens, s'éparpille à grands pas. Et puis non, je ne suis pas dans une de nos bourgades à l'agonie, je suis bien dans une capitale. Une petite capitale d'Europe. Une Amsterdam miniature, une Amsterdam au ralenti. Sans le ronron des dynamos. Sans les rais jaunes des veilleuses qui hachent le brouillard batave. Mais avec de jolis néons roses qui n'auraient pas franchement dépareillé le *red light district*. Hommes et femmes marchent au pas, leurs talons martèlent le pavé, les grands yeux hypnotisés de ce régiment dégingandé m'ignorent – au point que je me retourne et me demande si je ne suis pas invisible, inexistant, chimérique. Grandes et blondes pour la plupart, les femmes sont rousses parfois, quand elles n'ont pas les cheveux teints dans un noir obscène, pareil à celui des perruques dont sont affublés les mannequins, là, sur le plastique beige de leurs têtes sans visage, dans les vitrines dépourvues de néon rose. Les plus jeunes sont longilignes, en minijupes, maquillées à la truelle ; les plus vieilles sont moins outrageusement coquettes – c'est qu'elles étrennent déjà leurs fourrures, bien qu'il ne fasse pas très froid. Seraient-elles impatientes de retrouver cet hiver qui leur va sans doute à ravir ?

À l'aveuglette je m'engage dans une large avenue qui longe un parc planté de tilleuls ruisselants, leurs feuilles d'un vert fatigué, jaunissant. Bientôt, happé par la foule, pressé contre une rampe de fer, je dévale un escalier de béton qui plonge sous un carrefour chaotique. La même foule se rue au trot dans un lacis de souterrains – véritable enfilade de boutiques obscures que hantent des ivrognes titubants, un fleuriste en mitaines, un marchand de fruits et légumes, un bouquiniste, un brocanteur, un clochard tapi sous ses cartons. Lorsque de grosses gouttes m'indiquent que je suis de nouveau à l'air libre, que je vais bientôt pouvoir rouvrir les narines, reprendre mon souffle, je vois se dresser une immense tour grise, décapitée par cette chape de plomb fondu ; le fanal fluorescent d'un gros cadran d'horloge flotte là-haut : la gare. À ce moment, la pluie redouble d'intensité, je cours sur le trottoir trempé en direction d'un large tunnel qui s'engouffre à l'angle de grands bâtiments vitrés. Suspendus au ciel gris, des pylônes fuligineux et cruciformes, des câbles électriques, des bornes kilométriques, des feux de position. Je m'aventure sous un viaduc ferroviaire – tout vibre, tout gronde, les rails, le ballast, ma moelle épinière, ma cervelle embrumée : un train s'ébranle, me passe sur le dos, je me bouche les oreilles. Là, nouvelle enfilade de vitrines, mais d'un aspect vraiment lugubre – quant aux gens qui me croisent sans me voir, dans une foule qui s'étiole et ralentit sa cadence, ils ont l'air sans élégance, sans afféterie, leurs gestes sont moins décidés, moins magnétisés, leurs mines sans fards ou mal fardées, leurs regards tristes – bref, tout l'indique : ceux-là sont pauvres, très pauvres. Ici, sous ce tunnel, finissent les beaux quartiers – le viaduc de la gare, comme souvent, doit tracer la limite du centre-ville. Une soudaine sensation de faim vient contredire ma curiosité d'aller plus loin ; à cela s'ajoute l'obscur sentiment qu'il est temps de faire demi-tour ; une menace plane dans l'air, menace non pas de m'égarer mais d'être anuité là, en pleine matinée, et c'est à ce moment-là que survient une vieille clocharde en frac militaire, les cheveux gris filasse. Elle s'approche à pas claudicants, me demande l'aumône, m'invective en allemand, aucun doute, c'est bien de l'allemand, de l'allemand rocailleux, les r roulés, dialecte bavarois ou tyrolien, qu'elle a braillé, qui s'est échappé avec des relents d'alcool et de bière de sa gueule édentée, deux incisives taillées comme des crochets – déjà la vieille s'agrippe au parapluie que je tiens replié sous le bras, et, grimaçant un dernier *Gib mir,* me l'arrache, s'enfuit, ricanant, sanglotant. Oui, mon vieux, il est grand temps de rebrousser chemin. Mes yeux croisent alors, sur leur présentoir empoussiéré, des casquettes d'officier, lesquelles arborent toutes sortes d'insignes, de toutes les armées réelles ou imaginaires : étoile rouge, croix gammée, ramure d'élan, tête de mort. À travers un filet de camouflage, on peut lorgner dans la boutique sur le point d'ouvrir : avec un cliquetis de réveille-matin, comme actionné sur mon passage, se lève le rideau de fer. Des piles et des piles de casquettes jetées pêle-mêle, des bérets et des chandails de matelot aux bandes bleues délavées, des vareuses vert-de-gris, des pantalons rayés d'or – faucilles et marteaux, sigles SS, étoiles jaunes, épaulettes, galons, panaches, chapkas, grenades, brodequins, kalachnikovs, revolvers, gourdes, gamelles, guêtres, gibecières, et partout, de toutes les tailles, de toutes les formes, des masques à gaz...

Paniqué, je m'arrache – au sens propre, mon blouson s'érafle contre un rideau de fer – du tunnel. La pluie a cessé. Un rayon de soleil darde à travers une trouée de ciel bleu et me laisse songer que le tunnel traversé n'existe pas, que je m'éveille d'un mauvais rêve, que je suis encore à Istanbul, Rome, Chicago, Montréal, et que bientôt, là-bas, sous les cris des mouettes, sous les tilleuls s'ébrouant au vent de midi, j'irai m'asseoir sur un banc respirer cet air vivifiant. C'est alors que se reflète sur les murs vitrés d'un grand magasin l'image diffractée d'un clocher baroque, haut, très haut, torve ou vrillé. Je pousse la porte d'un café, me dirige vers le comptoir, me renseigne en anglais, on me répond d'abord que *nobody speaks english here*, mais un homme taillé comme un bûcheron, cheveux hirsutes et grande barbe blonde, nez de boxeur, se détache de la foule, s'approche et m'apprend, en brandissant son grand index noueux et velu qu'il s'agit du clocher de la cathé-drale Saint-Pierre, *Saint-Peter*, dit-il, *like in Rome, like the Vatican*, clocher reconnaissable entre tous – la vieille ville en est tout hérissée, de clochers ! – justement parce qu'il est vrillé, *because of the war, you know, because they bombed the bell-tower during the war...* Mais, c'était il y a plus de soixante ans ! Songeur, les bras ballants, j'erre au hasard. Cette petite capitale européenne, avec ses vitrines où l'on peut entre deux absolutions, et en toute transparence – déguisé moitié en tchékiste, moitié en SS –, lâcher un peu de lest contre une poignée d'euros, ce serait un musée des horreurs du siècle dernier ? Et le murmure étranglé des gens dans cette ville ! Silence, marmonnements, chuchotis – leur idiome ? Et cette manière ensommeillée, mécanique, de leurs gestes ! Fatigué de marcher sans but, je m'arrête au pied d'un panneau bleu que j'imagine indiquer – partout en Europe la signalétique est grosso modo la même – un arrêt de tramway. Grimpant dans le premier wagon venu, un wagon jaune, comme dans mon rêve récurrent, ignorant comment, combien, qui payer, je cherche des yeux de l'aide, un conseil. Pour toute réponse, le chauffeur aboie quelques mots dans une langue à me glacer le sang, et je dépose au hasard deux ou trois pièces sur le réceptacle saillant d'une cloison de plexiglas. Pressé par la foule grimpant après moi, je sens une rampe m'enfoncer les reins – le gros bras nu qui lâche un instant sa manette et passe à travers la cloison de plexiglas a le poignet zébré de chiffres bleus.

UN AIR DE WAGNER

Bagages livrés dans la matinée ! Étrange, comme on se sent à la fois triste et soulagé à la nouvelle de la fin du périple. Installé, je suis installé ! Enfin, en partie : je loue temporairement à un des employés locaux de l'ambassade, pour une modique somme, un obscur meublé. Situé à quelques minutes de tram du centre-ville, l'appartement se trouve au rez-de-chaussée d'un immeuble vétuste et délabré, murs crépis de gris, façade noircie par les gaz carboniques. Et voici une petite description de mon nouveau domicile : moquette d'une teinte indéfinissable, incrustée de poussière. Cloisons recouvertes d'un papier peint jaunâtre et lépreux. Plafonds fissurés de part en part. Jadis jaune ou peut-être orange, le faux cuir des sofas et le velours du canapé qui me servira de lit ont pris une couleur d'urine. Des fenêtres sales, la vue est à moitié obstruée par des piliers de béton et des gravats – au loin on aperçoit les troncs scarifiés des bouleaux qui émergent d'une mare roussâtre de feuilles mortes. Dans la salle de bains, histoire de compléter le tableau, un maigre filet d'eau froide s'échappe du robinet de la baignoire et ruisselle sur l'émail jauni : le chauffage central ne fonctionnant pas encore, mes douches se devront d'être brèves.

Vers onze heures, je vais prendre mes quartiers – j'écris *prendre mes quartiers*, conscient de tout ce que l'expression charrie de solennel, de pompeux, de romanesque, d'un autre âge, mais justement, tout m'apparaît depuis mon arrivée, solennel, pompeux, romanesque, d'un autre âge. Et cette impression est renforcée, dès que je passe le sas de l'ambassade, par une rumeur étrange qui s'élève dans l'air – on croirait entendre des bribes d'un opéra de Wagner. Comme tous les bureaux sont occupés, on a mis à ma disposition une petite pièce située sous les combles de la chancellerie – un vrai repaire d'espion. En qualité de *volontaire international,* je suis chargé de menues tâches diplomatiques : rédaction de télégrammes, rapports divers, notes de synthèse, mémorandums, correction de la revue de presse. Un vrai travail de scribe.

La façade de l'ambassade a des airs de forteresse néo-gothique et de pâtisserie bavaroise. Elle est trouée de hautes fenêtres en ogive et de meurtrières, avec un grand perron de marbre et, de part et d'autre, des échauguettes. Pierre apparente pour les créneaux et les mâchicoulis, mais tout le reste crépi de rose, un rose idiot de crème meringuée. De la fenêtre de mon bureau, la vue donne sur la place de la Liberté. Entre deux relèves de la garde – pas de l'oie, tenues caca d'oie – je suis des yeux la silhouette rabougrie d'une vieille dame, sac plastique dans une main, dans l'autre une gerbe de fleurs, qu'elle dépose sur les marches du monument. Monument grisâtre et rose à l'arête, et de tout ce rose et ce gris mélangés, lesquels se retrouvent sous mes yeux là, sous mes doigts, crépi rose de la façade qui s'écaille, gris glacial de la pierre d'appui, se dégage une impression macabre.

Impossible de détacher mes yeux du monument. Deux ou trois mots gravés dans la pierre m'interpellent. L'objectif de mon appareil-photo – zoom de 100 mm – fait office de longue-vue. *Pour la Patrie et la Liberté* : c'est le gros dictionnaire trônant sur le bureau parmi des liasses de papier qui assure la traduction. La devise nationale. Patrie & Liberté : au siècle dernier, *exit* l'égalité, l'une n'allait pas sans l'autre. Mais laquelle des deux – Patrie ou Liberté – se hisse au haut d'un obélisque de marbre, sur un piédestal de bronze hideusement oxydé, et, ondine ou sirène triomphante, tend au ciel gris son fessier prometteur, ses seins saillants, ses douze étoiles d'or ? À la vue des drapeaux étoilés qui flottent là-bas sur l'hôtel de Rome, je me dis : aucun doute, cette sirène ou cette ondine, c'est la Patrie recouvrée. La Liberté, elle, n'est pas une ondine, n'est pas une sirène, ne crie pas victoire, n'éclaire pas le monde avec une torche, elle a d'autres chats à fouetter, la Liberté : on la voit à la base du monument, sur un bas-relief usé par les durs hivers, ses muscles marmoréens tout érodés ; elle apporte l'épée, la Liberté, brandit son glaive de travertin, montre un menton glabre et mussolinien, un nez bien grec, une coupe à la Jeanne d'Arc que ceint un diadème – et c'est un ours qu'elle capture, terrasse, muselle, éventre et trucide, la Liberté. Wagner l'accompagne, la Liberté, car j'en suis soudain certain, c'est bien du Wagner, *Parsifal* en personne, qui perce depuis tout à l'heure les murs, mes tympans, mes artères, mes nerfs, et je me demande si ce sont les acouphènes qui menacent, si l'ambassade jouxte une salle de concert, si un de nos voisins écoute la radio à tue-tête ? Et pourtant j'ai cru constater en arrivant ce matin que l'ambassade est isolée du pâté de maisons par de hauts murs barbelés... Et déjà, j'imagine que.... mais, rrrring, la sonnerie du téléphone me rappelle à l'ordre.

BIENVENUE AU SIÈCLE DERNIER !

Monsieur – non, ne surtout pas dire votre Excellence, les avertissements du ministère me reviennent –, monsieur l'ambassadeur, par contre n'oubliez pas la particule, *de* Nollant. Qui me convoque dans son bureau pour me faire savoir ses instructions. L'homme qui m'interpelle d'une voix caverneuse tandis que son secrétaire m'ouvre la porte se tient derrière une immense table d'acajou, dans une odeur de cigare froid – buste large, cou rejeté en arrière contre le dossier de son fauteuil, costume trois-pièces, cravate à rayures, cheveux poivre et sel, brushing irréprochable, grosses lunettes à monture d'écaille, grandes poches sous les yeux. Passé les présentations d'usage, ses premiers mots m'invitent à me considérer en Algérie, au Maroc, à Madagascar, quelque part en Afrique vers la fin des années soixante – d'ailleurs, poursuit-il en jouant avec la petite guillotine qui lui sert à couper ses havanes, mon dernier poste était le Togo, mon avant-dernier le Cameroun, et la plupart de notre personnel revient d'Afrique noire. Vous avez vu les photos de gorilles de Penel, mon secrétaire, il arrive tout droit du Rwand... enfin du Burundi. Non, je n'ai pas vu les photos. L'Afrique, je veux bien... mais pourquoi les années soixante ? Lui de répondre, et je n'y vois d'abord qu'une boutade : vous savez le XXe siècle ici n'est pas fini. Et, me démontrant qu'il a des lettres : vous vous croyez au XXIe siècle ? Vous êtes las du monde ancien ? Vous voulez que le vieux monde vous oublie ? Vous croyez le XXe siècle fini ? Vous verrez, ici, il n'a pas fini d'en finir, le XXe siècle ! La guerre, les camps, la décolonisation, vous savez... Mais passons là-dessus et venons-en à ce que vous êtes venu faire ici. En plus des tâches traditionnelles incombant à un volontaire international, vous devrez vous acquitter d'une mission de la plus grande importance. Et – faisant volte-face sur son fauteuil – l'ambassadeur me désigne de la pointe de sa règle une grande carte placardée au mur. Vous voyez, là, au milieu du golfe, cette ligne rouge, eh bien c'est la frontière maritime. Seulement voilà, cette frontière n'existe pas, cette ligne rouge est purement imaginaire, aucun traité frontalier, vous m'entendez, aucun traité frontalier n'a jamais été ratifié pour la reconnaître, il y a bien un bout de papier signé dans les années vingt mais tout le monde s'en fout, et ces îlots de rien du tout, vous voyez là ces caillasses, sous les punaises, eh bien on se les dispute âprement, cher ami, vous me direz personne ne vit là-bas, oui mais ces caillasses-là sont de la plus haute importance stratégique – Clipperton, vous connaissez Clipperton, qu'on appelle aussi l'île de la Passion, un pauvre atoll perdu en plein milieu du

Pacifique, c'est pour la France plus de quatre cent mille kilomètres carrés de zone économique exclusive... Je l'écoute à peine et retiens de son discours que rien ne permet de dénoncer les incursions de plus en plus fréquentes de bâtiments de la marine voisine dans les eaux territoriales. La semaine dernière, par exemple. Un drone armé aurait survolé les côtes du pays en toute impunité. Protestations. Bruxelles saisi du dossier. Washington informé. Paris impavide. Berlin qui ne décolère pas. Mais rien. Personne ne bouge le petit doigt. Protestations répétées. Redoublées. Toujours rien. Berlin, ah Berlin ! Le contentieux frontalier s'envenime de jour en jour et la France devra sans doute intervenir, comme elle l'a fait plus d'une fois par le passé, en qualité de médiatrice. Abrégeons. Vous êtes juriste, enfin vous avez fait des études de droit, de droit international ? Ah pardon, je dois confondre avec un autre. Rappelez-moi votre nom à vous c'est… Vidouble ? Samuel Vidouble ? Ah oui, c'est vous le géographe ? C'est vous qui savez utiliser les systèmes d'information géographique, les GPS et les logiciels de cartographie, j'ai lu ça dans votre CV ? Parfait. Sachez que l'ambassade entend mettre à profit votre formation. La tâche est peut-être un peu fastidieuse mais n'a rien de sorcier : il s'agit de compiler des strates et des strates de données juridiques, historiques, géographiques, géologiques, des arguments et des événements de toutes sortes, et de les numériser, afin de proposer une délimitation des frontières maritimes susceptible d'être acceptée par les deux parties. Bref, on attend de vous un mémorandum d'une centaine de pages, avec en annexe une liste exhaustive des coordonnées de démarcation. Le tout assorti d'un atlas, d'un bel atlas numérique. À jour, l'atlas. Et à l'échelle la plus précise possible, cela va de soi. Et soyez rigoureux, cher ami, c'est d'une frontière au pixel près que l'on a besoin, vous entendez, je dis bien au pixel près ! Comme la Diète doit se prononcer au printemps prochain, comme une visite du ministre des Affaires étrangères est programmée pour le mois de février, comme les opérations de déminage devront alors s'accélérer, vous avez jusqu'à la mi-janvier.

Je sors enchanté du bureau de l'ambassadeur. L'idée me plaît qu'il me faudra tôt ou tard infiltrer les instances les plus secrètes du pays pour accomplir ma mission. Je me vois montrer patte blanche, franchir des portiques de surveillance, alléguer un motif bidon qu'il me reste à inventer, demander des documents divers, des cartes à des échelles variées et, mes guides le dos tourné, capturer ces documents secrets à l'aide d'un minuscule appareil photo dissimulé dans la doublure de mon costard. D'ores et déjà, je me fabrique un petit roman d'espionnage.

PARTAGE DE L'EUROPE

Quelques heures plus tard, on me fait faire le tour de l'ambassade et on m'introduit auprès de mes collègues de la chancellerie. Trois hommes qui me sont brièvement présentés comme premier, deuxième et troisième secrétaires. Pas de félins sur les tapis de feutre rouge, mines d'une probité militaire, teint d'une pâleur inquiète, gestes empruntés, salutations discrètes : je devine qu'il s'agit tout bonnement de ceux que le langage commun appelle des espions – les services secrets, qui affectionnent les périphrases, disent des *officiers traitants*. Ma nouvelle mission sera-t-elle un prélude à ce genre d'existence invisible, inodore, impalpable et anonyme qui vous promène à travers le monde à pas de loup et vous permet d'en pénétrer les arcanes ?

Trêve de songeries ; on frappe à la porte. C'est Fignol, le chiffreur, un garçon mal fagoté, cravate dénouée sous sa blouse verdâtre, bouille ronde et luisante, goitre humide, air jovial, lunettes rondes et embuées tombant sur un nez camus. Comme il fredonne encore son air de *Siegfried* avec une voix de baryton et pour glaive une liasse de papiers, je me sens soudain rassuré – je n'ai pas d'acouphène, le voici, celui qui chante à tue-tête du Wagner ! Ah c'est vous le nouveau, dit-il, désolé pour le bruit, vous aimez l'opéra ? Ne me dites pas que vous n'aimez pas Wagner... Que rétorquer ? Que dès que j'entends Wagner, sa musique de fournaise et de frimas, une moitié de moi s'embrase, et l'autre moitié se gerce ; j'ai d'un côté la chair de poule, la sensation qu'un Stuka me vrombit dans la cervelle et de l'autre côté je suis tout feu tout flamme, ivre de joie ? Et lui de poursuivre : si vous trouvez que je vous saoule, pas de pitié, hein, tapez bien fort contre le mur mais normalement c'est du solide, capitonné de liège, ça amortit tout, vous savez, le liège. Puis, me tendant la liasse de papiers : tenez, c'est pour vous...

Ma première liasse de télégrammes. Je la feuillette d'un air distrait, pensant aux capitonnages de liège qui ne peuvent rien contre Wagner, pensant à des romans noirs, des films d'espionnage, lorsque mon regard se suspend au tampon rouge URGENT. Le télégramme porte en en-tête, en capitales d'imprimerie, la mention FRONTIÈRE DE L'EUROPE et met l'accent sur un point majeur que l'ambassadeur a tu – jugeant probablement que la chose allait de soi, que nul n'était besoin d'insister – : à savoir que la frontière qu'il s'agit de fixer pour de bon, que ne règlent que des accords tacites, que les voisins violent sans cesse – cette frontière, une des plus vieilles d'Europe, une des plus vieilles du monde, qui apparaissait sur les cartes depuis le XIIIe siècle, mais qui depuis ce XIIIe siècle était sans cesse franchie par des contrebandiers, traversée par les plus grandes armées, bafouée sous les yeux du Saint-Empire romain germanique, du Saint-Siège, de la SDN, de l'ONU – cette frontière, contestée dans ses moindres détails de part et d'autre, suite à de menues fluctuations de son tracé, de menues annexions et de menues rétrocessions, qui concernaient au mieux une poignée de villages, au pire une île, un îlot, un récif – cette frontière était depuis l'adhésion récente du pays à l'Union et l'extension programmée de la zone Schengen, la nouvelle frontière *communautaire*. La frontière de l'Europe ! La frontière de l'Occident ! *Notre* frontière ! Mais je croyais au contraire avoir gagné le centre géographique de l'Europe, selon la brochure remise par le ministère... En me rendant sur-le-champ dans l'obscur réduit où se trouve le seul poste connecté à la toile, je vérifie cette information. En réalité, le village de P., qui s'enorgueillit d'être *le centre authentique (sic) de l'Europe*, se situe au plus près du centre géométrique de l'Europe *physique*, c'est-à-dire de l'Europe qui va *de l'Atlantique à l'Oural*, précise le site. Pour la première fois je prends pleinement conscience de ceci : à savoir qu'il y a, vingt ans après la chute du Mur, encore deux Europe, équivalentes par leur superficie. La première Europe, c'est l'Union. La majeure partie de l'autre Europe se situe toujours en Russie. Géographiquement parlant, la réunification est un mythe, le dégel un mensonge. Cette réflexion faite, je commence à m'acquitter sans plus tarder de ma nouvelle mission. J'ai du pain sur la planche pour plusieurs jours : bien vaste est l'étendue du travail demandé ; bien lourd le poids du contentieux frontalier – bref, un parfait imbroglio !

VASTE MER OU FLAQUE NOIRE ?

L'esprit tout infatué de l'importance de ma mission et tout embrouillé par sa complexité, je décide, au lieu de regagner mon obscur meublé, de sonner le soir chez mon voisin de palier, lui demander comment faire pour me rendre à cette mer qui est une frontière. Respirer un peu d'air pur, voilà ce dont j'ai besoin.

Lothar Kalters est un grand gaillard brun, suisse de nationalité, linguiste de profession – l'allemand est sa langue maternelle mais il parle très bien français avec un petit accent comique ; son front dégarni, rougeaud, légèrement ridé, la touffe de cheveux blancs qui couronne son crâne, tout laisse penser qu'il entre dans sa quarantaine, ou du moins que la trentaine est entamée depuis belle lurette. Une tête sortie tout droit d'un tableau du Greco – visage allongé, yeux noirs exorbités, sourcils noirs et fournis qui rebiquent vers le ciel et lui donnent un air excentrique, inspiré. Le soir de mon arrivée, il m'a trouvé paniqué, ahuri, trépignant, me bouchant les oreilles sur le seuil de mon appartement dont vient de sonner l'alarme, une alarme que j'ai malencontreusement déclenchée – ayant mal assimilé les instructions, dans un français pourtant parfait, du propriétaire. Dès l'instant où je presse le bouton – à côté de l'écriteau en lettres capitales KALTERS –, il m'ouvre la porte, comme s'il m'avait attendu toute la soirée, comme s'il avait épié ma venue à travers le judas. Il a sur son visage un air empêtré d'enfant mélancolique et taciturne et me semble ravi d'être dérangé : rien de prévu de son côté pour la soirée ; nous pouvons la passer au bord de la mer vu que j'insiste. Sans plus attendre, il jette un coup d'œil à sa montre, enfile un imper beige qui lui donne un air de détective, glisse une flasque en métal dans sa poche intérieure, ramasse son paquet de tabac et ses feuilles à rouler, ferme la porte à double tour, nous nous pressons vers la gare centrale. Au guichet, Lothar, qui me sert de guide et d'interprète, jette une poignée de piécettes qu'il a tirées de sa poche, les accompagne d'une bouillie verbale ; les piécettes glissent sous la cloison de plexiglas et sont aussitôt englouties dans la blouse bleuâtre d'un fonctionnaire à la mine renfrognée, qui nous tend en silence deux petits billets de papier rose. Après quoi nous grimpons quatre à quatre trois séries d'escaliers, traversons le quai désert, sautons sur le marchepied d'un petit train de banlieue. Un vrai jouet grandeur nature, wagons bariolés de jaune et de vert, cloisons granuleuses de papier mâché, banquettes en contreplaqué. Le train s'ébranle en grondant, traverse la ville assoupie, traverse la grisaille des faubourgs, traverse la grisaille des banlieues, puis dessert nonchalamment tout un chapelet de plages ; les annoncent une voix éraillée, des sonneries plus stridentes que des crincrins de foire, et, comme dans mon rêve étrange et prémonitoire, sous la marquise de gares miniatures, défilent des panneaux de bois peints en bleu, lettres blanches. Lothar me fait signe de me lever à la vue d'une petite baraque de bois perdue en pleine forêt de pins et de bouleaux : la gare. Sur le quai, deux ou trois personnes ont sauté du train en hâte, ballottent des sacs plastique à bout de bras, le brouillard les happe, elles s'enfuient derrière un pavillon aux allures de grande cahute dont les murs de bois sont peinturlurés en vert. À moitié camouflée dans le brouillard et sous les frondaisons jaune vif de l'automne, cette bourgade de rien du tout serait donc la fameuse station balnéaire qui attirait autrefois la crème de l'empire ? Tout hérissé d'herbes hautes, tapissé de mousses et de lichens, le pavé, qui seul rappelle le monde urbain, paraît encore tout imprégné de la torpeur des après-midi Belle Époque. Comme si rien n'avait changé depuis le début du XXe siècle. Dans des allées mornes où deux ivrognes ébouriffés titubent bras dessus, bras dessous, une fillette tressée de blond fait sangloter son violon sous une tonnelle.

Pas à pas nous arrivons en vue de la mer. Sous le ciel laiteux, on dirait un immense toit d'ardoise suspendu aux chevrons des villas, aux branches des pins et des bouleaux. Seulement, une fois sur la plage, on fait face à une grande flaque noire. Pas l'ombre d'une vague ! Pas un murmure ! Pas même un clapotis ! Une mer *étale.* Une mer couleur d'angoisse. Impression renforcée par la couleur et la texture du sable : c'est un sable très clair, livide, couleur de neige sale. Les pas n'y laissent aucune trace. Au contraire, les grains semblent se durcir derrière soi, s'évertuer à tout effacer, et n'invitent à se déchausser qu'une fois saisie une bonne poignée, pour vérifier qu'ils sont encore tièdes, d'une tiédeur estivale, et d'une douceur, d'une finesse sans pareilles. Nous longeons le rivage. Et si nous faisions trempette ? Rien qu'un petit plongeon, pour l'hygiène – après tout, nous ne sommes qu'à la mi-septembre, l'été n'est pas fini ! Pour toute réponse, Lothar sourit, s'assoit sur un banc, me regarde retrousser mon jean, fredonne un air de jazz, brandit sa flasque de métal, roule un joint. Le temps de sautiller du sable tiède vers l'eau glacée et retour, vitesse accélérée, je comprends son sourire amusé : il a d'abord consulté le panneau numérique qu'affiche, au-dessus de sa marquise, un pavillon vert. Température de l'eau : 6 °C !

PETIT JAPON D'EUROPE

Je ne raconterai pas ici mes journées rythmées par le clic-clac de la souris et le tic-tac de l'horloge. Je ne raconterai pas mes matinées ennuyeuses passées derrière l'écran d'un ordinateur à numériser, sur un logiciel abscons, des cartes à toutes les échelles possibles. Je ne raconterai pas mes après-midi fastidieux, pendu au téléphone ou branché sur Internet, à contacter divers organismes dans le but d'obtenir des données ethnographiques, des recensements de population, des cartes géographiques, etc. N'importe quel travail de bureau est abrutissant, d'un ennui mortel, mais celui-ci l'est d'une manière particulière : on a l'impression d'avancer à pas de fourmi, strate après strate, pixel par pixel, et c'est épuisant à la fin, ce sentiment qu'il y aura toujours une énième strate à découvrir et que nous manquera la force d'aller jusqu'au bout. Et ne parlons pas de toutes ces corrections, de toutes ces rectifications à l'infini dans le tracé de la frontière ! Il faut reprendre sans arrêt le fil rouge, comme s'il s'agissait de réaliser une immense tapisserie qui se déferait chaque nuit. Les cartographes d'autrefois avaient bien de la chance de travailler sur papier ou sur parchemin ; ils pouvaient s'accommoder des erreurs, laisser libre cours à leur imagination, ils avaient encore le droit de mentir ; ils n'étaient pas cernés continuellement par ce prétendu réel qui n'est peut-être que le masque du virtuel.

Les journées que je raconterai – journées de congés, de flâneries, de beuveries, missions spéciales – seront celles qui me tiraient du train train quotidien.

En raison de la taille réduite du corps diplomatique, je dois m'acquitter d'un rôle de suppléant, rôle qu'autorise mon enregistrement officiel en tant qu'attaché d'ambassade, ce qui se signale essentiellement par l'attribution d'une petite carte d'immatriculation jaune qui vous exonère des taxes locales sur l'alcool et le tabac. L'ambassade ne compte qu'un seul conseiller, un certain Sorosky, qui n'en porte pas moins le titre un brin ronflant de *premier conseiller*. C'est un homme d'une quarantaine d'années, de taille moyenne, taciturne, la mine blafarde, les joues toujours glabres, la voix sourde, les cheveux et le regard gris, l'œil vitreux. Comme la plupart des diplomates, il porte une particule imaginaire, se fait appeler parfois *de* Sorosky, dit descendre d'une princesse polonaise et arbore à l'annulaire, en témoignage de cette aristocratie déchue, une chevalière aux armes de ses ancêtres – blason tranché de gueules et d'argent. Il s'ennuie ici, n'a accepté ce poste que pour se rapprocher de la Pologne de ses aïeux, en attendant d'être muté à Varsovie. Son idole – dont un portrait placé sous verre trône au-dessus de son bureau – est Talleyrand. Le diable boiteux, le parjure haï par Chateaubriand, a peut-être changé vingt fois de maître, retourné cent fois sa veste mais il est resté fidèle à la France, il a défendu vaillamment nos frontières, me dit Sorosky le jour de notre rencontre. Sans cet inventeur de la diplomatie moderne, figurez-vous, cher ami, que la France aurait été rayée de la carte il y a deux siècles, au congrès de Vienne.

En vertu de mon rôle de suppléant, il m'incombe dès le surlendemain de mon arrivée de remplacer le premier conseiller Sorosky en mission à Bruxelles et de représenter l'ambassade lors d'une rencontre des chargés d'affaire de tous les pays de l'Union avec des élus locaux. La réunion terminée, un minibus nous attend sur le parvis de l'hôtel de ville. On nous trimbale à travers la ville, on nous trimbale à travers les faubourgs, on nous trimbale à travers la banlieue. On nous fait descendre quelque part en pleine forêt. On nous fait visiter le complexe *Eiropa*. Fraîchement inauguré, situé dans les parages de l'aéroport international, il entend jouer dans l'avenir un rôle de vitrine, nous explique le maire. Passé un ponton de bois ouvragé comme on en trouve dans les jardins japonais, notre cortège débouche sur une sorte de parc intérieur dans le parc ; de grands panneaux de plexiglas nous souhaitent *bienvenue en Mini-Eiropa !* Parmi diverses attractions pour enfants, on distingue une tour Eiffel d'allumettes, un Parthénon de carton-pâte, un Colisée en plastique, une porte de Brandebourg en papier mâché, toute une Prague de pierrailles, un Copenhague de coquillages ; plus loin, on aperçoit des moulins miniatures, des clochetons en écailles de pin, des bûches de bois qui résument quelques fermes – bref, des maquettes des principaux lieux touristiques du pays. Tout un village avec son église, sa mairie, son bureau de tabac, son épicerie, son bar et son salon de coiffure est même reconstitué à l'échelle 1/27, indique la légende. Les gens, nous informe notre guide, cultivent volontiers sur ce petit Japon d'Europe l'esthétique du bonsaï : ici, des mousses figurent les forêts ; là des rochers les îles ; plus loin, des galets font les îlots. Usage inconsidéré de figures de style dans les notices descriptives qui présentent les différents sites du pays. Campagnes riantes de la plaine centrale, une authentique Colchide ! Collines orientales, qui, grâce au pur azur de leurs lacs, grâce à leurs neiges hivernales, évoqueraient les couleurs de l'Écosse ! Quant à la capitale, avec ses nombreux canaux, elle n'aurait rien à envier à Amsterdam, à Stockholm, à Saint-Pétersbourg, à Venise ! On vante le fait qu'entre les côtes de l'ouest, absolument dépourvues de relief ainsi qu'un Danemark abrégé, et le plateau du nord, cette Sibérie miniature, il n'y aurait qu'une vingtaine de kilomètres ! À l'ouest, les îles annonceraient, avec leur littoral déchiqueté, la Norvège ! Enfin, les côtes méridionales, forêts de pins et dunes de sable, rappelleraient les paysages des Landes ! Un beau gazon de golf sert à cet archipel miniature d'océan, comme si les côtes les plus proches se situaient à des milliers de kilomètres, comme s'il était seul au monde. L'œil aimanté par ce gazon d'un vert inouï, je m'apprête à enjamber la petite clôture de planches impeccablement vernies, histoire de vérifier toutes ces comparaisons de plus près, lorsque la pancarte

KEEP OFF THE GRASS !

me fait rebrousser chemin. Ce petit Japon d'Europe n'a pas de frontière fixe. N'aurait-il pas non plus de paysage propre ?

Le lendemain matin, je décide d'aller vérifier la chose de mes propres yeux. J'ai vu la ville, vu la côte, arpenté les deux, reste à voir la campagne : l'ambassadeur m'a annoncé que les paysages de l'*hinterland* (c'est le mot qu'il a utilisé, faisant claquer le *d* contre son palais) sont à l'approche de l'automne splendides, uniques, inoubliables – couleur d'ambre jaune. Une éclaircie providentielle, elles se font de plus en plus rares, m'offre l'occasion de dégripper mon vélo fraîchement arrivé de France. Machinalement, je pédale vers le nord, me fiant à mon sens de l'orientation – les panneaux sibyllins, les sens interdits, les embouteillages, les mauvais pavés me mènent, hasard salutaire, du côté du port. À la lumière veloutée de septembre, la large coulée de l'estuaire paraît presque bleue. Derrière la vaste étendue jaunâtre des marécages, que dérangent à peine les infrastructures portuaires, commence l'interminable forêt de pins. Çà et là émergent des bouleaux – feuilles jaunies, troncs gringalets, pointillés, mais repérables de loin, tant le vif-argent de leur écorce accroche la rétine. Plus loin, on croit apercevoir d'autres troncs – non, ce sont des pylônes. Jaunes, rouges, bleues, des grues s'élancent, droites d'abord, puis obliques, de la canopée de conifères : on croirait des troncs que la foudre aurait élus puis frappés, les élevant, les effeuillant, les galvanisant. Enfin les docks sont en vue, des coques de toutes les couleurs, maculées de rouille : amarrés à la forêt, encalminés parmi les joncs et les roseaux, cargos et ferries ne semblent guère prêts à appareiller. Attendraient-ils déjà la saison des glaces ?

FORÊT-NOIRE OU FORÊT NAINE ?

Mon premier week-end au pays s'annonce gris, plu-vieux, parfaitement automnal. Je passe le vendredi soir prostré sur mon sofa, sans trouver la force de défaire mes bagages, regardant la pluie cribler les bouleaux. En feuilletant une brochure touristique, j'arrache la dernière page, une petite carte du pays rendue presque illisible par un défaut d'impression : figures et toponymes baveux. Et voici que cette petite carte en main, je n'ai qu'une idée en tête – fuir mes papiers peints jaunis, fuir mes sofas orange, fuir mes plafonds fissurés, fuir mon canapé-lit, fuir mon filet d'eau froide, lorsque Lothar vient frapper à ma porte et me fait cette proposition providentielle : il a vu mon vélo dans le couloir ; lui aussi a un vélo, un vélo et une voiture ; l'été finit, l'hiver nous guette, et pas n'importe quel hiver, il faut profiter des derniers jours sans verglas – bref, ça te dirait de m'accompagner pour une petite virée dans le nord du pays ? J'hésite un moment, car ses sourcils broussailleux, qui bondissent sur son front

46

dégarni quand il sourit, lui donnent un air un tantinet lubrique. Laisse-moi le temps de réfléchir. Un peu plus tard, je sonne chez lui – tope là, je suis de la virée. Lothar m'introduit dans un salon en tout point pareil au mien, mêmes papiers peints, même sofa, même moquette, mêmes couleurs jaune-orange dominantes, même bibliothèque en bois marqueté, lézardes innombrables, à la différence que les lézardes, le jaune et l'orange, chez lui, se dissimulent sous de grands posters. Tout en roulant une clope, Lothar me fait asseoir, me sert un verre de vodka, et, dépliant une carte routière, m'annonce le programme. Il s'agit de faire le tour de l'île de K., la plus septentrionale du pays, et l'ascension de son point culminant, quatre-vingt-huit mètres, que couronne un grand phare blanc. Désolé, me dit Lothar, l'altitude maximale ici est de trois cent douze mètres à moins, je confonds toujours avec le pays voisin, que ce ne soit trois cent vingt et un. Bienvenue au plat pays, Samuel, fait-il en me tendant en guise de preuve la carte routière, sur laquelle je vois courir la longue ligne rouge que m'a désignée l'ambassadeur dans son bureau, le jour de ma prise de fonction. L'île de K., dont la forme étoilée évoque un flocon de neige, est frontalière. Par beau temps, m'assure Lothar, on peut voir la côte opposée. Pédaler à quelques encablures de cette ligne rouge qui m'obsède depuis mon arrivée et me poursuit en rêve, cette idée me plaît – le but de ma mission m'apparaît tout à coup comme quelque chose de palpable ou, du moins, de concret. Je montre à Lothar la ligne rouge, lui dis deux mots de la mission qui m'a été confiée. Nous pédalerons dans le vif du sujet, dit-il – l'île de K. fait précisément partie des terres disputées.

Le soir, Lothar réserve un gîte au bord d'un lac. Nous ferons le tour de l'île par une route étroite et défoncée, qui offre de très beaux panoramas sur la mer. Tu verras, la route suit la côte au plus près, elle grimpe et descend sans arrêt, il y a des milliers de virages, et surtout il y souffle en permanence un vent du tonnerre de Dieu, mais au moins pas de nuages, finie la grisaille... Une centaine de bornes nous attendent, et mettons qu'on parte vers huit neuf heures, on sera rentré avant midi. Le samedi matin, consultant la carte routière dès la sortie de la ville, j'essaie de me représenter – c'est une manie chez moi – les paysages qui nous attendent. Mais je ne vois rien : mon imagination peine à dresser devant mes yeux le décor que me tend le papier blanc tacheté de vert et de bleu, strié de grands traits rouges. Volant à la rescousse de mon imagination défaillante, ma mémoire se met à passer en revue tous les coins où il m'est arrivé de pédaler naguère – Vercors, Jura, Vosges... mais, la faute aux toponymes un brin germaniques, un nom s'impose, efface tous les autres : *Forêt-Noire*. Et pourtant, je n'y ai jamais mis les pieds. Mais voici, le nom de *Forêt-Noire*, l'idée d'une *forêt* qui soit vraiment *noire*, d'un vert qui serait du noir, ne veut plus me quitter – je regarde par la vitre et, la ville s'étant évanouie dans notre sillage, je ne vois que du vert bien vert, tirant parfois sur le jaune, des bouleaux par milliers, de part et d'autre de la route, un bleu de fjord, par intermittence ; au volant, Lothar chantonne et je m'assoupis en me réjouissant d'avance à l'idée que dans quelques heures, nous roulerons à l'ombre de majestueux mélèzes.

Terminus, tout le monde descend ! Lothar gare la bagnole d'un brusque coup de volant. Réveillé en sursaut, je me frotte les yeux. Où sommes-nous ? De la forêt noire échafaudée en rêve, pas la moindre aiguille de pin. Tout autour du gîte, sous un ciel orageux, s'étend une vaste lande de velours vert pourpre ; des centaines de taches bleues – étangs ? lacs ? tourbières ? – nous épient. Çà et là, embrasant la bruyère, des arbrisseaux couchés sous le vent, écarlates, encore ardents des derniers rayons d'un soleil déclinant. Des genêts ? Des genévriers ? Non, des bouleaux nains, fait Lothar en allumant sa clope, l'air goguenard, sous les broussailles brunes de ses sourcils. Des bouleaux nains ! Et, en effet, on voit étinceler par endroits, comme de petits os, leurs troncs rachitiques. Des bouleaux nains ! Tout ce qu'il y a sur l'île de K. en matière de forêt. La seule frontière visible, la seule frontière palpable, ici, c'est celle de l'arbre. Ici, du fait de la violence du vent, du gel et du dégel, me dit Lothar, se trouvent les derniers arbres en allant vers le nord – un avant-goût de toundra. Quant à cette mer frontière, cette mer si proche, on la devine à peine, à travers la brume, non moins fabuleuse que sur les cartes – intangible, inatteignable. Quant à la rive opposée, me dit Lothar, reste à l'imaginer.

SUISSE UBIQUISTE

À peine quinze jours que je suis arrivé et ces quinze jours me paraissent déjà une éternité. L'automne n'a pas manqué son rendez-vous. Premiers gels, premiers verglas. Fin des embardées cyclistes avec Lothar. La chaussée est une vraie patinoire. Nos bécanes suspendues, nous avons tout essayé. À commencer par la salle de sport, qui nous a fait suer de tous nos pores – heureusement, le sauna nous récompensait de nos efforts. Puis nous avons déserté la salle de sport et ses messieurs muscles – ce petit monde étriqué qui nous mettait nez à nez sous d'énormes disques de fonte avec des colosses inconnus ou des collègues de bureau – pour les courts de squash. Marre de ce culte idiot du corps, marre de la musique d'ambiance, heavy metal, rap, électro, R'n'B, j'ignore quoi d'autre, disait Lothar, abrutissante. Enfin, nous sommes passés des salles de squash à la piscine – tu sais, je me fais vieux, disait Lothar qui souffrait trop des suites d'une opération chirurgicale et mettait plusieurs jours à oublier d'atroces douleurs lombaires. Entre deux saunas et deux averses, nous avons passé les derniers week-ends à jouer aux échecs dans les bars de la vieille ville.

À la sortie des bars, dès qu'il a trop bu, Lothar se lance dans de longues diatribes. Ce matin, par exemple. Heure : indéfinissable. Décor : la place de la Liberté, où, grelottant, frissonnant, nous attendons qu'un taxi veuille bien pointer le bout de son nez. Sujet de la diatribe : la grande suissification de l'Union. Une suissification rampante, sournoise, insidieuse, selon Lothar, et bien plus dangereuse que l'américanisation flagrante. Regarde un peu, Samuel ! Ce calme, cette propreté ! L'éclat satiné des pavés sous le givre, les tilleuls étêtés, le canal alangui, les bacs de béton où l'on disposera, au printemps, des pots de géraniums ! Regarde cette vieille demeure de marchands qu'on vient de retaper, ses colombages parfaitement revernis pour le bonheur des tour-opérateurs ! Compte-moi le nombre d'agences bancaires qu'il y a là, rien que sur cette place ! Qu'en penses-tu, Samuel ? Un parfait alliage d'archaïsme et de modernité, oui ! On serait à Zurich, à Bâle, à Berne, à Genève, on aurait sous les yeux le même paysage ! On se croirait en Suisse, voilà tout !

Lothar souffre de la paranoïa des exilés qui croient revoir partout leur pays natal ; cette paranoïa est exacerbée chez lui, je crois, du fait que son petit exil n'a rien de forcé. Où qu'il aille en Europe aujourd'hui, selon lui, sa Suisse natale s'empresse de le devancer. Tu prends le train pour Prague ? La Suisse entière s'est engouffrée – cantons, visages, paysages – dans le wagon

51

de tête. Tu prends un avion pour Athènes ? Adieu blasons, brouillard, sapins, verglas – adieu gel éternel, voici à quoi tu penses, et non : bonjour billets de banque, avarice, appât du gain, bonjour l'ennui ! La Suisse entière a atterri avant toi ; la voilà qui te salue à la douane, la Suisse, la voilà qui s'insinue partout à la ronde – suisse est le froncement de sourcils du flic sur ton passage, suisse la pelouse pourléchée des chemins, suisse le gazon nickel des terrains de golf, suisse l'éclat patiné des pavés, suississime le rouge écarlate des géraniums. Tu as lu leurs brochures touristiques ? Tu as vu les publicités qui décorent les wagons du tramway ? *Petite Suisse nordique, Petite Suisse orientale, charme helvétique ou scandinave* ! Sérieusement, la Suisse, ils n'ont rien de mieux à imiter ? Mais tout ça, ce n'est que de la façade ! Le palais de cristal ne peut pas durer, Samuel, tôt ou tard la bulle immobilière va éclater, les investissements vont se tarir, les entreprises vont décamper, la bourse va s'affoler, la monnaie va s'écrouler et la Suisse ne sera plus que le rêve évanoui d'une poignée de petits pays sans âme et sans caractère ! En attendant, regarde, là, les touristes qui accourent ! À croire qu'elle fait rêver le monde entier, ma petite Suisse natale ! Oui, le monde entier, même mon damné pays prénatal !

DAMNÉ PAYS PRÉNATAL

Conçu de toute évidence quelque part ici, Lothar répète sans arrêt, c'est un de ses bons mots préférés, qu'on ne lui a pas donné le temps d'y naître. Quelques mois avant celui de sa naissance, un jour de l'été 1965, ses parents et sa grand-mère maternelle auraient fui au péril de leur vie un régime honni ; partis pour la Suisse, ils se seraient installés à Bâle, où son père aurait fini par trouver du travail dans une banque et sa mère par accoucher. Tu trouveras ça bizarre, me disait Lothar, mais personne dans ma famille n'a jamais souhaité retourner au pays, même après l'effondrement de l'ancien régime et le recouvrement de leurs droits civiques ; personne n'a jamais cherché à susciter ce désir en moi. Toute ma famille a fui le régime, coupé tous les ponts avec le pays natal. Ma mère, mon père, ma grand-mère ont veillé à me donner une éducation purement helvète, ne m'ont jamais parlé de leur pays natal, ont tout fait pour m'arracher à des racines qui leur faisaient peut-être honte. Et ce n'est qu'un beau jour de mes six ou sept ans qu'ils m'ont dit la vérité sur mes origines ! Mais jusqu'à mes dix-huit ans, comme je n'avais jamais ouvert de dictionnaire ou d'encyclopédie pour vérifier ce qu'ils disaient, je croyais que tout ça c'était des racontars, que ce pays n'existait tout simplement pas, et je me disais que toute cette petite histoire d'exil, c'était un conte de fées fabriqué pour endormir ou effrayer les enfants... Il faut dire qu'en Suisse, la télé n'en parlait jamais, de ce pays perdu ! Et pour cause : il était tout simplement rayé de la carte, ce pays perdu ! Et puis, l'indépendance recouvrée, je me suis renseigné, j'ai lu toutes sortes de livres, j'ai déniché des bouquins à la fac, et un beau jour de 1992, j'ai annoncé à ma mère, sur un coup de tête, que c'était décidé. Que je souhaitais *retourner* là-bas (*retourner*, c'est le mot que Lothar aime employer, oubliant qu'un embryon ou un fœtus ne vit pas vraiment), m'installer, tourner la page, commencer une vie nouvelle. Les cartes étaient redistribuées, le pays était tout neuf, l'université m'offrirait un poste. Évidemment, je m'attendais à voir ma mère me féliciter, je me disais, elle va vouloir faire le voyage avec moi. Au contraire, elle s'est écriée : je te défends d'aller là-bas ! Tu n'imagines pas comment c'est là-bas ! Ah ! si j'avais su ! Quelle idée ! À présent j'habite ici, ma vie est ici, mon boulot est ici, mes potes sont ici. Célibataire endurci, chercheur zélé, lecteur à l'université, trentenaire, non, merde alors, quarante ans cette année ! Comment partir ? Où partir ?

La question qui me hante est au contraire : où rester ?

J'ai fui la France, fui les États-Unis, fui le Canada, fui l'Italie, fui la Turquie – dois-je aussi fuir ce pays ? Comment rester un peu quelque part ? Comment ne pas plier bagages illico presto ?

NÉCROPOLE ARBORÉE

Au terme d'un mois de prospection, j'ai fini par
visiter un meublé où je me vois vivre un an, puisqu'il
le faut. La visite terminée, je signe le bail, le propriétaire
me donne les clés, je remonte m'allonger sur le lit, un
grand lit deux places, et ça y est, je me rends compte
que je suis installé pour de bon. Que je vais vivre ici
un an. Que j'ai un chez-moi. Et cette idée, au lieu de
me réjouir, m'effraie. Le meublé précédent, qu'il me
fallait fuir sans cesse, où je ne passais jamais plus d'une
heure ou deux, avait l'avantage de me donner l'impression d'être encore en vadrouille, entre deux avions,
deux trains, deux ferries ; ici, l'eau s'écoule du robinet
avec un débit normal ; les lézardes au plafond, s'il y en
a, sont rares et n'ont rien d'effrayant ; le papier peint,
la courtepointe, le lino sont jaunes, mais d'un jaune
citron, soyeux, qui n'a pas eu le temps de vieillir ; en
outre, je dispose d'un lit deux places, finies les nuits à
se retourner dans tous les sens sur un canapé défoncé.
Et puis, il y a ce poêle en faïence, ce poêle défendu mais

dont je sens déjà qu'il agira l'hiver comme un aimant qui me tentera tous les soirs de rentrer à la maison au lieu de courir les bars de la vieille ville ainsi que je le fais depuis un mois. Enfin, tandis que le meublé précédent grelottait nuit et jour au gré de véhicules qui semblaient en raboter les murs, celui-ci ne laisse filtrer que la sonnerie stridente du tramway, suivie du roulement de tambour de ses roues sur les pavés – seules rumeurs qui monteront désormais dans ma chambre pour me rappeler que j'habite une ville, une vraie ville : moderne, occidentale, européenne.

En sortant de mon nouveau meublé, impatient de me dégourdir les jambes et de découvrir les alentours, je traverse la rue, longe le parc, et c'est alors que je découvre, effaré, ceci : les grands arbres que j'aperçois depuis les fenêtres du salon, ces grands arbres que j'ai pris jusque-là comme les signes certains que je vivrais à proximité d'un bois, d'un bosquet, d'un parc ou du moins d'un square, ces grands arbres sont ceux d'un immense cimetière. Je vais être un an durant voisin d'un cimetière. Cimetière qu'il me faudra traverser tous les jours pour me rendre à l'ambassade. Cimetière planté moitié de tombes et moitié d'arbres. Cimetière immense, pourvu d'un crématorium et de trois chapelles funéraires. Comme il y a soudain dans le ciel sempiternellement gris une embellie, je décide d'emprunter une des allées qui traversent ce cimetière ou plutôt cette nécropole arborée, tant il paraît sans fin, étouffant les bruits de la ville, ville lui-même, ville peuplée de toutes sortes d'oiseaux, de toutes sortes de rongeurs – rats, belettes, écureuils, et même un gros ragondin qui a sorti sa tête du canal, là-bas, et se faufile entre les tombes. J'enfonce quelques foulées dans les feuilles frissonnantes de l'été finissant. Lève les yeux vers les arbres. Ce sont des aulnes. Je n'en avais jamais vu de si hauts : leurs troncs sont très impressionnants, noirs, droits, robustes, de vrais géants de légende. Les derniers rayons de soleil zèbrent les troncs, et je remarque alors qu'ils ne sont pas tout à fait noirs, comme on le croirait de loin, mais qu'ils ruissellent d'une verdure intense : mousses, lichens, précipité que les pluies de septembre ont laissé des petites feuilles festonnées dont le sol est désormais jonché. Misère accablante de nos cimetières, ces mornes séries de dalles mal ombragées ! Splendeur inquiétante des cimetières, ici – véritables futaies où les troncs desserrent les rangs pour laisser pousser une croix de fer forgé, une stèle de marbre, un caprice flamboyant, le mausolée d'un baron. Sous tel ou tel blason familial, un nom gravé en caractères gothiques égrène ses consonnes germaniques – écho d'une légende lue ? entendue ? imaginée ? sous d'autres cieux, en d'autres temps : von Orienfeldt, von Richthofen, von Wittgenstein, von Inselspiegel, von Hofmannsthal, von Münchhausen, von Ungern-Sternberg…

JUST LIKE A PUZZLE

Une impression de nulle part s'installe et s'aggrave avec l'approche de l'hiver et l'arrivée des premiers courriers. *J'espère que votre séjour dans la Baltique se déroule bien* : que répondre à une pareille lettre ? Vous faites erreur, cher monsieur, je ne suis pas *en croisière* ? Sur les enveloppes que je trouve dans ma boîte aux lettres en rentrant le soir et dont on peut se demander par quel prodige elles sont parvenues à destination, il m'arrive de lire, sous mon nom parfois estropié, une adresse fautive et, au lieu du nom du pays où je vais vivre un an durant, celui du pays limitrophe, orthographié de surcroît à l'ancienne, avec un *h*. Merci de me rappeler que je me suis expédié nulle part ! Même la télévision semble participer du complot. Hier soir, je m'abandonne au comptoir d'un bar, sous une immense télé beuglante, me cautérisant à grandes lampées de cognac l'estomac taraudé par la sempiternelle choucroute locale. Au programme, un match de qualification pour la coupe d'Europe qui entre dans sa phase de prolongations. On accueille dans un tout nouveau stade le tout nouveau Monténégro. Un des journalistes sportifs, non sans écorcher au passage le nom du pays où je noie mon ennui, se tourne vers son confrère : *I thought it was in Asia ? – No, no,* le reprend l'autre, *I'd say it's one of those Caucasian countries, you know, there's plenty of them, it's just like a puzzle !* À ces mots, je sursaute et me retourne : personne alentour pour s'indigner d'une telle approximation géographique – quant au barman, il n'a pas suivi. En allant me coucher, je pense, manière de me rassurer : qu'importe en fin de compte le nom d'un pays ? Qu'importe en fin de compte le nom de son peuple ? Allemand, German, Deutsch, Tedesco, Nemets : on sait bien que ces noms-là varient selon les époques, les langues. Qu'importe la configuration d'une île ? Qu'importe la forme d'une ville ? Elles aussi, on le sait, changent avec le temps, et *plus vite,* paraît-il, *que le cœur d'un mortel !* Certes, mais la situation, l'emplacement, la latitude, appelez ça comme vous voulez mais essayez d'envoyer paître la Suède sous les Tropiques, imaginez la Nouvelle-Zélande au large du Mexique !

PIERRES PARLANTES

De soir d'ivresse en soir d'ivresse, octobre a passé en coup de vent. À mesure que mon corps s'habitue à l'automne hivernal et que la ville me devient plus familière, j'éprouve un plaisir de plus en plus vif à me promener dans ses ruelles en quittant l'ambassade. Les yeux en l'air, je glane sur les murs de pierre de taille, sur les frontons, sur les statues de marbre ou de bronze, des mots gravés – déchiffrant pêle-mêle graffitis, tags, devises, noms d'architectes, dates de construction, plaques commémoratives, comme si ces inscriptions s'imprimaient directement de la pierre sur mon cerveau. De toutes les dates, 1913, 1913, 1913 est celle qui revient le plus souvent. Que s'est-il passé après 1913 ? Pénurie de matériaux ? Disparition des architectes ? Saccages administrés par les *Taube* et les zeppelins allemands, ou par une *Grosse Bertha* ? Rien n'aurait été reconstruit depuis ? Cette ville aurait-elle cessé de vivre depuis le premier grand carnage européen ?

Obsession de l'agenda diplomatique, des mémoires de recherche et des programmes universitaires, le XXe siècle, passé 1913, semble s'effacer des murs de la ville. Le XIXe, en revanche, est rappelé partout tel un âge d'or. Me rassure et m'inquiète tour à tour l'idée que dans cet immeuble aurait vécu Untel ; que dans cette église, là-bas, tel autre aurait servi comme archidiacre ; que le Tsar, le Kronprinz ou Lénine auraient séjourné ici, dans cet hôtel quatre étoiles – à force de lire les noms de tous ces personnages historiques gravés dans la pierre, je les vois débouler, s'agiter, danser en rond, dans un bal d'officiers, sabre au côté, mousqueton, shako de hussard, bonnet d'ourson, baudrier d'or, dolmans, brandebourgs. D'où me vient ce besoin de chercher des traces, des indices, des empreintes du passé ? L'effet sans doute de la solitude : je ne peux m'empêcher de lire tout ce qui s'aventure sous mes yeux ; à peine ai-je refermé un livre, que si je croise un journal, un magazine, une revue, un prospectus, n'importe quel fascicule, mes mains ne peuvent s'empêcher de l'ouvrir, mes yeux de dévorer les lettres, et ça me reprend dès que je suis dans la rue, je lis tout, tout, tout. Mais je crois aussi, car je m'attarde avant tout sur les écritures gravées, les plus vieilles, qu'il y a de ma part une quête de preuves, oui, de preuves qu'il fut un temps où les façades n'étaient pas si tristes, où le verre et le plexiglas n'étaient pas les matériaux chéris des architectes – une époque où de plus durables écritures que celles de nos affiches de publicité servaient à témoigner qu'acheter, vendre, marchander, solder, liquider, ne sont pas nos seules facultés, nos seuls désirs. Me trimbalant partout avec mon appareil photo en bandoulière, j'ai pris l'habitude de photographier les inscriptions, toutes les inscriptions que je trouve sur mon chemin. Là, par exemple, au-dessus de la devanture d'un chocolatier. Et là encore, gravées sur le fronton noirci d'un bâtiment officiel, des enseignes illisibles. Impossible d'identifier cet alphabet. Des caractères cyrilliques ? De l'hébreu ? Des runes inconnues ? Impossible d'interpeller les passants, qui filent au pas de course, les yeux rivés aux pavés, aux pignons, aux nuages – élégance de mannequins, démarche de robots. Je m'approche, écarquille les yeux, dégaine mon appareil, l'objectif me sert de longue-vue, mais non, impossible d'identifier ces caractères, et pour cause, on a gratté, raclé, buriné la pierre, comme pour l'arracher à son passé.

Le soir, je numérise, compile, classe, corrige les photos sur mon ordinateur – ajuste la couleur, règle le contraste. L'histoire germanique de la ville se lit partout sur ces vieilles pierres gravées de lettres gothiques ; certaines, rehaussées à la feuille d'or, accrochant l'œil, flambant neuves, paraissent dater d'hier. Et comme je ne sais pas assez bien l'allemand, c'est Lothar qui me traduit ces ex-voto de pierre.

NEIGES DE NOVEMBRE

L'hiver venant s'efforce d'effacer les traces qu'il me plaisait de relever – voire d'effacer mes propres pas. Certains soirs, je me retrouve perdu à l'autre bout de la ville, à l'orée de la forêt, trempé jusqu'aux os, les lèvres gercées, les mains crevassées d'engelures, l'étui de mon appareil photo couvert de givre, mes bottines chapeautées de neige.

Parfois, c'est l'Histoire avec un grand H que l'hiver paraît vouloir effacer. Ainsi, ce vendredi 18 novembre. Fête nationale qui célèbre l'anniversaire de l'indépendance. Au pied du monument macabre que je peux voir de la fenêtre de mon bureau, sur la place de la Liberté, le feu sacré de la Patrie a couvé toute la journée ; la nuit venue, vers seize heures, la neige est tombée – ou plutôt descendue du ciel, lente, improbable, duveteuse – puis a déferlé par gros flocons. La flamme sacrée, malgré les efforts désespérés des flics pour la ranimer, s'est éteinte. Quant au feu d'artifice, dont toute la ville a guetté le signal, il a fait l'effet d'un gros pétard mouillé. Faut-il en déduire que la neige n'aime pas ce genre de jubilé ou qu'elle ne les aime que trop, au point de s'y inviter pour en souffler elle-même les bougies ?

Journées de plus en plus brèves. Neiges de plus en plus abondantes. Novembre avive le sentiment de vivre nulle part. Sentiment doublé bientôt de celui de vivre hors du temps.

Les Anciens jugeaient que le temps s'écoule différemment sur une île. Ce pays – permettez ce sophisme – serait donc une île. Mettons *des* îles, oui, une espèce d'archipel chimérique inventé par un idiot et situé dans un angle mort de l'Europe.

J'écris, j'écris, je note toutes sortes de choses dans mon calepin, mais entre-temps, mon mémorandum est au point mort. Foutue frontière ! J'ai fouillé le fonds cartographique de l'ambassade à sa recherche. J'ai contacté tour à tour le ministère de la Défense, le ministère de l'Intérieur, des Affaires étrangères, de l'Aménagement du territoire. Je me suis rendu dans les diverses agences plus ou moins secrètes où nous avons semé des contacts. Partout on me reçoit sans ambages. Politique de la transparence oblige, traçabilité, archivage systématique des dossiers, critères de Copenhague, normes européennes – bref, toujours le même adage : rien à dissimuler. Avec ça, accueil charmant. Café. Croissant. Sourire aux lèvres. Petit doigt sur la couture du pantalon. Sur les plis de la jupe. Chemisier blanc, nattes parfaitement tressées, mascara à revendre, boucles d'oreilles bienveillantes, faux ongles pailletés. Et pourtant. Je reviens bredouille de toutes mes visites. On me trouve toujours une raison pour me refuser les cartes, les données, les archives que je demande : vous tombez au mauvais moment, l'employé qui s'en charge est en congé, ou les documents sont manquants, ou bien classés *secret défense* – ou mieux encore, ils auraient brûlé lors d'un providentiel incendie.

Insomnies. Journées noires. Nuits blanches. Rêve et réalité qui s'enchevêtrent. Ennui, solitude, mélancolie. De quoi se joindre au concert larmoyant des expatriés et regretter amèrement d'avoir accepté à la va-vite un poste dans un pays dont je ne savais rien, dont je ne souhaitais rien savoir. Dire que je me suis porté volontaire ! Et même volontaire *international* ! Comment conjurer ce pénible sentiment de vivre nulle part et hors du temps ? Une seule solution. La voici. Écrire. Écrire ce livre. Tenir un journal de bord. Y consigner pêle-mêle rêves, impressions, réflexions, coupures de journaux, citations extraites de mes lectures. En en-tête de chaque page quadrillée, noter scrupuleusement le jour, la date – et pourquoi pas l'heure, la minute, la seconde.

SA MAJESTÉ LE GEL

Deux mois seulement se sont écoulés depuis mon arrivée et je ne compte déjà plus le nombre de fois où il m'a fallu esquiver *la* question : pourquoi avez-vous accepté ce poste – sous-entendu, pourquoi ici, dans ce pays si petit, si froid, si morne ? Le mal du pays prend place doucement mais sûrement. Si le sentiment d'exil existe vraiment, j'imagine qu'il se distille en général à la mille et unième conversation avinée au terme de laquelle on vous aura littéralement saoulé, une bonne fois pour toutes, à force de remuer les divers stéréotypes que l'on attribue aux natifs de cette contrée où vous avez eu le malheur de vous aventurer ! Et *l'on* disserte longuement – vivement parfois – sur les fondements métaphysiques des plaisanteries que *l'on* raconte lorsque *l'on* entend se moquer de ses voisins ! Les rares fois où je prends part à ses cocktails, à ses sauteries, je suis navré de constater que le petit peuple d'expatriés – celui des rares francophones, celui des germanophones où m'introduit Lothar – tourne en rond autour de ce genre d'observations. Une fois épuisées toutes les considérations possibles et imaginables sur la vie littéraire *du pays natal*, sur l'équipe de foot ou de rugby *du pays natal*, sur la situation déplorable dans les banlieues *du pays natal*, sur la santé morale (car on y cause politique à mots couverts) *du pays natal* – une fois épuisées toutes ces considérations, l'on finit toujours par retrouver, entre deux petits-fours, le fil originel de la conversation : autrement dit que les gens, dans ce pays où *l'on* s'est retrouvé comme par erreur, sont si froids, si taciturnes, leurs manières d'une austérité, d'un fruste, et puis *l'on* s'en doutait bien, franchement n'est-ce pas vous êtes d'accord avec moi, mon cher, le luthéranisme, une religion terrible, il n'y a qu'à voir les films de Dreyer, comment ça vous ne connaissez pas, vous n'avez jamais vu un Dreyer – Ah ! Mais moi je n'ai fait que suivre mon mari, et quelle idée d'avoir accepté ce poste perdu, quant à ce damné climat... – Oui, vous avez parfaitement raison ma chère, de vrais ours ! Ah ! Si *l'on* avait su qu'un beau jour on regretterait le Tchad ! Imaginez : *l'on* est venu ici pour la fameuse lumière du nord et *l'on* vit dans la pénombre perpétuelle depuis la fin août, et il fait déjà nuit à seize heures et des poussières ! Heureusement, il y a la vodka – la vodka et les filles ! Redoutant ce genre de conversations, je m'efforce d'éviter, lors de la pause de midi, la compagnie de mes collègues : je n'ai jamais foutu les pieds en Afrique – pas moyen de juger, par conséquent, si les femmes d'ici sont plus belles que les Malgaches, si la misère des banlieues vaut celle de Soweto, si le gouvernement est plus corrompu que le béninois, la république plus ou moins bananière que la togolaise. Sortant de l'ambassade furtivement, je me contente la plupart du temps, en matière de déjeuner, d'une soupe ou d'un sandwich que j'avale tout en rôdant dans les rues de la ville, mon appareil photo en bandoulière. Guetter l'illumination, attendre le *satori*, épier la vie de ces gens dont j'ignore la langue, dont j'ignore les mœurs, les coutumes, les valeurs, l'histoire. Tout ce que je sais de leurs légendes se résume à une version anglaise et abrégée des chroniques locales que j'ai dénichée dans la bibliothèque de l'ambassade. À savoir que les femmes descendraient du ciel et les hommes d'un ours blanc venu du pôle – on racontait même que ledit ours polaire aurait dérivé tout un hiver sur un iceberg. Pareilles fariboles vous font sourire jusqu'au jour où se produisent des événements qui vous prouvent qu'il y a toujours du vrai dans les vieilles légendes.

Le premier événement est survenu vers la mi-novembre, un soir d'ivresse. Lothar rentré se coucher plus tôt que prévu, je sors un peu saoul d'un bar où nous avons trinqué en compagnie de jeunes Finlandais éméchés. Cheveux ras, cuir épais, pattes arquées, deux types trapus qui guettaient leur proie sous un échafaudage me prennent en chasse en beuglant, comme si c'était là l'insulte suprême – se fiant à ma peau moins blanche que celle de leurs congénères, à mes cheveux noirs et frisés, à mon catogan dodelinant dans la brume nocturne – : *Italiano ! Italiano !* Les voilà qui titubent dans mon dos les bras ballants, lancent leurs canettes de bières à l'aveuglette, crient *Italiano ! Italiano !* et l'invective est rendue en écho par les vieux murs bour-souflés. Je les sème au bout de quelques mètres. Je dois mon sauf-conduit aux venelles du centre-ville, obscures, tortueuses, labyrinthiques – à leurs pavés verglacés. Béni soit *sa majesté le gel,* comme on l'appelle ici ! Rentré chez moi suffoquant, suant à grosses gouttes, je m'affale sur mon lit et me souviens des histoires qu'on raconte aux enfants : si tu veux échapper à un crocodile, un caïman ou un alligator, il faut courir en zigzag. Les vieilles légendes disent vrai, les hommes (ou du moins ceux qu'il m'arrive de croiser la nuit) ont d'un ours l'apparence et la férocité – mais elles oublient de men-tionner que l'hiver et la dive bouteille leur donne une allure d'alligator.

PARHÉLIE

C'est un lendemain d'ivresse qu'est survenu le second événement. Lothar et moi revenions d'un week-end à Oslo. Vivait là-bas son ancienne nourrice, une très vieille dame, qu'il visitait une fois par an. Dès que Lothar m'a proposé de le suivre, je n'ai pas hésité un seul instant, pris mes billets, fait mes bagages en vitesse, couru le rejoindre à l'aéroport. Deux jours d'un temps épouvantable, tempêtes de neige, brouillard à trancher à la hache, pas la moindre éclaircie. À défaut de voir les fjords ou les glaciers, nous avons erré à la recherche de la pinte la moins chère dans les rues d'Oslo, ville qui m'a fait l'effet d'une bourgade lugubre et provinciale. Le lundi matin, nous décollons vers huit neuf heures, il fait nuit, nous sommes à moitié saouls. Au moment où l'avion atteint sa vitesse de croisière, un halo pâle, soudaine échappée de lumière, m'effleure la tempe. Je lève les yeux – les veilleuses se seraient-elles rallumées ? Une cruelle clarté embrase tout à coup le hublot, me fend la rétine – un instant, je crois même avoir perdu la vue. Je tourne la tête, le temps de voir le soleil, petit pavot rutilant, se dédoubler. Un parhélie. À l'atterrissage, je tiens à déceler là, dans ce parhélie matutinal, un signe du ciel, une promesse d'embellie, de bonheur. Dans le bus qui nous ramène de l'aéroport, mon agenda me rappelle que m'attend un rendez-vous avec un informateur du ministère de l'Intérieur au sujet de ma satanée frontière. Honteux de mon état, espérant qu'un peu d'exercice et d'air frais me feront dessaouler, je traverse au pas de course le parc du Château, direction le café du tribunal, face au palais de justice, où doit déjà poireauter mon contact. Les arbres sont complètement nus, le vent les fouette vivement, mais, le sang gavé d'alcool, je ne perçois pas toute la vigueur de ce vent. Vu comment sont vêtus les gens, les femmes en fourrure, les hommes en gros blouson de cuir, gantés de cuir, bonnet bien enfoncé, nez planté dans l'écharpe, avançant à pas saccadés, ce vent doit être glacial. Enhardi par ce vestige d'ivresse, je me prends à reluquer sans vergogne les femmes qui se pressent sous les bouleaux dénudés, le long des allées boueuses au coin desquelles gisent de petits bourrelets de neige sale. Les hommes, comme le prétendent les sagas, ont tout l'air de descendre en ligne directe de l'ours polaire, dans leurs gros blousons de cuir et leurs jeans trop serrés qui leur valent leur démarche diablement chaloupée ! Mais les femmes ! Quelles drôles de créatures que leurs femmes ! Quelle différence avec les Norvégiennes, qui ne se soucient ni d'être élégantes ni – décolletées, la jupe très courte, le cou-de-pied découvert par moins dix degrés – du regard des hommes. Ici, au moindre coup d'œil placé un peu trop bas, quels effarouchements ! Et quelles débauches de parures, quand les Norvégiennes affrontent la bise polaire quasi dénudées ! Femmes des frimas, femmes à fourrures, femmes funambules ! Les légendes disent vrai, vous descendez bien du ciel ! Vous avez bien connu, bibliquement connu, cet ours blanc venu tout droit du pôle ! Femmes qui vous dépassent d'une tête et d'une toque de renard, de loutre ou de glouton ! Encapuchonnées, le visage ourlé d'une frange de poils noirs, elles vous décochent en pleine pupille les pics khôlés de leurs faux cils ! Elles vous pétrifient l'iris du bleu glacé du leur ! Bottées de cuir, à talons aiguilles, elles vont dans la neige, dans la boue, qu'importe, sur la glace ! Elles font grimper un regain de sève chez l'arbre nu, elles jettent sur nos errances leur lumière, elles feraient reverdir les réverbères ! Gantées de cuir, mouflées de laine, elles glissent sur les pavés givrés de la ville, souvent seules, et, vous frôlant de leurs paluches chamarrées, elles font bourgeonner l'hiver d'un brin de joie ! Et quelles acrobates ! Toutes, elles jouent leur vie, la rejouent chaque jour sur ce fil ténu qui distingue le bon du mauvais goût : angéliques un instant, putassières le suivant !

Midi sonne au clocher de la cathédrale et me tire de mes rêveries. Au bout du parc se dresse un étrange chapiteau avec des airs de pagode. Je l'ai remarqué dès le jour de mon arrivée, ce chapiteau : à cet endroit se réunissent tous les midis les vieux joueurs d'échecs du quartier. Seulement, aujourd'hui, à la place des vieillards habituels, se tient une foule de spectateurs entre deux âges, assis, silencieux, attentifs. Tout à coup, sifflets, rumeurs, clameurs, applaudissements. Une petite troupe d'acteurs très jeunes s'élance gaiement vers l'estrade. J'entends partir un grand éclat de rire parmi les comédiens, mes yeux croisent ceux d'une grande fille en robe rouge, tablier à dentelles, perchée sur l'estrade, qui joue je ne saurais dire quel rôle de matrone ; ses yeux bleu-gris-vert roulent le long de sa robe, dessinent dans l'air d'attente la roue de paon du désir ; ivre, hagard, nigaud, fasciné, je marche à tâtons entre les troncs d'arbre, me rue vers le portail qui donne sur la rue, son regard plein les paupières, son rire plein les tympans.

Le soir, comme mon rendez-vous n'a rien donné, comme j'ai passé l'après-midi à dessaouler sans avancer d'un iota sur ma frontière, je pousse la porte du *Zerkalo*, une taverne de la vieille ville, où nous venons parfois picoler, Lothar et moi. Sous une frange blonde, un regard d'iceberg, un sourire carmin me saluent dans l'entrebâillement de la porte ; regard déjà vu, sourire déjà vu... et pourtant elle paraît une autre, derrière son comptoir, géante dans son tablier noir. L'assurance avec laquelle on la voit faire la conversation à un client, s'activer, servir des bières, rincer des verres, me surprend. Un indice la trahit : sous les gestes saccadés qui font bouffer son tablier noir et bondir le blason du bar se devine le satin rouge de la robe qu'elle portait à midi. Elle me décoche un nouveau sourire tandis que nous nous attablons. Aucun doute, c'est bien elle mais elle n'a plus du tout cet air de femme mûre qu'elle avait à midi : on croirait une gamine, cette fois, avec son rouge trop rouge et sa frange guerrière – une gamine, oui, mais si grande, si sérieuse, sous son tablier noir, derrière son comptoir. Poussé par Lothar, je vais commander des bières. Je la regarde actionner, de ses longs doigts vernis de rouge, la manette chromée qui arbore le blason d'une bière locale. Son nom, je lui demande son nom. Néva, elle s'appelle Néva, comme la rivière, dit-elle en secouant sa frange blonde, laissant voir ses yeux non pas bleus, ni verts, mais gris, mettons. Elle ne sert ici qu'un soir sur trois. Le bar est la propriété de son beau-père, un des plus grands hôteliers de la ville, qui possède aussi des restos, des cafés, des clubs, un casino. Les autres soirs, elle les passe sur les tapis rouges ou sur les planches : lorsqu'elle ne défile pas pour des couturiers locaux, elle joue au théâtre de l'Europe. Je m'enquiers du rôle qu'elle interprétait à midi. Où ça, à midi ? Ah ! Dans le parc du Château ? Elle était Nora, c'était une répétition, *Une maison de poupée*. D'ailleurs, elle serait Nora toute la semaine. Et comme je lui demande si je peux venir la voir jouer un de ces jours, elle répond, sèchement, dans un français parfait, sans le moindre accent : hors de question. Peut-elle me dire, au moins, par quel miracle elle parle si bien ma langue maternelle ? Petite, elle a vécu au Québec. Elle est née ici, il y a vingt ans, mais elle a grandi au Québec, à Montréal. Et l'accent québécois ? Oh, elle ne l'a jamais pris, l'accent québécois.

Le *Zerkalo*, la taverne de la vieille ville où Néva sert de la bière un soir sur trois, est devenu pour ainsi dire ma tanière. Lothar m'y retrouve souvent, une ou deux heures avant la fermeture. Dès son entrée fracassante, il ne cesse de balayer du sourcil la fumée qui s'échappe de sa clope ; il adresse sans arrêt des clins d'œil aux clientes, aux serveuses, à Néva, dont la frange blonde sautille là-haut parmi les robinets chromés – tu vas voir, elle va venir, cette petite, mais ses yeux ne sont pas gris, tu es aveugle ou quoi, tu ne vois pas qu'ils sont verts ? Dès que s'annonce la fermeture de la taverne, il me titille du coude, m'exhorte à glisser un mot, rien qu'un mot, à cette Néva qui astique les tables avec un sérieux de maîtresse de maison. Mais non, je ne peux pas, je n'y arrive pas. Un soir, enfin, Néva laisse sur notre table, la main tremblante, l'œil fuyant, du rouge aux joues, une facture au verso de laquelle est griffonné son numéro de portable.

FOUGÈRES DE GIVRE

Au téléphone, je ne sais plus pourquoi, comment, par quels détours, je parle à Néva de mes recherches sur la frontière. Elle évoque aussitôt la promesse de me servir d'interprète et de me fournir des renseignements, ou du moins des indices, des contacts : elle pourrait peut-être m'ouvrir quelques portes, m'aiguiller sur certaines pistes ; son oncle travaillerait au ministère de l'Intérieur. Nous prenons rendez-vous le soir même.

Vers neuf heures du soir, je monte dans un tramway vide qui dévale un boulevard vide. La neige fige la ville ainsi qu'un songe. La nuit a retrouvé sa hâte hivernale. Découragés, les plus téméraires des saltimbanques, qui jonglaient en mitaines, les soirs de novembre, sur la place de la Liberté, l'ont désertée. Les clochards ont disparu – partis sous d'autres cieux, parqués dans des maisons d'accueil ou des asiles de nuit, qui sait, morts de froid ? Dans le parc du Château, les joueurs d'échecs ont plié plateaux, sabliers et lanternes. Dans la vieille ville on a fait place nette, en attendant la patinoire, comme si un rituel ancestral exigeait de laisser à sa majesté le gel le temps de prendre ses quartiers d'hiver.

Le rendez-vous – question de prudence, m'a dit Néva au téléphone – n'a pas lieu au *Zerkalo* mais au *Solaris*, un de ces bars louches dont la vieille ville est pleine, où va et vient, entre des nuages de tabac et sous des néons borgnes, une petite faune d'habitués, penchée sur le gazon des billards, où les drogués et les ivrognes se mêlent aux prostituées, les maquereaux et les dealers aux vieux expatriés. La salle où Néva m'attend, à l'étage, est déserte. Ce désert, Néva le balaie d'un œil anxieux, par intermittence, et ses longs doigts vernis de rouge pianotent sur le napperon de la table. Elle me parle de secret défense, de cinquième colonne, de traîtres, d'espions, de contre-espions, de mafia. Pourquoi a-t-elle accepté ce rendez-vous ? A-t-elle pour but de m'effrayer, de me dissuader ? Elle parle vite, s'embrouille, me répète qu'il faut être infiniment patient. Précautionneux. Que mon enquête pourrait s'avérer dangereuse, et moi nuisible. Je ris d'un rire nerveux – sans doute l'effet de l'absinthe qui donne une teinte verdâtre, un aspect trouble, aux merveilleux cocktails que Néva ne cesse de commander, se levant de table et tendant par-dessus le zinc désert du papier chiffonné – comme si toute une planche à billets s'activait dans son sac à main. Oui, je ris d'un rire nerveux, pensant qu'elle me baratine, qu'elle exagère, qu'elle me fabrique un mauvais roman d'espionnage. Elle de secouer la tête, non, non, elle est on ne peut plus sérieuse, répète-t-elle en me poignardant, à me faire illico dessaouler, de son œil de glace. Éméchés, titubants, rieurs, nous sortons du bar, Néva allume une cigarette, en aspire la fumée par grosses bouffées, me sourit sous la pluie d'or d'un réverbère qui fait briller le blond de sa frange. Nous courons dans la neige, alors, de vrais enfants, je regarde sa robe rouge saigner sur une place blanche, dans des rues blanches, puis tout s'embrouille dans mon cerveau, l'absinthe fait son travail de sape, il se remet à neiger, Néva doit prendre son bus, rentrer chez elle. À la recherche d'un abri, nous nous enfonçons dans les venelles de la ville, nous blottissons sous des encorbellements, un pan de neige dégringole d'un toit, je presse Néva contre un mur, trop tard – sur sa robe rouge, la neige a déjà fondu. Après quoi nous nous dirigeons vers la gare routière, le dernier bus est parti, nous finissons – cherchant nos mots, mesurant nos gestes – par errer dans le parc du Château. Notre échappée belle bute sur le dôme blanc de l'opéra, la nuit couve alentour – enseveli sous la neige, le canal gelé défend aux colonnades leurs coquetteries estivales. Les derniers passants chuchotent en marchant derrière des congères. Le râle d'ordinaire sibilant du tramway nous parvient comme bâillonné. Nous sommes vraiment seuls, seuls dans la blancheur, seuls dans la ville, marchant à clair de neige. Y a-t-il des habitants dans cette ville ? Où sont-ils ? Que font-ils ? Ils se terrent chez eux, me dit Néva, ils se calfeutrent. Ils hibernent, les ours polaires et les jeunes filles tombées du ciel, à moins qu'ils n'aient prêté serment de ne pas sortir de la soirée, pour ne pas violer la nuit vierge. Qu'importe ! Je vois dans cette ville immaculée un encouragement ; j'embrasse Néva.

Arrivés chez moi, nous faisons l'amour contre mon poêle en faïence. La couleur blanche de l'émail lui va à ravir, sa chair est ferme, ses hanches pleines, ses seins bien dessinés, durs, haut perchés, sa frange de fillette sautille sur son front pâle et comme la nuit s'annonce boréale, au diable la consigne de mon propriétaire, j'enfourne des bûches de bois vert dans mon poêle en faïence. Tant pis si nous devons partir en fumée, me dit Néva en m'embrassant ! Toute la nuit, le poêle brasille allègrement et pourtant, au réveil, sur les carreaux des fenêtres, on voit fleurir des fougères de givre.

CICATRICE OU TRACE DE L'ANGE ?

Mis à part quelques formules de politesse, je ne parle pas la langue du pays. Il va de soi que cette ignorance fait de la mission qui m'est confiée une sacrée gageure – la plupart de mes interlocuteurs potentiels ne parlent ni français, ni anglais, ni allemand, ni aucune des langues que je baragouine. La langue des signes prévaut entre nous, ce qui rend impossible nos conversations téléphoniques et tout à fait comiques nos entrevues. Lothar, en bon linguiste, a essayé de m'inculquer des rudiments de la langue de ses ancêtres, mais, peu patient de nature, il allait trop vite et nos cours particuliers, commencés dans un sauna ou autour d'un échiquier, finissaient immanquablement dans un bar, un verre de vodka à la main. Ces derniers jours, Néva s'est mise en devoir de prendre la relève, les rares soirs qu'elle ne passe pas sur les planches, sur des tapis rouges ou derrière le zinc. Il n'y a rien de plus délicieux que de découvrir une langue étrangère sur les lèvres d'une femme. Mais je ne suis décidément pas doué pour

81

l'apprentissage des langues et les séances ne sont plus qu'un prétexte pour passer du temps avec Néva contre mon poêle en faïence, et pour lui arracher des numéros de téléphone, des contacts, des indices volés au carnet d'adresses de son oncle, et qu'elle consent à me livrer avec des mines cachottières qui m'agacent autant que les clins d'œil taquins qu'elle jette au moindre miroir rencontré. Comme je lui ai confié mon besoin d'obtenir de vieilles cartes d'état-major du pays, Néva m'a promis de faire le nécessaire mais elle n'a pu s'empêcher d'accompagner cette promesse de mises en garde renouvelées, m'exhortant à faire preuve de la plus grande vigilance, et cette fois, j'ai dû ravaler mon rire nerveux en l'entendant évoquer, à la suite d'une affaire de mafia tout à fait rocambolesque, le cas, rappelé récemment dans la presse locale, d'un espion à la solde des services secrets britanniques qui aurait fini sa carrière *empoisonné au polonium* – un drôle de poison sacrément efficace qui doit son nom au personnage de *Hamlet*. Et Néva d'écourter la conversation en me faisant les yeux doux, en appliquant l'ongle rouge et tranchant de son index sur ses lèvres, après quoi elle se met à parler tout de go dans sa langue maternelle, et je me sens comme ensorcelé, réduit au silence, observant ses lèvres qui s'arrondissent sous la pulpe de voyelles inconnues qu'elle prononce avec une douceur inquiète. Sons que j'ignorais jusque-là, que je ne percevais pas, dans un brouhaha de consonnes coriaces. Sons que je reproduis à grand-peine, surtout les arpèges de diphtongues et les longues plaintes vocaliques qui font toute la particularité de cette langue rare, archaïque et chantante.

Assumant son rôle avec le plus grand sérieux, Néva me fait répéter sans cesse le même mot, le même son, faisant *ouo, ouo, ouo,* lèvres grandes ouvertes, telle une squaw qui hèle ses enfants, tel un chat-huant qui fend la nuit, tel que j'imagine hululer les sirènes, les stryges, les succubes, et je m'en aperçois tout à coup, elle fait femme, Néva, extraordinairement femme, malgré ses vingt ans que rappelle la frange de fillette retombant sur son grand front pâle. J'observe son nez, qui est très droit, un peu fort, et j'aime lécher de l'œil ses sourcils clairsemés. Charnues, ses lèvres semblent se contredire à chaque expression qu'elle prend : la supérieure un profil de volcan dont émane la trace de l'ange ; l'inférieure boudeuse, retombant sur un menton large, un brin guerrier. Tantôt ses yeux laissent percer une soudaine clarté grise, reflets bleus ou verts selon la lumière ; tantôt ses lèvres esquissent un sourire, une moue, un air insondables, intraduisibles. Tristesse ? Chagrin ? Volupté ? Un peu de tout ça mélangé ? Comment savoir ? Un regard, un sourire, une moue, un air qui n'existeraient pas ailleurs ? Cet air, ne l'ai-je pas croisé quelque part, au détour d'un voyage, dans une ruelle, une voie de traverse, sous une arche ? Et ce grand front, cette frange de fillette, ce nez trop droit, ces sourcils, ces paupières, ces yeux, ces pommettes, ces lèvres, ce menton... ! Cette *trace de l'ange,* enfin – oui, c'est dans les rues de la ville que je l'ai croisée, non pas dans la foule des visages éteints mais dans le ciel, au haut d'un fronton de marbre. Néva ne veut pas me croire. Alors, je la prends par la main, l'emmène au bout de la rue Baronia, de l'autre côté du cimetière, où elle doit bien se rendre à l'évidence : ce n'est peut-être pas tout à fait son visage, comme je l'ai prétendu, mais quelque chose de son expression, qui est gravé là-haut, sous les nuages de sa ville natale. Entre une cheminée de briques bleues et une fenêtre en mandorle, c'est un grand visage de sphinge, qui semble taillé à même le ciel, le rebord de ses lèvres servant de perchoir aux mouettes. Dis-moi ce que ça veut dire, Néva, cet air ? Dis-moi, dis-moi. Elle se contente de sourire puis : non, Samuel, il n'y a rien, rien de spécial, dit-elle, aucun mystère dans ce regard. Aucun mystère dans ce sourire. Nous avons toutes quelquefois cet air-là, dit-elle. Et, comme je ne suis pas convaincu, elle me prend à son tour par la main, me fait traverser de nouveau la rue, sautiller entre les flaques de boue, gravir les marches du musée des Beaux-Arts. Il y a là, dans une des salles du musée, toute une galerie de portraits de femmes, exécutés par les maîtres locaux du XIXᵉ siècle. Je lui demande s'il y a un mot dans sa langue qui désigne cette expression que je n'ai vue nulle part ailleurs en Europe. Impossible, lui dis-je, de savoir s'il s'agit là d'angoisse, de mélancolie, de vague à l'âme, de spleen, de… je cherche mes mots. Elle, après un temps de réflexion : ça doit être à cause de l'Histoire, fait-elle enfin. Oui, ça doit être à cause de l'Histoire. En France, vous n'avez pas la même histoire, la nôtre est un peu plus, comment dire… triste, et cette tristesse ne veut plus nous quitter, dit-elle – cette tristesse, on naît avec, on meurt avec ; elle est gravée, cette tristesse, gravée là, tu comprends, Samuel, une vraie… oui, une vraie cicatrice, dit-elle en désignant de l'index sa trace de l'ange.

NON, NOUS NE PASSERONS PAS L'ÉTÉ
DANS CET AVARE PAYS...

Quinze jours que je suis sans nouvelles de Lothar. Il doit hiberner, comme la plupart des habitants de la ville. Mes collègues, eux, feraient bien d'hiberner. J'en ai ma claque de leurs conversations, de leurs blagues, de leurs potins, de leurs récits de voyage, à me raconter dans les menus détails les avantages de vivre en Amérique, en Afrique, en Australie ; à la pause de midi, je m'efforce de les éviter au point de passer pour un sauvage. Fuyant la ville fangeuse une fois la neige essuyée par le remue-ménage des bagnoles et des tramways, je me terre le soir dans mon meublé, me blottis avec un livre contre mon poêle en faïence. Sorti de l'ambassade, sorti de l'université, entre ce pays où presque tout m'est étranger et mes lectures, entre la boue de la ville et la faïence de mon poêle, seule Néva tisse un semblant de trame, fait la navette, une jolie navette, mais d'humeur changeante autant que la couleur de ses yeux, tour à tour joviale ou fébrile, anxieuse ou morose, soupe au lait. Et si la trame venait à se défaire ? Si la navette se lassait ? Si s'usait le seul fil qui me tient éveillé, sur le qui-vive ? La semaine dernière, Néva m'a promis de me révéler le moyen d'obtenir une de ces cartes dont j'ai absolument besoin. Seulement son oncle, accaparé comme l'est un chef de cabinet, semblerait se défier d'elle. Il ne cesse de décommander leurs rendez-vous, et lorsqu'elle finit par en obtenir un, il se dérobe aux questions qu'elle lui pose.

Les visites de Néva se font de plus en plus rares. Elle semble gagnée à son tour par la mélancolie que j'ai observée chez Lothar. Elle devient bizarre. Me parle du mauvais temps, de ses études qui l'ennuient, des maladies de sa mère, de l'indifférence de son beau-père, de la froideur de son oncle. Serait-elle sur le point de sombrer dans une de ces hystéries nordiques, fréquentes à cette latitude, sous ce ciel avare de lumière ?

Passé la soirée avec Néva, contre mon poêle, à vider une bouteille de vodka en écoutant du jazz et en maudissant son pays natal. Elle m'avoue qu'elle aussi, bien que née dans cette ville, a l'impression de ne vivre nulle part. Tout le monde, ici, dit-elle en croyant me rasséréner, a l'impression de ne vivre nulle part. Ici, dit-elle, c'est encore pire qu'au Québec. Comme si l'on vivait sur un... oui sur un iceberg – car s'il fait en général moins froid qu'au Québec, ici, dit-elle, ce sont les gens qui sont des glaçons. Et d'ajouter – c'est devenu sur ses lèvres un leitmotiv – que son sang est mauvais, maudit, damné, qu'elle est à demi morte. Qu'il lui faudrait ressusciter comme dans les légendes amérindiennes que lui lisait sa nourrice canadienne, mais sous d'autres cieux, d'un autre sexe ou d'une autre couleur de peau, noire, rouge ou jaune. Naître dans ce pays crépusculaire, dit-elle, c'est un vrai châtiment, elle ne veut plus de cette vie entre chien et loup, de cet hiver qui vous pelotonne dans des fourrures, vous fait mener une vie d'intérieur, vous force au confort, et, d'un grand éclat de rire qui découvre ses dents blanches et bien rangées, elle me fait remarquer que le grand fêtard que je suis ne sort plus – elle et son pays natal m'ont transformé en ours, elle serait, ce sont ses paroles, *la sorcière du couchant blanc*. Est-elle en train de me rejouer un de ces rôles appris par cœur, du Tchékhov, du Strindberg, une tirade d'Ibsen ? Non, c'est le poète aux semelles de vent qui lui monte à la tête. Et, me dévoilant où elle déniche de telles images, elle me récite un vers de Rimbaud relevé dans une petite anthologie bilingue : « Non, nous ne passerons pas l'été dans cet avare pays... » Alors, je prends l'anthologie, la feuillette et lui fais lire, pour la détourner de pensées si morbides, le « loin des gens qui meurent sur les saisons ». Mais elle ne veut rien entendre. C'est facile, quand on a vécu en France – oh tu n'as encore rien vu, Samuel, non, rien vu de l'hiver ! De son côté, sa décision est prise, c'est bien le dernier hiver qu'elle passe dans son pays natal – et l'hiver prochain, promis, juré, elle foutra le camp, dit-elle, oui, elle foutra le camp à des milliers de kilomètres de là, elle partira pour les antipodes, elle rejoindra l'autre moitié de sa famille, celle qui a émigré pendant la guerre – elle s'envolera pour la Nouvelle-Zélande.

L'ARCHIPEL DE NOÉ

Noël approche et la ville, peu à peu, se vide. Lothar est en Suisse depuis quelques jours. Néva partie pour Venise avec son oncle. Mes collègues n'ont qu'un seul mot à la bouche – *vacances, vacances, vacances* – et font déjà leurs valises. Les employés locaux se rendront dans la campagne en famille. De m'imaginer seul pendant quinze jours dans cette ville fantôme, la nausée me gagne. Fuir revient comme une solution. Fuir cette vie grège que claquemure l'hiver. Mais je désire en même temps aller plus avant dans ma découverte de la région, arpenter ses sous-bois, ses neiges. Je rêve d'un petit dépaysement, mais surtout pas de retour à la case départ, à la case France, je rêve d'un petit dépaysement *via* le bateau, le train, à la rigueur une ou deux heures de vol, pourvu que je m'éloigne de cette ville, mais pourvu que je demeure dans ces parages nordiques, pourvu qu'il y ait encore alentour ces hauts talus de neige et ces jolies fougères de givre.

À son retour de Suisse, Lothar me trouve désœuvré, me morfondant dans une solitude idiote. Rêvant d'un voyage en Russie qu'il a fallu sans cesse repousser faute de m'être réveillé à temps pour obtenir un visa, ne sachant plus où mettre les voiles, j'ai réservé sur un coup de tête un aller simple pour Tampere, Finlande, et, finalement, tétanisé à l'idée de passer seul les longues nuits boréales, dans des neiges gigantesques, je n'ai pas eu la force de me rendre à l'aéroport et me suis alité avec un roman finlandais, me convainquant grâce à une petite bronchite salutaire qu'étant malade, mieux valait ne pas tenter le diable et qu'un bon roman vaut toujours un bon voyage. Mais le retour de Lothar agit comme un aiguillon. Nous nous retrouvons dans notre tanière habituelle. Je lui confie mon projet de voyage avorté, lui dis : quand je pense, en ce moment, je devrais être là-haut, à Tampere, dans un train filant à travers la neige, vers le cap Nord ! Pour toute réponse, Lothar éclate de rire : rêver de la Finlande l'hiver, malheureux ! Et pourquoi pas t'envoler pour les Spitzberg, dit-il en sortant de sa poche une feuille de journal qu'il me met sous le nez. C'est un article du *Temps* titré « L'archipel de Noé ». Il a parcouru le quotidien genevois dans l'avion, au décollage de Bâle, ce matin, je ferais bien d'y jeter un coup d'œil à mon tour. Pour illustrer l'article, il y a une carte, Lothar me la pointe du doigt – regarde, Samuel, regarde, une de ces îles norvégiennes perchées tout là-haut sous le pôle Nord s'apprête à accueillir, tu as vu comment ils appellent ça, on n'arrête pas la grandiloquence, *le coffre-fort de l'Apocalypse*, un

89

immense congélateur enterré dans le permafrost, imagine un peu quatre millions de semences de toutes les variétés de la planète ! Nous discutons pendant un bon moment. Pour ou contre la Finlande. Pour ou contre le coffre-fort de l'Apocalypse. Franchement, qu'est-ce que tu vas aller foutre là-bas ? Tu ne crois pas qu'on se les gèle assez ici, tu as vraiment besoin de tâter du cercle polaire, et puis tu sais à cette époque de l'année, pas de migration des rennes, pas d'aurore boréale, rien que la nuit, la neige, l'alcool, tu te souviens, les Finlandais, ce qu'ils nous ont dit l'autre jour, ils boivent de la bière en sachet, du vin lyophilisé, comme s'ils vivaient toute l'année à bord d'une navette spatiale, d'un Spoutnik, ils ont dit ça, tu te souviens ? Et puis la Finlande, le cercle polaire, le cap Nord, c'est ton obsession de la frontière qui ne veut pas te lâcher, tu te dis que la dernière frontière, tu vas aller la chercher là-bas, en Finlande. Tu cherches une frontière naturelle, alors tu crois la trouver aux limites de l'écoumène. Mais il n'y a pas de frontière naturelle, Samuel. Tu cherches une frontière extérieure, alors tu crois la trouver au bout de tes forces. Mais il n'y a pas de frontière extérieure. Crois-moi, la vraie frontière est à l'intérieur. Elle est infiniment plus proche que tu ne l'imagines, la vraie frontière ! Si tu veux, lui dis-je, je jette l'éponge. Pas de Finlande, pas de Spitzberg, pas de Solovki, pas de Nouvelle-Zemble. Finies, les rêveries hyperboréennes. Mais changer d'air, j'ai besoin de changer d'air, par pitié. Et si nous nous contentions d'explorer les environs, tout simplement ? Dire que je vis dans ce pays depuis

septembre et que je ne connais que sa capitale, la banlieue, deux ou trois plages et l'île de K. ! Il est grand
temps d'aller un peu plus loin dans tout ce grand nulle
part enneigé. Tope là, mon vieux. Je cours louer des
skis de fond ; Lothar réserve un chalet.

HOURRA ! ÇA PREND !

Quoi, ce serait ça, les fameuses *croupes* de la Baltique, dont adolescent j'aimais caresser le nom sur les atlas ? Deux jours passés sur des pistes miniatures, à peine pentues, mal enneigées, verglacées à l'ombre, boueuses au soleil, où je n'ai fait rien d'autre que cracher mes poumons du soir au matin – finalement, je suis vraiment malade, une bronchite carabinée – et me rendre à l'évidence que peu de sports m'exaspèrent autant que le ski de fond. Lothar non plus n'aime pas le ski de fond, tout compte fait, qui lui rappelle trop son enfance helvète. Donc, sur un coup de tête, parce qu'il m'a parlé d'une île où les jeunes filles sont plus belles qu'ailleurs, de vraies princesses, Samuel, et qui s'ennuient ferme en attendant le prince charmant, comme il lui faut absolument oublier Laura, qui vient de le quitter, nous courons nous blottir dans la bagnole, cap au nord-ouest, direction la mer.

Solstice d'hiver oblige, la nuit tombe vers quinze heures. Nous dévalons les lacets verglacés d'une route à peine plus large qu'une piste de ski, le *Winterreise* à pleins tubes dans l'autoradio, la voix du baryton répercutée par Lothar à tue-tête, *Nun ist die Welt so trübe, Der Weg gehüllt in Schnee.* La première cassette touche à sa fin lorsqu'un panneau indique le port. Là, le bateau, s'écrie Lothar. Les mains fermement agrippées au volant, il écrase la pédale, la bagnole pousse son mugissement d'automatique, on sent gicler la neige sous le châssis. Dans le port, le gros ferry blanc patiente, la gueule béante. Lothar soupire de soulagement, un cri de joie s'échappe de nos vitres entrouvertes – dérapage, tête-à-queue, on frôle le tonneau, demi-tour, vite, Lothar flanque la berline contre une congère en serrant le frein, claquant des dents, comme si lui et sa bagnole ne faisaient plus qu'un, après quoi il ouvre la portière, saute dans la pénombre rendue blafarde par la neige, et je le regarde courir vers la capitainerie pour prendre les tickets, revenir, regrimper au volant, desserrer le frein, saluer les marins fluorescents d'un geste de la main, et, d'un coup de pédale et de volant, il fait gicler les dernières neiges en fourrant la bagnole dans la gueule du monstre. Nous grimpons les escaliers qui mènent sur le pont. Direction la cafétéria.

Là, changement d'ambiance. Décor suranné, quiétude luthérienne. Attablés, Lothar et moi nous regardons en chiens de faïence – Lothar serre les mâchoires, on voit la peau de son cou se tendre, ses veines se gonfler, je sens que le tenaille une irrépressible envie de rire. Et soudain, il n'en peut plus, il éclate, un rire nerveux, énorme, un vrai coup de roulis, qui fait vibrer la table et résonne dans toute la cafétéria. On nous épie d'un regard de glace. Lothar se lève de table, se dirige vers les toilettes sa serviette à la main. Je scrute un à un les passagers qui ont détourné leur attention. Comme ils ont l'air austères, assis bien cois sur leurs banquettes rouge et or, essuyant les frimousses moroses de leurs marmots emmaillotés, ces passagers d'une croisière de vingt minutes ! Font-ils la traversée plusieurs fois par jour pour déjeuner ainsi, sans ouvrir la bouche sinon pour y fourrer leur fourchette, sans dérider le front, leur anorak boutonné jusqu'au menton ? Lorsque Lothar revient des toilettes, une secousse du ferry le fait chanceler. Il se redresse, effleure la cloison, se penche vers le hublot. Me fait un signe de la main. Viens voir, Samuel, viens voir ! Je me lève de table. Il me prend par le bras. Regarde là, à travers le hublot ! Dans la nuit noire, voguent, chavirent, se chevauchent, de petites plaques blanches – mosaïque d'icebergs miniatures. En chœur nous nous écrions : hourra ! ça prend !

ULTIMA THULÉ

Des îles abordées au beau milieu de la nuit, je n'avais vu que des photos, dans les brochures touristiques de l'ambassade – les formes qu'elles dessinaient sur la carte placardée dans mon bureau m'avaient donné de quoi rêver : quasi circulaires, telles des îles volcaniques, mais indentées de milliers de petits fjords, trouées d'innombrables lacs. Pendant que Lothar fait déraper la bagnole dans les premiers virages, la carte dépliée sur mes genoux, j'imagine, vue du ciel, la trajectoire que nous pouvons décrire – infime point noir, fugitif, parmi des rochers enneigés. Les vents du nord-est l'hiver et l'été les troupeaux de moutons se sont relayés pour chasser de ces îles le pin, le vrai souverain de la contrée. Ici, allez savoir s'il y avait des lions, des élans, des rennes, ou quelque mammifère imaginaire, comme on en trouve dessinés sur les cartes anciennes ! Pas d'arbres en tout cas, pas une trace de verdure. Des deux couleurs qui, l'hiver, se partagent l'écu des paysages nordiques, ces îles n'en ont conservé qu'une seule – le blanc, ciel et terre, à perte d'horizon. C'est à la reconnaissance d'une lune enneigée que nous roulons. Décembre a étalé pour nous ce grand nulle part ouaté des rêves, qu'un toit de tôle, un pan de rondins, un poteau télégraphique, le cône spectral d'un moulin à vent, la masse trapue d'une église romane – obscurs témoins d'une vie improbable – percent çà et là. Passé le village de K., Lothar dérape sur la droite. Il a une surprise pour moi, dit-il. Au pied d'un moulin à vent, un panneau indique le chemin, à peine visible sous la neige, qui mène à la seule curiosité touristique de la contrée. Quelques instants plus tard, nous voilà tous deux debout, moi bouche bée : sous nos pieds s'ouvre un immense ravin en forme d'entonnoir. Une bonne trentaine de mètres de profondeur. Dans le fond du ravin, la glace et la neige retiennent les débris d'une luge rouge qui font penser, dans ce paysage trop blanc, à des caillots de sang. Un enfant vivrait – un enfant aurait vécu, ici, dans ces parages perdus ? Mais même au village de K., nous n'avons pas croisé l'ombre d'un être humain ! Et qu'est-ce que ce ravin ? Un panneau ne tarde pas à me renseigner. Ce n'est pas un ravin. C'est un cratère. Un cratère de météorite. Le plus grand cratère de météorite de toute l'Eurasie ? Quoi ? Un météorite serait tombé ici ? Sur toute l'étendue de l'Europe du nord, de l'Eurasie, de la planète, un météorite aurait choisi cet archipel, et sur cet archipel cette île, ce canton, les alentours de ce village amorphe ? Voici un beau défi aux lois de la probabilité !

En retournant vers la voiture, Lothar, qui est demeuré jusque-là silencieux, et qui se régale de ma stupeur, me raconte une légende locale. Le météorite, dit-il, aurait tout détruit sur son passage, des centaines et des centaines de villages, dévasté la région, épouvanté des générations d'autochtones, et les ondes du choc auraient atteint la Grèce antique. Ce serait la raison pour laquelle le grand voyageur massaliote Pythéas, qui aurait visité l'archipel au IVe siècle avant notre ère, situait ici son Ultima Thulé, et non pas, comme on l'a cru longtemps, en Islande. Il aurait vu la mer gelée, vu le cratère, recueilli les légendes des habitants, assisté pendant le solstice d'hiver aux cérémonies d'un sacrifice païen et serait retourné dans sa patrie avec la certitude d'avoir atteint la dernière terre émergée, les confins extrêmes du monde, la tombe du soleil. La légende colportée par Pythéas aurait été relayée par les Vikings, lesquels auraient colonisé la région au Moyen Âge et voulu voir dans ce cratère de météorite la tombe d'Odin, le dieu-soleil, le dieu borgne et buveur de sang.

NO MAN'S LAND

De passage sur l'île de H. – île qui sur les atlas étend ses tentacules indentés tel un grand poulpe avancé de l'Occident –, nous visitons un musée dont j'ai repéré le nom dans notre guide. Le *musée de la guerre froide* est mal éclairé, mal aménagé. Au centre de la salle principale, il y a toute une série de vitrines poussiéreuses mais pleines de renseignements précieux. Au cours du siècle dernier, des milliers de personnes auraient tenté de franchir la frontière qui coupait en deux la mer – et la banquise au plus froid de l'hiver. Traîneaux en bois de bouleau, luges en bois de bouleau, patins en bois de bouleau, skis en bois de bouleau, lettres en écorce de bouleau. Photos aux bords déchiquetés. Cartes routières usées, racornies, crevassées, parcourues d'inscriptions manuscrites, de calculs, de flèches. Tout cela témoigne du passage de celles et ceux qui ont tenté leur chance ici. Fils barbelés, mines antipersonnel, automitrailleuses aux chaînes spécialement équipées disent mieux que n'importe quel panneau les nombreux obstacles qu'il leur a fallu affronter, outre ces ennemis naturels que sont la neige, le blizzard, le gel. Entre autres documents édifiants, la feuille de calculs d'un mathématicien, qui aurait tenté d'estimer la possibilité de franchir le détroit... à la marche. Un jour de l'hiver 1956-1957, une patrouille de gardes-côtes aurait retrouvé son cadavre, avec ceux de sa femme et de sa fille – gelés sur leur luge. Combien de personnes auraient réussi cette traversée ? Combien l'auraient tentée ? Combien l'auraient simplement rêvée ? Cette frontière qui n'est pas fixée, cette frontière située au beau milieu de la mer, dans ce golfe, était au cours du siècle dernier une de ces tristes balafres, imaginaires, arbitraires, qui tailladaient la planète, qui la tailladent encore, puisque les travaux de déminage ne font que commencer ; cependant, plus vaste ici qu'ailleurs, non pas trait, non pas mur, non pas rideau de fer ou de glace, non pas limite mais *zone* au sens propre, *buffer zone*, comme on dit en anglais, *zone* distendue, floue, fantôme, la frontière jouissait de cette apparente labilité qui la rendait plus franchissable en songe – et ce véritable *no man's land*, des hommes avaient voulu le traverser, en traîneau l'hiver, en barque l'été, et la mer, pour la plupart, était leur cimetière.

En sortant du musée, ce sont des images d'Épinal croisées dans la bibliothèque de l'ambassade qui refont surface dans ma mémoire : elles représentaient des diplomates français, britanniques, allemands, casque colonial enfoncé sur le front, moustache bien droite barrant leurs joues carrées, sabre au côté, plume à la main, carnet qu'ils grattaient en prenant appui sur le dos d'un indigène, malgré l'eau noire leur grimpant jusqu'à mi-jambe. Ils reviennent de la conférence de Berlin, indiquait la légende. Ils marchent dans le lit du fleuve Zaïre, tracent les futures frontières africaines. Je n'ai pas de moustache, pas de casque colonial, il n'y a pas devant moi d'indigènes me frayant le passage à coups de machette, mais me voici à mon tour, obstinément casqué sous le poids de ma mission, perdu dans ces eaux noires de la Baltique, en train de délimiter *notre* frontière.

AU BORD DE LA MER GELÉE

Veille de Noël interminable, dans une capitainerie du bout du monde, à guetter le ferry qui voudra bien nous délivrer de cet archipel sidéral. Derrière les vitres embuées, le ciel est gris, vomi à ras de mer. Des ivrognes dessaoulent dans la salle des pas perdus, titubent, éructent, nous apostrophent, s'engueulent – dégueulent. Au guichet, on nous adresse un sourire grimaçant. Une fois à bord du ferry, je fausse compagnie à Lothar : j'ai la nausée, besoin d'air frais – vite, je grimpe sur le pont. Là je vomis l'hiver, vomis le nord, vomis le froid, vomis mes rêves – en pensée puisque ça ne veut pas venir en vrai. Plus que jamais je sens tanguer mes désirs d'ailleurs. Rien à l'horizon, pas la moindre bise, pas le moindre souffle de vent. Où sommes-nous ? Comment croire que nous voguons sur l'eau ? Sur une eau réelle ? Sur une eau d'Europe ? Et si c'était un vieux film muet, tout ce décor en noir et blanc ? Et si nous étions les personnages de ce film, voguant au fil de l'eau – ou plutôt de la glace : la coque du ferry souille d'une suie baveuse la mosaïque de faïence lézardée qui émaille les abords de la rive opposée. Je lève les yeux. Simple réflexe, je sais que les chances de crier terre sont à peu près nulles – on devine à peine, flottant dans le brouillard sur un mât invisible, les bandes tricolores du pavillon national ; sur celui bleu nuit de l'Union, les étoiles se sont éclipsées. Une demi-heure plus tard, le ferry – dont les soubresauts laissent supposer qu'il suit tant bien que mal la voie tracée par un brise-glace – nous débarque dans le port de Z. que l'hiver a pris d'assaut. Seule curiosité touristique : un château médiéval à demi ruiné, qui surgit des glaces, dresse trois tourelles crénelées de brume, une oriflamme lacérée, face à la mer gelée. Oui mais comment gagner ce château de conte de fées sans nous retrouver les quatre fers en l'air ? Partout à la ronde, la glace fait barrage. Elle a pris les douves et tapisse le petit pont-levis qu'il nous faut, après de malheureuses tentatives, franchir à quatre pattes ! Ah ! si nous pouvions chausser ces patins dont on voyait briller la lame sur l'épaule des enfants, quand ils grimpaient ce matin dans le bus qui les menait à l'école !

C'est en marchant avec Lothar, cette veille de Noël, le long de la mer blanche sous un ciel blanc que j'ai compris soudain pourquoi les gens d'ici ne disent pas la mer de l'Est comme les Allemands pour parler de *leur* mer. Pénétrant les terres par tant de détroits, de passes, d'estuaires, la mer, pour les gens d'ici, ne peut être une *Ostsee*. C'est une mer aux quatre coins du vent, une mer de l'Est, une mer du Nord, une mer du Sud, une mer de l'Ouest. Lothar, en linguiste chevronné, m'apprend que les différents peuples riverains de la Baltique n'utilisent jamais le même nom pour parler de leur mer. Celle-ci serait la mer de l'Est non seulement pour les Allemands mais aussi pour les Suédois (*Östersjön*), les Norvégiens (*Østersjøen*) et les Danois (*Østersøen*). En toute logique, les Estoniens l'appellent la mer de l'Ouest (*Läänemeri*). En revanche, les Finlandais, qui partagent à peu de chose près la même langue que leurs frères finno-ougriens, ont dû perdre avec le temps le sens de l'orientation : à l'instar de leurs cousins scandinaves, ils voient dans cette mer qui les borde au sud et à l'ouest une mer de l'Est (*Itämeri*) ; la nécessité de choisir son camp, ce qu'on appelle docte-ment la géopolitique, me dit Lothar, provoque à la longue ce genre de déboussolements ! Polonais et Russes, quant à eux, seraient restés fidèles à la racine latine. *Baltiskoe more, morze Baltyckie*, sonnent comme des aveux d'allégeance : on y lit que cette mer a été bien souvent dans l'histoire une mer scandinave, pour ne pas dire un *lac* danois puis suédois ; *Baltis, Balcis*, dans l'Antiquité, le mot servait à désigner la Scandinavie. Ici, par contre, selon Lothar, on dit la plupart du temps *la mer, la mer,* tout court. Ou alors on dit la mer de l'ambre. Tu verras, Samuel, me dit Lothar, il y a des soirs, l'été, où la mer a pour de bon la couleur de l'ambre ! Pourquoi pas ! Mais depuis le mois de sep-tembre, elle n'était que grisaille ou noirceur, la mer, et voici qu'elle entamait, en cette veille de Noël, son pre-mier mois d'immaculée conception.

MESURE DE L'EUROPE

Déçu de ne pas avoir croisé la moindre princesse sur tout l'archipel, Lothar a pris la route du retour – des amis suisses l'attendent pour fêter Noël. Il me dépose dans le port de Z., d'où je me suis embarqué pour T. Aux alentours de minuit, le ferry quasi vide – Noël a fait place nette – appareille. Durant les quatre ou cinq heures que compte la traversée, j'erre malgré le roulis dans les couloirs tapissés de velours bleu marine et décorés de motifs marins. En revenant du bar, que je trouve fermé, je reste de longues minutes le regard aimanté par une étrange carte nautique placardée dans le couloir. Malgré la pénombre, on distingue une ligne rouge qui tangue. La limite des eaux territoriales. Tracé fort différent de celui que je connais. Vite, je me presse vers ma cabine, reviens avec mon appareil photo. Fais de la lumière. Balaie du regard le couloir, le bar, le salon. Pas âme qui vive. Ni vu ni connu, je photographie la carte nautique. À joindre à mon mémorandum dès mon retour à l'ambassade. Mon appareil glissé dans mon sac à dos, je monte sur le pont du ferry où s'affaire, en cirés jaunes, l'équipage. À l'approche du port, les lumières des phares mitraillent de faisceaux phosphorescents les plaques de glace, qui cèdent en geignant doucement sous la coque, et se soulèvent, tranchées vives – saignantes, non plus d'un bleu de veine, mais d'un vert d'absinthe. Quelques minutes plus tard, je traverse le terminal assoupi. Feignant d'ignorer les taxis stationnant aux abords de la capitainerie et racolant à grand renfort d'appels de phares, je me dirige à pas de neige vers la ville, qui se dresse crénelée de mille feux sur sa colline. Venu tout droit du pôle, le vent fait déferler ses flocons sur les quais déserts, sur le museau d'un catamaran que l'hiver a capturé dans sa darse. La distance qui sépare le port du centre-ville s'avère plus longue que prévue. La tête enfoncée sous mon bonnet, la nuque fléchie, le menton enfoui dans l'écharpe pour faire front, je regarde les cristaux étoiler la nuit. La neige vierge et durcie crisse sous mes pas. Je franchis les rails du tramway puis la porte de la Hanse et m'engage dans une ruelle silencieuse, douillette et capitonnée sous ses neiges. Le vent faiblit. Des cheminées fument. Les enseignes des cafés, bariolées, lumineuses, me sourient. La présence humaine est fantomatique, le froid vif, mais après plusieurs jours passés sur des îlots de neige et de silence, tout prend soudain comme un petit air d'Italie centrale. D'un pas décidé, j'entre dans le premier hôtel qu'éclaire une lanterne et demande un lit. On veut d'abord me refuser, il est trop tard, j'insiste, on me tend, avec un soupir, une clé lestée d'une croix en plomb. En allant me coucher, je ne cesse de penser à l'Italie. Dès mon réveil, j'apprends de la bouche de l'hôtelier que j'ai débarqué dans une vieille ville danoise, que ce sont les Danois – oui, les Danois, *mister*, qui l'ont fondée, c'est ici même que leur serait apparu, lors d'un combat contre les tribus locales, le *Danebrog*, qui flotte là-haut, *look mister*, sur la plus haute tour des remparts. Le *Danebrog*! *La croix blanche sur pavillon de viande tartare*! Et dire que j'ai pensé hier soir à l'Italie! Mais le Danemark, l'Italie, peu importe, n'est-ce pas la vieille Europe, l'Europe de Shakespeare, que je retrouve ici davantage que sur les îles, hier, qui avaient un air de Sibérie, d'Alaska, de Groenland? Est-ce parce que j'ai débarqué dans cette ville en venant de la mer, comme ailleurs, à Gênes, à Livourne, à Venise, à Portoferraio? Est-ce par ce que j'ai marché à pied depuis le port, qui se trouve assez loin du centre? Oui, pour saisir quelque chose de cette vieille cité, pour saisir un brin du *génie du lieu*, il fallait refaire les pas des marchands varègues. Il fallait traverser le port, la nuit, dans le blizzard, pour éprouver devant les tourelles de la porte médiévale un sentiment dont je croyais que seules de très vieilles pierres de quelques cités reculées de Toscane, d'Ombrie, des Marches, détenaient la clé. Peu importe en fin de compte la nature, l'architecture, les paysages: l'Europe se reconnaît et se mesure à sa cadence – et cette cadence c'est la marche, la marche à pied, qui a permis à toutes ces armées de l'envahir, à tous ces réfugiés de la fuir. On ne dira jamais assez qu'il n'y a pas de meilleur moyen d'aborder un lieu donné que la marche. L'image de T., dans mon souvenir, s'auréolerait longtemps de mon approche à pas de neige, tandis que l'image de R. s'est pour ainsi dire brouillée derrière les vitres du monospace qui me ramenait à toute vitesse du port de V. Pire encore est le souvenir que nous laissent les villes que nous découvrons en atterrissant sur un tarmac ; la première impression traîne sur les heures qui suivent sa marque indélébile et, parachutés que nous sommes de lieu en lieu, la ville – tremblotant sous nos petits sauts répétés – nous apparaît comme un mauvais collage.

UNE INVASION ?

À mon retour à l'ambassade, le 5 janvier, je trouve la chancellerie sur le pied de guerre. Branle-bas de combat dans les couloirs. L'ambassadeur de Nollant enrage et vitupère en guillotinant ses havanes, le premier conseiller Sorosky s'affaire en tous sens et grisonne à vue d'œil, le chiffreur Fignol brame son Wagner sans entracte, le vice-consul Reval passe ses journées à punaiser sa carte murale – enfin les premier, deuxième et troisième secrétaires, la mine plus pâle que jamais, ne cessent de grimper et descendre au pas de course les escaliers tapissés de velours rouge. Hier, des gardes-côtes auraient aperçu, dépassant de la banquise, bien au-delà de la limite tacite des eaux territoriales, le périscope d'un sous-marin. Les autorités locales dénoncent une violation de leurs frontières. Dans l'après-midi, le ministère de l'Intérieur convoque une cellule de crise. Tous les diplomates en poste dans la capitale sont cordialement invités à venir s'informer. J'accompagne le premier conseiller Sorosky. Voici ce qu'on apprend alors : davantage que l'affaire du sous-marin, somme toute anecdotique, c'est une autre affaire qui alarme le gouvernement, une autre affaire qui nous réunit. Car, à vrai dire, il est fréquent que les gardes-côtes, à force d'avoir les yeux vissés dans leurs jumelles, finissent par voir des points noirs grossir à l'horizon. Non, cette fois, c'est le projet d'installation de rampes de missiles dans la région côtière qui nourrit l'inquiétude du gouvernement. Les autorités voisines auraient annoncé le projet dans la matinée : la portée des missiles serait de cinq cents kilomètres, de quoi rayer de la carte en l'espace d'une nuit toutes les villes du pays. Dans le taxi qui nous ramène du ministère, le visage glabre et blafard du premier conseiller se tourne vers moi, m'interroge de son œil vitreux. Et votre mémorandum sur la frontière ? Et votre atlas ? Ça avance ? L'Union tient là son unique chance d'empêcher le déploiement des missiles, Samuel. Je compte sur vous, monsieur l'ambassadeur compte sur vous, toute l'Europe compte sur vous, Samuel. Il en va de notre honneur. Il faut repousser de toute urgence et le plus loin possible les limites des eaux territoriales.

À peine entré dans mon bureau, inquiet de connaître les suites de l'affaire du sous-marin, décidé à m'atteler sans plus de tergiversations à mon mémorandum, je me jette sur les deux piles – grossies par les vacances – de journaux qui m'attendent. L'affaire du sous-marin proprement dite a sans doute été classée secret défense, et les journalistes, en mal d'informations, brodent leurs colonnes creuses autour des faits précédents de violation des frontières maritimes. En juillet dernier, des gardes-côtes auraient tiré sur un chalutier suspect qui s'était aventuré dans la zone de pêche nationale. Deux mois plus tôt, c'étaient les navires d'une mission d'exploration sous-marine que des patrouilleurs avaient arraisonnés alors qu'ils franchissaient la ligne des douze milles marins des eaux territoriales... Mille petites escarmouches de ce genre s'étaient succédé dans la plus grande indifférence, selon les journalistes, mais, pour reprendre une de leurs expressions favorites, l'actualité serait des plus brûlantes. Ni une ni deux, je saisis le combiné de mon téléphone. Appelle Néva. Est-ce que je peux rencontrer son oncle, le chef de cabinet ? Non, me dit-elle, son oncle ne répond plus à personne, se défie d'elle et de quiconque – il frise la paranoïa, son oncle : avec l'affaire du sous-marin, le cabinet ministériel est sur la sellette.

BIENVENUE EN GRANDE-BARONNIE !

La menace que fait planer cet hypothétique sous-marin, jointe à la crainte du déploiement des rampes de missiles, à la suspicion générale, aux ressentiments accumulés au long des siècles, à l'approche d'élections législatives, tout cela ne tarde pas à alimenter le nationalisme local – chauvin, revanchard, obsidional, xénophobe, comme la plupart des nationalismes des petits pays d'Europe de l'Est. À la une de *Telegraf*, ce matin 5 janvier : « Qu'est-ce que l'identité nationale ? » Ce n'est pas la première ni la dernière fois qu'on se le demande : les hommes politiques, disait Lothar, ont le don pour faire resurgir de leur gibus, d'une campagne à une autre, de très vieilles questions – les nouvelles s'en trouvent à chaque fois rejetées dans d'étranges oubliettes où fermente patiemment l'avenir des électeurs. Dans son article, le journaliste en profite pour déplorer ce qu'il appelle le *communautarisme*. Une manière de signifier, comme je l'ai très souvent ouï dire dans des bars de la ville, au détour de conversations

111

nocturnes qui devaient leur soudain franc-parler, très rare dans le pays, à la quantité d'alcool ingurgitée, que les Polonais se sentent de plus en plus polonais, les Ukrainiens de plus en plus ukrainiens, les Biélorusses de plus en plus biélorusses – et les Russes, de loin la minorité la plus nombreuse, plus russes que jamais. Dans ce genre de conversations, on entend aussi que les Allemands, qui, des siècles durant, ont été les seuls vrais seigneurs, les seuls hommes libres, oui, les Allemands rapatriés sous le Troisième Reich revenaient à la charge, *Drang nach Osten bis repetita*, et ne se disaient plus Barons germaniques ni Allemands de la Baltique, mais Allemands tout court ; on s'indigne au passage que les Tziganes soient restés trop tziganes, les Lives trop lives, les Zèques trop zèques – faudrait-il ajouter à défaut d'avoir tous péri ? Cette rhétorique accablante va souvent jusqu'à regretter la présence d'une centaine de gens que la police des frontières enregistre comme Somalis (une famille de cette espèce aurait échoué en novembre dernier sur le rivage), comme Afghans (il y a de cela un mois, on en aurait découvert une poignée moribonde dans la soute d'un cargo), comme Irakiens (mais qui se disaient kurdes, ou chiites, ou sunnites, ou turkmènes ou même, allez savoir comment, chrétiens). Quant à ceux que l'on appelait jadis les Zydes, nul n'en parlait plus. Et pour cause : il n'y en avait plus trace dans le pays, de Zydes !

Bienvenue en Grande-Baronnie ! disait Lothar. Tu vois bien que j'avais raison : nous nageons en pleine suissification ! Samuel, il est grand temps de trouver une *identité nationale* pour cimenter tout ça ! Dans les autres pays de l'Union, on en a une, d'identité nationale, ça ne fait aucun doute ! Que vont-ils penser, ces gens-là, de la Grande-Baronnie ? Eh bien ! Encore faudrait-il, pour en penser du bien ou du mal, qu'ils puissent la situer ! Comment s'appelle sa capitale ? Sa monnaie ? Sa langue ? Son peuple ? Ces questions refont surface depuis que le pays a intégré l'Union. Dire que Lothar lui-même, pourtant conçu là-bas, n'avait jamais rien su de son pays prénatal ! L'exemple de sa mère est pour lui une énigme absolue : pourquoi ce besoin de se fondre corps et âme dans la société suisse, dans son petit canton de Bâle-Campagne, au point de n'avoir rien légué de ses origines – non, rien, pas même quelques mots d'une langue qu'il lui avait fallu apprendre par ses propres moyens, de a à z ? J'en suis témoin : dès que Lothar s'aventure à raconter que sa famille maternelle est originaire d'ici, il n'arrache pas la moindre poignée de main, pas même un sourire, aucune marque de sympathie, aucun signe de connivence. Il suscite au mieux de l'incrédulité, au pire de l'indifférence. Et cet aveu, lorsqu'il ose le faire, ne suffit pas à faire vaciller le regard suspicieux qui vous guette ici à tout coin de rue, qui vous désigne comme l'hôte indésirable, l'étranger absolu, le métèque éternel, le bouc émissaire potentiel, celui qu'on juge venu forcément pour des motifs obscurs, s'ils ne sont pas tout simplement inavouables et moralement indéfendables. Il faut dire au passage que les rues de la capitale, avec leurs *klubs* maudits, pullulent de raisons de vous faire illico presto regrimper, conçu on non ici, sur votre charrette d'infamie. Quant aux rares autochtones qui considèrent

Lothar comme un peu des leurs, ils font mine, le temps d'ingurgiter leur pinte de bière locale, de ne pas voir ses yeux qui ne sont pas tout à fait bleus, ses cheveux qui ne sont pas tout à fait blonds, son nez qui n'est pas parfaitement concave, son faciès qui n'est pas dolicho-céphale.

GUERRE DU GAZ

En arrivant tard au bureau, ce matin 6 janvier, j'entends le téléphone sonner. Dans le combiné retentit la voix caverneuse de l'ambassadeur de Nollant, sur un ton furibond. Quoi ? Vous n'êtes pas au courant ? Vous n'avez pas dépouillé votre pile de télégrammes ? Mais qu'est-ce que vous avez foutu de toute la matinée, bon sang ? Vous devriez dormir, la nuit, cher ami, au lieu d'écumer les bars de la vieille ville ! Comment ça, vous ne savez pas qu'il y a une nouvelle affaire d'espionnage ? Comment ça, vous ne savez pas qu'il y a eu perquisition au domicile d'un espion, ils nous ont fait le grand classique, ils ont trouvé des cassettes pornos, avec des mineurs, des petits garçons – le type se retrouve inculpé de tous les chefs d'accusation possibles et imaginables : pédophilie, proxénétisme, recel de matériel pornographique, haute trahison. Avec ça, ils sont sûrs de le juger ou d'obtenir son renvoi, et qu'en échange tous nos agents soient rapatriés. L'affaire fait déjà la une des journaux, envenime les relations diplomatiques, met toutes les ambassades en alerte. Paris nous somme sur-le-champ de l'informer. Nous croulons sous les télégrammes.

Le lendemain, 7 janvier, nouveau rebondissement. Les autorités voisines en ont profité pour annoncer le gel jusqu'à nouvel ordre de leurs livraisons de gaz. Personne n'est dupe, cela dit : à l'origine de cet embargo, chacun sait qu'il y a les pourparlers quant à l'éventualité du déploiement d'un bouclier antimissile sur les côtes du pays. La guerre du gaz est déclenchée. Et comme l'approvisionnement de la zone dépend à quatre-vingt-dix-neuf pour cent de ce gaz qui n'arrive plus, le pays entier est pris de panique – nul n'ignore qu'il n'est pas possible de tenir plus de deux semaines avec les stocks accumulés. Or, d'après la météo, le mois de janvier sera froid, très froid.

Une semaine plus tard, le 15 janvier, les livraisons de gaz n'ont toujours pas repris. La météo annonce l'hiver le plus rude depuis cent ans. Voici deux jours que le mercure n'a pas remonté la barre fatidique des moins vingt-cinq degrés Celsius. Comme l'exige la loi, toute activité politique ou diplomatique est suspendue. L'ambassade a fermé ses portes. Me voilà au chômage technique.

GEL GÉNÉRAL

Imaginez tout un pays qui ne travaille plus, ne se lève plus, ne prend plus sa bagnole, le taxi, le bus, le trolley, le tramway, n'entend plus de klaxons, ne connaît plus de bouchons ! Imaginez le rêve de tous les peuples, de toutes les nations, de toutes les sociétés, de toutes les civilisations : trêve générale ! Seulement, trêve générale ici ne va pas sans gel général !

Je profite ce matin de mon premier jour de congé forcé pour marcher dans les rues de la ville, histoire de défier le froid. Lumière vive, air sec, ciel adamantin. Les façades paraissent transparentes – les vitres, le crépi, les parpaings, la roche elle-même sur le point d'éclater. J'ai le sentiment de déambuler dans une cité de quartz menacée d'implosion. Le moindre détail saute aux yeux et je suis étonné de ne pas avoir vu, depuis mon arrivée, ces traces de tirs, ces impacts de balles, ces éclats d'obus ou de roquettes, qui témoignent, au cœur de la vieille ville, de la violence du dernier siècle.

Il me faudrait des milliers de pages pour énumérer tous les détails qui se sont révélés ce matin et se sont gravés dans ma mémoire. Des milliers de pages pour énumérer les impressions ressenties dans la rue. Sa majesté le gel rend les gens enfin disponibles. On les voit marcher lentement. Non pas flâner – chaque geste est coûteux – mais prendre leur temps. Pour la première fois, on me regarde, on me toise. Je ne suis plus invisible. Et je ne vois plus des mannequins mais des visages. Visages de jeunes filles enjouées par le gel. Visages de vieilles dames dont on voit tous les pores, les poils et les points noirs qui incrustent leurs joues. Visages des ouvriers municipaux – les seuls admis à travailler en dessous de moins vingt-cinq degrés. Avec une rage de bagnards, ils dégagent la chaussée, les trottoirs, les parcs, et on les entend rire malgré l'air glacial qui rend leur nez rubicond, leur gèle les narines et fait blanchir leurs moustaches.

LA LIGNE DES GLACES

Néva s'ennuyait sous les neiges de novembre, mais le gel de janvier est son vrai royaume – cela se voit dans ses gestes, dans la fraîcheur retrouvée de sa voix, dans les nouveaux défis qu'elle se fixe ; la glace l'a ragaillardie. Si la neige assourdit les sons, le gel en revanche les affine, les aiguise, les affûte, leur donne une qualité cristalline. Un soir, elle me confie qu'elle a fait avec des amis le pari de traverser tous les canaux de la ville en une nuit, les sept canaux, je n'ai qu'à la suivre si je ne la crois pas capable. Je la suis. Une paire de patins chacun. Sur la rive du premier canal, je la regarde lacer ses patins, se hisser sur les lames, et voici qu'elle sautille, comme si elle était née sur des patins, comme si elle avait appris à glisser avant de marcher. Elle plante une chapka de fourrure sur son front livide et s'élance, on entend la glace crisser, elle se déhanche, patine en avant, patine en arrière, disparaît dans la nuit, revient en sifflant, son fou rire étincelle dans la nuit, elle passe une fois, deux fois, me tend sa grande main blême et gelée.

Allez, allez, viens ! Je reste sur la rive, tâte la glace, hésite. J'entends craquer la glace. Mais c'est de la folie ! – Quoi, tu as la frousse ? – Qu'est-ce que tu dis ? Ça craque ? Je crie, oui, ça craque, aïe, ça craque, je veux rebrousser chemin. Je me dirige vers le dôme blanc de l'opéra, dans la nuit mon seul repère, non ce n'est pas l'opéra, c'est un mur de neige. Elle m'attend déjà sur l'autre rive, d'elle on ne voit plus que le spectre ovale de son visage dans la neige et le fanal rouge de sa jupe. Elle se moque de moi, je l'entends répéter *froussard froussard froussard* tandis que je me déchausse et me dirige vers l'abribus, bien décidé à rentrer. Un message de victoire sur l'écran de mon portable m'avertit qu'elle l'a gagné, son pari – elle a pris pour preuve des photos, au cas où je ne daignerais pas la croire. Nous nous retrouvons rue Baronia, face au cimetière, sous la façade blanchie à la chaux de la chapelle funéraire. Le rendez-vous habituel. Elle court dans le vent, sa chapka de fourrure à la main, qu'elle agite devant sa jupe rouge comme un trophée de chasse, et sa frange affolée défie la nuit – sur son épaule étincelle au clair de lune la lame électrique de ses patins. Je descends à sa rencontre. L'embrasse. Les gerçures de ses lèvres brasillent dans la pénombre et me glacent le sang. Son visage a plus que jamais cette pâleur qui abolit mes désirs, intimide mes gestes. Je lui prends les deux mains. Ses longs doigts sont crevassés d'engelures, violacés par l'onglée...

Aujourd'hui 16 janvier, la balade reprend, plus insolite, car cette fois-ci Néva veut braver la mer. Lothar nous accompagne. Nous marchons sur la glace, dans la neige, à quelques encablures au large de la ligne où la plage nous marquait d'ordinaire sa frontière, que ne rappelle qu'un peu d'ocre sous la croûte diaphane. Sous nos pieds, l'hiver avide dévore la mer à grands coups de mâchoires – crocs blancs, parfaitement blancs. Voir s'évaporer la mer dans le soleil du matin, happée par le froid, réémerveille en chacun de nous l'enfant. Lothar retrouve le sourire, Néva court sur ce rivage gelé comme en terre retrouvée. Serait-ce l'alpage helvétique ou le Grand Nord canadien qui revit en eux ? Je ne viens pas comme eux du fin fond de l'hiver – il n'empêche, tout ce relief miniature, ces minuscules estuaires de glace, ces vagues givrées en plein vol, cette petite banquise éphémère, tout cela me parle intensément : c'est tout un pays dangereusement fertile qui s'éveille sous nos pas. Lothar redevient dans ce décor vivifiant un vrai gosse. Il prend part à nos batailles de boules de neige, joue au jeu de l'ange, en se jetant dans la neige, agitant les bras pour laisser des traces d'ailes. Pour la première fois je le vois rire à gorge déployée. Mais en même temps je sens confusément qu'il nous observe, nous juge ou plutôt qu'il jauge de l'œil nos désirs. Néva, dont le gêne la beauté, la jeunesse, la frivolité, l'apparence de bonne santé, lui demeure étrangère – Néva, qui est si réceptive aux humeurs d'autrui, et qui décèle bien, dans les gestes, les paroles, les haussements de sourcils de Lothar, tout le mépris qu'il nourrit à son égard –, Néva l'évite et se sent à l'étroit dans ce trio : elle s'éloigne, court sur la mer de glace et de neige, nous hèle des bras dans la brume, hohého hé, elle sait que nous n'oserons pas braver l'hiver, elle revient, sa frange givrée sur son front rougi, moque notre frilosité, notre *frousse*, dit-elle en exagérant à dessein ce *frrr* qui dévoile enfin son très léger accent. Et, tandis qu'elle s'éloigne encore, Lothar se penche vers moi : on dirait un ange, Samuel, mais je parie qu'elle cache une femme fatale ! Et comme pour approuver ses paroles, toute cette glace étale autour de nous renvoie en écho ce dernier mot – *fatale fatale fatale !*

Prophétie, les paroles de Lothar ? Toujours est-il que nous n'avons pas tardé à nous brouiller, Néva et moi. Ses vacances italiennes, l'hiver hyperboréen, le retour des ciels bleus, le rallongement sensible des jours, son enfance québécoise qui se réveille et craquelle sous nos pieds, tout ça l'a revigorée, Néva. Finies, les hystéries de décembre. Finies, les soirées passées à se dire qu'elle était damnée. Le damné, désormais, c'est moi. Mademoiselle moque mes soirées pantouflardes et souhaite me voir rappliquer avec sourire et bouquet de fleurs à la sortie du théâtre. Et puis, sortir ! Sortir, oui, il nous faut sortir tous les soirs ! Mademoiselle rêve cinéma, opéra, cabaret, casino, ou ne rêve pas puisque tous ces lieux, grâce à son beau-père, lui ouvrent gratuitement leurs portes, clin d'œil du veilleur de nuit, du groom ou du serveur en prime. Mais comme je suis devenu terriblement casanier, mademoiselle est condamnée à sortir seule, et je ne la vois plus qu'une fois par semaine. Au téléphone elle me dit : Samuel, tu me dégoûtes, la seule chose qui t'intéressait avec moi, c'était que je pouvais t'aider à tracer ta satanée frontière !

Le lendemain de notre balade sur la mer, Néva s'enfuit de chez moi à l'aube et je me retrouve, la gueule de bois carabinée, le désir en berne, errant dans les rues glaciales de la ville, sous un ciel blafard. Je marche vers la gare centrale, traverse le grand hall vide, les couloirs vides, les quais vides, et m'engouffre dans le petit train jaune qui dessert le chapelet de plages – les transports en commun, partout dans le pays, fonctionnent à merveille et par tous les temps. Lothar a promis de me rejoindre en voiture. Un bref message m'informe qu'il ne viendra pas : le gel excessif de ces derniers jours a eu raison de la vieille Volkswagen, qui rend l'âme, et lui, plongé dans ses recherches, ne se sent pas la force de marcher, par un froid pareil, jusqu'à la gare.

Neuf heures du matin. Le train est presque vide. La ville dort à poings fermés sous la couette cristalline de cet hiver extravagant qui lui alloue une dernière grasse matinée. Je descends au hasard dans une des petites gares qui se confondent sous la neige. Je marche à grands pas en direction de la plage. Mer gelée à perte de vue. On ne distingue plus, à l'horizon, le liseré gris-bleu qui indiquait la limite de la glace et des eaux libres. Me voici seul face à tout un Groenland miniature. Je m'assois quelques instants sur un banc. À ma grande surprise, le thermomètre géant, là-bas, indique – 5 °C. Le fond de l'air s'est donc radouci brutalement, ce qui n'est pas encore sensible, la faute à une humidité tenace. La glace n'est plus du tout le miroir étale que Néva, hier, arpentait. On croirait que la mer s'est ébrouée sous l'effet d'un raz-de-marée. À l'horizon, sous le grésil, s'attroupent les bouées inquiétantes des hummocks que la houle a culbutés. Dans mon dos, sous un ciel de catastrophe, vont et viennent les rares passants. Des vieilles dames pour la plupart – bonnet d'astrakan, manteau de fourrure, allure d'épouvantail, démarche claudicante. De la buée les précède, seul témoignage qu'elles sont encore vivantes, et leurs traces de pas laissent sur la plage enneigée comme une queue de comète amère.

Là, au bord de la mer gelée, je me suis mis à parler tout seul.

Quel bon vent vous amène ici, mes jolies vieilles dames aux joues couperosées, que le XXe siècle a laissées veuves ? Êtes-vous venues fleurir la tombe de ceux que les purges continuelles ont transformés en fugitifs, en loups des steppes, des glaces ou des neiges ? Êtes-vous venues saluer la mémoire de tous ceux qui, déçus par un *dégel* qui n'était que langue de bois, ont pris femme et enfants par la main, les ont assis dans des luges, et se sont mis en tête de les haler sur la mer de glaces, à travers le rideau de fer, direction le monde libre ?

Soudain, magnétisé par sa silhouette de succube franchissant le brouillard, je me lève de mon banc, marche en suivant machinalement, tout engoncé dans ma parka, les empreintes d'une vieille dame. Et luttant contre le vent qui souffle fort, luttant contre la neige qui tombe dru, je marche, je marche, je marche en pensant à cette ligne rouge, là-bas, dont je peux aller tâter du pied l'inexistence – oui, je marche en pensant à mon atlas inachevé, ce qui me ramène à ma vocation manquée de géographe, vocation étant d'ailleurs un bien grand mot, puisque mon désir de devenir un jour un géographe (ce que j'imaginais comme un arpenteur, un géomètre, un explorateur, une sorte d'aventurier en gilet de chasse, maniant compas, sextant, boussole, longue-vue) n'était qu'une tocade née d'une enfance passée sur le blanc des cartes, à inventer des pays, des légendes. Bientôt, je me retourne, constate que mes pas se sont effacés, que la côte n'est plus en vue, que la bourrasque gronde de plus en plus fort, on entend gémir la glace, la nuit menace, une frousse infantile me tord les entrailles, j'avance à l'aveuglette dans le brouillard, pense un instant à la leçon du Petit Poucet – trop tard, pas la moindre caillasse ici, est ouest nord sud ne sont que neiges, glaces, vapeur, alors comme pour m'assurer que rien ne pourrait conjurer mon naufrage, si la glace se mettait à craquer, si la banquise se mettait à dériver, je tends la jambe droite, trace du talon des lignes que la neige et le vent effacent aussitôt, puis je m'agenouille, arrache à la glace une lame translucide dont la forme évoque un aileron de requin, la brise, l'émiette dans la tempête, en presse les glaçons entre mes doigts, sens me gagner la paralysie, pense à ces explorateurs revenus du pôle aveugles, un membre amputé, et comment savoir ce qui se passe dans ma tête, l'instinct de survie, l'élan vital, oui, la vie en avant toute, je me mets à galoper au hasard, ne voyant rien puisque la nuit tombe aussi vite que la neige, ne sentant pas le froid sous ma parka, le visage criblé de cristaux, la tête baissée pour faire front, ruant tel un torero trouillard dans l'arène enneigée, me traitant de tous les noms, les oreilles tendues sous ma chapka à l'écoute des geignements de ce mélange de neige et de glace vivantes, krsrksrksrsksrkrfgrghskrsskkk, frghsrfrghsrsfrghsrsfrghssfsrsksfrrfrghs, sirtisirtsirtsirtsiirtststsrstsiiiirtsiirt, litanies morbides, langue de chaman, susurrements de sirène infrasonores, stridulants, à vous percer les tympans ! Alors que je me hâte de mon mieux dans tout ce tohu-bohu, le crâne empli de l'incommensurable écho qu'en parfait idiot j'ai voulu braver, une foule de pensées s'agite dans mon cerveau transi, et voilà que j'imagine Lothar m'accueillir à la gare trempé jusqu'aux os, la mine déconfite, les oreilles cramoisies, et me dire avec sur son visage un air blasé : braver ce rebord de l'Europe, fouler ce précipice glacé, chimères, Samuel, chimères romantiques ! Et c'est la cervelle assiégée de ces paroles imaginaires que je la vois apparaître là, en ligne de mire, la chimère. La magnifique chimère. Quelque chose de noir qui grossit à mesure que j'avance – point, tache, masse enfin, noire et trapue... Un périscope de sous-marin ? Un coq de bruyère ? Un ours brun ? La fameuse Bête des légendes ? Je m'approche. Assis sur une glacière, penché sur la blancheur, l'homme attend que ça morde. Devant lui, un petit réchaud de camping et un trou, un grand trou noir. Posés sur le rebord de la glacière, en équilibre instable, une bouilloire à piles et un échiquier portatif, pour faire passer le temps. Hardi pêcheur, toi, tu n'as pas peur que la mer te tombe sur la tête ! Toi, tu oses plonger au fond de l'inconnu ! Qu'as-tu trouvé de nouveau sous la ligne des glaces ? Un phoque ? Un narval ? Une sirène ? Une ondine hyperboréenne ? Ah ! voici qu'il se tortille au bout de tes moufles, ton menu fretin – sprat ? hareng ? triton ? lamproie ? Non, rien qu'un petit ver marin – rouge vif, couleur de chair crue. Au moment où je passe près de lui, le pêcheur bascule sa tête encapuchonnée, ouvre la bouche, hop, avale sa proie tartare. Entre la manche de son anorak et le rebord de sa moufle, j'ai le temps d'apercevoir, tatoués sur la face intérieure de son poignet pâle, des chiffres bleus.

COMBIEN DE DIVISIONS ?

Avec le redoux – tout relatif, le thermomètre oscille entre moins douze et moins quinze –, les activités ont repris, les affaires économiques, politiques, diplomatiques, leur cortège inénarrable de mauvaises nouvelles. La guerre du gaz bat son plein. Elle aurait même causé la mort de huit personnes dans le Caucase et les rumeurs les plus noires vont bon train. Il souffle sur toute la zone un vent de terreur panique, commentent les journalistes en prévoyant sur un ton apocalyptique que le gouvernement du pays limitrophe aurait la ferme intention de planifier par une privation prolongée de gaz un vrai *génocide*. Et d'évoquer comme ultime secours les possibilités d'un ravitaillement par la providentielle Norvège, *via* la Baltique. Les journaux les plus gagnés par l'hystérie nationaliste obsidionale ne parlent plus seulement de guerre du gaz, ni de *nouvelle guerre froide*, comme la semaine dernière, mais de guerre tout court. De course aux armements. Depuis la fenêtre de mon bureau, j'observe la relève de la garde.

Pas de l'oie, tenues caca d'oie. Garde-à-vous. Marche. Une, deux. Une, deux. Faut-il avoir peur de l'armée nationale ? En écho de toutes ces rumeurs de veillées d'armes me revient le mot de Staline à propos du Vatican : *combien de divisions ?* Mais cette fois-ci, derrière un pays de rien du tout, il y a l'Union, et derrière l'Union, l'Organisation, ses missiles dernier cri.

La situation est telle que le chef de l'État doit intervenir à la télévision pour exhorter ses concitoyens à garder leur calme. Je suis l'émission dans une des brasseries de la vieille ville où l'on vous sert à toute heure du jour et de la nuit, dans une ambiance folklorique, des plats considérés comme nationaux, mais qui sont la plupart du temps russes, ukrainiens, polonais, scandinaves ou germaniques. La présidente de la république pose dans les parages de sa résidence d'hiver, en robe de mousseline rose. Poitrine opulente, belle bouille albâtre, couronne de natte impeccablement tressée, d'un blond si blond qu'il paraît verni au jaune d'œuf. À l'arrière-plan, on distingue un paysage idyllique de mamelons immaculés – avec au loin la silhouette fantomatique d'un manoir drapé de neige. Le discours interrompu suite à une coupure de courant, ma choucroute avalée, ma bière sifflée d'un trait, je décide de décamper, paie le serveur, me presse vers la sortie, pousse la lourde porte blindée, entends le vent rugir, le trottoir verglacé remuer d'un grincement de bottes suivi d'un cliquetis de chaînes. Une horde adolescente en guenilles militaires – brodequins noirs, blousons de cuir noirs, têtes rasées, teint blafard – surgit du bar d'en face, se dirige tout droit vers mon teint mat, mes cheveux frisés, mon menton mal rasé et mon air apeuré. On m'adresse la parole en allemand : *Amerikaner ?* Comme je fais signe que non : *Jude ?* Même signe que non. Sur ce, sourires canins, piercings qui étincellent, puis : *Trinken Sie ?* Et l'on me brandit à la figure une bouteille de vodka armoriée de l'aigle russe – deux têtes, trois couronnes.

Le lendemain, j'apprends lors de la revue de presse qu'une patrouille de police a retrouvé dans les ruelles de la vieille ville un Somali laissé pour mort : on a l'habitude, nous dit l'interprète en se tournant vers l'ambassadeur – vous savez, c'est comme ça tous les ans, à cause du 30 janvier.

THAARACONTA

Parti ce matin à la recherche d'une carte géographique, j'en ai découvert une autre, d'une valeur insoupçonnée. C'est la juste récompense de plusieurs matinées passées dans la poussière d'une petite boutique d'antiquités de la vieille ville. Matinées entières à me noircir les doigts à la recherche d'anciennes cartes d'état-major des districts frontaliers, à l'échelle la plus précise possible. Hier, l'ambassadeur a fini par perdre patience et m'a convoqué dans son bureau : cher ami, j'en ai assez de vos perpétuelles *procrastinations*, vous disposez d'une semaine pour me remettre *le machin* – une semaine, vous avez pigé et pas un seul jour de plus !

Sitôt poussée la porte de la boutique, j'ignore la grimace en coin de celle qui m'accueille d'un glacial *Hi !* gravé sur son dentier et me dirige vers l'arrière-fond, là où je sais que se trouvent, dans des tiroirs, les cartes topographiques. La vendeuse approche sous ses verres grossissants. Je lui dis que je dois bientôt quitter le pays et souhaite emporter en guise de souvenir de vieilles cartes d'état-major – oui, je suis collectionneur. Elle, dans un anglais lesté d'un très fort accent : *What you mean by old ?* Et, faisant claquer le *d* de *old* contre son palais, elle ouvre d'un geste brusque un des tiroirs. En sort des cartes topographiques de plusieurs éditions : 2000, 1996, 1992. Les dispose machinalement sur un présentoir. Je me penche, jette un rapide coup d'œil. Vous n'avez rien de plus précis ? Rien de plus vieux ? De l'ancien régime ? D'avant la guerre ? Pour toute réponse, elle se contente de pivoter la tête de droite à gauche. J'insiste. Vous plaisantez ? Cette fois, elle émet un triple *niet* catégorique : pas de carte plus vieille, pas de carte plus précise. Je hausse le ton – j'ai fini par comprendre que dans ce pays, les employés ont gardé de l'ancien régime une propension à crier *niet* avant toute vérification, le *niet* et le geste sans appel qui l'accompagne valant alors comme un acte instinctif de résistance. Où est-ce que je peux trouver mon bonheur ? – Pas ici en tout cas.

Je suis sur le point de jeter l'éponge lorsque la patronne, belle plante hélas laquée du plus pur kitsch, fait – sous une perruque noire – son entrée en scène. S'approche sur le glaive d'acier, bien dix centimètres de haut, de ses talons. Demande ce que monsieur désire, d'une voix rauque. Je réitère ma question. Sa main hérissée de faux ongles pailletés m'intime l'ordre de la suivre au sous-sol. En descendant les marches de l'escalier en colimaçon, je note qu'elle trémousse superbement des hanches. Une fois au bas de l'escalier, elle fait de la lumière. Une salle sombre et voûtée. Une sorte de crypte. Des murs lépreux s'exhale une odeur de soufre, et la patronne me rappelle en souriant que nous évoluons le reste du temps au-dessous du zéro des cartes, portés comme à Venise par des pilotis que rongent les marées – heureusement, la mer, ici, n'est pas très salée. Sur des étagères croulantes, parmi de vieux in-quarto, elle me montre des rouleaux de papier jaunis. Elle en saisit deux, les époussette d'un air dégoûté, pivote sur ses talons couleur d'acier. Ce sont des fac-similés, dit-elle en anglais. Bref, ça ne vaut pas grand-chose, rien à voir avec les magnifiques originaux encadrés là-haut, vous avez vu, et puis pour le prix on peut toujours s'arranger. Personne ne lui en achète jamais, raison pour laquelle elle ne les expose plus au tout-venant, dit-elle en clignant de l'œil sous ses faux cils avant de se passer la main dans sa chevelure de magazine. Je tâche de ne pas prêter attention à son petit manège et je déroule sans espoir quelques-uns de ces nids à poussière. Oui, ce sont bien des fac-similés. Des fac-similés de vieilles cartes de la Baltique. Pour la plupart de qualité décevante – quant à l'échelle, elle n'est jamais assez précise. Dépité, je finis par choisir une carte au hasard, histoire de remercier la patronne de s'être donné tant de peine. Elle me présente un cylindre en carton, je roule la carte, elle me la prend des mains, l'enfonce avec adresse dans le cylindre et nous remontons l'escalier en colimaçon – elle en tête, moi derrière et m'efforçant de fuir des yeux le tortillement redoublé de son fessier prodigieux. Et c'est ainsi que je me retrouve à traverser le brouillard givrant, un cylindre en carton glissé sous le bras.

133

De retour à l'ambassade, je me fais annoncer chez Reval, le vice-consul. Ce grand blond frais émoulu du quai d'Orsay m'avait reçu quelquefois pour me livrer des documents relatifs à la frontière et, suite à nos conversations interminables, qui touchaient un jour aux mathématiques dont il était féru, le suivant à l'histoire, la géographie, la géologie, l'archéologie, j'en avais déduit qu'il était, malgré sa trentaine à peine entamée, un grand amateur de vieux livres, de vieilles pierres, de toutes sortes de vieilles choses, et surtout de vieilles cartes. Il me reçoit avec la bienveillance et le solennel que je lui connais, dans son bureau fleurdelisé. Sa cravate assortie à la tapisserie, fleurdelisée elle aussi, nouée à l'étrangler, jaillit d'un complet à rayures qu'il ne desserre jamais d'un cran et lui donne avec sa pipe au bec un air vieille France assumé. Ses cheveux blonds et raides, sa raie de côté, son petit épi qui rebique sur le dessus du crâne et qu'il essaie en vain de lisser toutes les deux minutes, ses yeux d'un bleu vif à donner froid dans le dos, tout cela me rebute mais c'est trop tard, je suis entré, je ne peux plus faire marche arrière et je m'assois sur le voltaire fatigué qu'il me désigne en commandant – d'un coup d'interphone – du café à sa secrétaire. Je ne l'ai jamais vu dans cet état. Il est aux anges, littéralement aux anges, dit-il en relevant sa mèche sur son front pâle et en brandissant la loupe qu'il vient de sortir d'un tiroir.

Il me lit le frontispice de la carte : *Carta da navigar di Nicolo e Antonio Zeni furono in Baltia* ! Un fac-similé ? Mais voyons, Samuel ! Redites-moi combien vous avez payé ? Soixante euros ? Où ça ? Vous n'avez pas eu affaire à des antiquaires, mais à des amateurs ! Regardez-moi ça, ce n'est pas du papier, c'est du parchemin ! Si ça se trouve c'est un original, Samuel, et alors ! Champagne, champagne, crie-t-il aussitôt dans le combiné de son téléphone à l'adresse de sa secrétaire, champagne ! Cette carte, s'il s'agit bien de l'original, ce que nous allons vérifier sur-le-champ, figurez-vous qu'elle a été publiée à Venise en 1570 comme vous pouvez le voir gravé là en chiffres romains, vous voyez MDLXX, soit douze ans après la carte des pays du Nord du même auteur, un certain Nicolo Zeno, gentilhomme et aventurier vénitien... Mais cette carte, là, Samuel, que nous avons sous les yeux, elle est infiniment plus rare que la carte des pays du Nord, dont il existe des centaines de copies de par le monde... Comment est-ce possible, où est-ce que vous êtes allé me dénicher ça, appelez-moi le chiffreur, bon sang, il s'y connaît, Fignol, il sait identifier un original, et reprenant son combiné d'une main, il appuie de l'autre sur la touche *Fignol*.

De Nicolo Zeno, me confie Reval en reprenant son souffle et en bourrant sa pipe, il a lu la relation du voyage dans les mers septentrionales prétendument effectué à la fin du XIVe siècle par ses ancêtres. Un chapitre y est consacré à la mer Baltique mais celle-ci n'a pas été représentée sur la carte qui accompagne en 1558 la publication de l'ouvrage. En effet, cette carte se termine à l'est sur les franges déchiquetées des côtes norvégiennes qui portent l'inscription *levante*. Carte bien connue des amateurs, Samuel, et vous qui êtes géographe vous devez savoir qu'elle a valu à Sir Martin Frobisher, qui cherchait alors le Passage du Nord-Ouest, d'aborder en 1576 les côtes du Groenland en étant convaincu d'avoir atteint l'Ultima Thulé des Anciens. Quoi ? Vous n'avez jamais entendu parler de cette histoire ? Frobisher, ça ne vous dit rien ? Et, appuyant de nouveau sur la touche *Fignol* de son téléphone : il descend, nom de Dieu, ce chiffreur ?

La carte que le vice-consul Reval déroule délicatement sur la table basse en l'examinant à l'aide de sa loupe est d'une exécution infiniment plus détaillée, infiniment plus rigoureuse que celle de 1558. Les contours des golfes de Botnie (Boddicus Sinus) et de Finlande (Finnicus Sinus) sont d'une précision étonnante pour l'époque. Regardez, cher ami : aucune île de la Baltique n'est omise. Tenez, prenez ma loupe. Je prends sa loupe et je lis : Bornholm, Oelandia, Gotlandia, Dagho, Osilia, et, en effet, pour avoir numérisé quantité de cartes de la région, j'ai bien l'impression qu'il ne manque aucun îlot à l'archipel d'Alandia. Mais quelque part entre Gotlandia et Osilia, au large des côtes de Curlandia, en pleine mer Baltique, apparaît une île d'une forme tarabiscotée.

Son nom : Thaaraconta.

Une préfiguration de la Grande-Baronnie ?

Dans la notice en italien reproduite au dos de la carte, notice que le vice-consul me lit d'une traite sur un ton fanfaron, un petit paragraphe est consacré à chacune des contrées représentées. Je traduis ici le paragraphe sur Thaaraconta : « Royaume de Thaaraconta. Les Anciens ont très rarement mentionné cette île, qui porte chez Pythéas le nom d'Abalum. Parmi les nouveaux écrivains, Magnus Gothus, évêque d'Uppsala, Albertus Crantzius, grammairien saxon, Jacobus Zieglerus, Sigismundus

Heberstein dans ses commentaires de *Moscovia*, ont décrit ce pays qui fut jadis sous la juridiction des rois de Danemark. Le royaume est riche, autant par les ressources de la mer, qui est très poissonneuse, que par celles de la terre, où prés, forêts et rivières sont nombreux. Une grande partie de cette île est montagneuse. Les habitants y parlent une langue inconnue. »

Bien des traits rappellent la Grande-Baronnie, mais plusieurs questions se posent à qui voudrait confondre les deux pays. Tout d'abord, le nombre d'îles. Personne ne s'entend quant à savoir le nombre d'îles et d'îlots que compte la Grande-Baronnie. Il y a quelques mois, la Diète aurait même chargé une commission scientifique d'estimer le nombre de *formations géologiques* (c'étaient les termes employés dans le communiqué) qu'il convenait de considérer comme des îlots à part entière. La commission venait de livrer ses résultats, concluant à l'existence de vingt-sept îlots en plus des quatre îles principales, les autres formations n'étant pas habitables, et par conséquent reléguées au rang de rochers. Et, me dit le vice-consul, ce n'est pas vous le géographe qui allez me dire le contraire mais ces vingt-sept îlots, regardez, fait-il en me désignant la carte murale qui décore son poêle en faïence, vu d'ici il faudrait des jumelles pour les distinguer : et pour cause, le plus grand couvre à peine un millier d'hectares... À ce propos, ça avance votre atlas ? J'ai pensé à ce que vous a dit l'ambassadeur, l'autre jour. Au pixel près, vous avez vraiment numérisé la frontière au pixel près ? Non, je vous dis ça parce que dans le fond tout dépend de l'échelle considérée. Mettons par exemple qu'on applique la théorie des catastrophes. Votre frontière, au pixel près, elle devient tout simplement infinie ! Et il y a des jours où je me dis : si seulement on appliquait ces théories à la cartographie, les cartes qu'on obtiendrait n'auraient rien à voir avec celles que nous avons l'habitude d'utiliser. Les cartes géographiques, Samuel, toutes les cartes géographiques utilisant la bonne vieille métrique euclidienne, appartiennent au passé, aux collectionneurs. Les seules cartes qui devraient avoir cours de nos jours, ce sont les cartes par anamorphose, celles qui prennent en compte les données historiques, économiques, démographiques, voire psychologiques, et nous rappellent que le futur se joue en Asie, que l'Amérique décline, que l'Afrique est court-circuitée, que notre vieille Europe sera bientôt une petite presqu'île de rien du tout...

Je ne l'écoute plus. Je regarde attentivement la carte de Zeno : Thaaraconta, là, sous nos yeux, c'est une île, une seule. Et si, depuis le XVIe siècle, plusieurs îles s'étaient détachées d'une île mère, à la suite d'une catastrophe géologique ou climatique – d'un séisme ou d'un raz-de-marée ? On sait bien qu'avec le temps des îles naissent et d'autres disparaissent ! Cette idée me plaît, mais je n'ose la formuler – si elle n'était pas pure fantaisie, le vice-consul l'aurait évoquée. En silence, il me tend sa loupe et j'observe que cette île de Thaaraconta aux côtes déchiquetées ne correspond que de très loin à la forme qui se dessine, là-bas, parmi les fleurs de lys, sur la carte murale parsemée de punaises multicolores. En revanche, à vue d'œil, les deux pays semblent de la même taille.

Quant au nom de Thaaraconta, on ne le retrouve sur aucune carte, ni antérieure ni postérieure à celle de Zeno, me soutient le vice-consul, il est on ne peut plus formel.

Vous voulez savoir la vérité ? Ce brave Zeno devait avoir horreur du vide. Pour un Vénitien accoutumé à vivre sur un archipel, à sillonner la côte dalmate et la mer Égée, la Baltique ne pouvait pas compter si peu d'îles. À l'instar de ces terres improbables dont il avait entouré l'Islande sur sa carte de 1558, son île de la Baltique était le fruit de son imagination. Cela dit, Thaaraconta n'a pas eu la bonne fortune de ses comparses atlantiques. Elle n'a pas trompé les géographes. Tandis que Frisland, Estland, Icaria, Drogeo ou Thulé se retrouvent sur toutes les cartes jusqu'au XVIIe siècle. À propos, vous savez que certains auteurs situent la vraie Thulé par ici ? Ce serait, disent-ils, l'île de…

Il n'a pas le temps de finir sa phrase. Marmonnant intérieurement son Wagner, Fignol, le chiffreur, a fait irruption dans le bureau fleurdelisé. Reval lui fait signe de prendre place autour de la table basse. Lui tend la carte. Fignol tire une loupe de sa blouse en rajustant de l'index ses lunettes embuées sur son nez camus. Examine pendant une bonne minute le frontispice, la légende, le verso, en secouant mécaniquement la tête de gauche à droite et vice versa. De grosses gouttes de sueur perlent dans son dos, ravivent le vert délavé de sa blouse. Et, d'un air attendri, il nous rend la carte et range sa loupe dans sa poche. Non, c'est un document certes d'une qualité rare, sans doute établi à la fin du

XVIIIe siècle, à en juger à la texture et au degré de vieillissement du papier, à la police des caractères, mais une chose est sûre et certaine, ce n'est pas l'original. D'ailleurs vous êtes sûr qu'il existe bel et bien, cet original ? Moi aussi, je me suis intéressé il y a quelques années à ces fameuses cartes de Zeno, je me suis renseigné auprès de spécialistes, j'ai lu plusieurs livres sur la question et j'en ai déduit qu'elles étaient purement et simplement des canulars.

Et sur ce mot, *canulars*, il se lève. Il est désolé mais il croule sous les télégrammes depuis ce matin. Il se dirige alors vers la porte et la rabat discrètement derrière lui. Sentant qu'à mon tour il est temps de prendre congé, craignant que Reval ne s'impatiente, je me lève. Lui se lève aussi, protocolaire à sa manière, et me tend la carte d'un geste raide. Non, non, c'est pour vous, lui dis-je. Et je lui avoue que si j'ai acheté ce bout de papier qui s'avère un fac-similé, c'est faute d'avoir trouvé les cartes qui manquent à mon mémorandum, des cartes anciennes à l'échelle la plus précise possible. Le vice-consul, visiblement stupéfait, se rassoit dans son fauteuil, pose d'un geste éberlué sa pipe sur son bureau, étend puis croise nerveusement les bras, les décroise, les recroise – le laiton de ses boutons de manchette étincelle sous sa veste. Des cartes anciennes à l'échelle la plus précise possible ! Mon pauvre ami ! Mais vous n'êtes pas au courant ? Ah oui, c'est vrai, j'oubliais, vous êtes nouveau... Et, tout en rallumant sa pipe, il m'apprend que, sous l'ancien régime, on avait scrupuleusement consigné et entreposé toutes les cartes du pays au Conservatoire de la Cartographie, lequel était placé sous la tutelle du Comité de sécurité nationale. Celui-ci n'autorisait la diffusion ni la reproduction d'aucune carte ; le recel de carte géographique était un des plus graves délits, qui pouvait être puni par dix ans de réclusion. Au bagne, vous imaginez, me dit-il, au bagne pour des cartes ! Or voici ce qui s'est passé. En janvier 1991, le Conservatoire, pris d'assaut par les insurgés, est ravagé par un incendie. En l'espace de quelques heures, toutes les cartes du pays sont parties en fumée. Bref, rien n'est plus vain que mes recherches. Rien ne permet de retracer les fluctuations de frontières par le passé. Comme si ce pays émergeait de nulle part. Comme s'il n'avait jamais existé avant 1991. Comme si 1991 était son année zéro. Mon mémorandum et mon atlas n'ont plus de raison d'être, je peux considérer ma petite mission terminée.

AU LARGE DE LA ZYNTARIE ?

Reval se moque-t-il de moi ou me dit-il la vérité ? Et si l'on m'avait affecté dans un pays imaginaire ? Et si je n'avais pas quitté la France ? Et si tout ça n'était qu'un mauvais rêve ? Sorti du consulat, je grimpe quatre à quatre les marches de la chancellerie, regagne mon bureau, m'avachis sur mon fauteuil roulant, hanté par l'idée que je risque de passer les mois à venir à tailler des crayons. Thaaraconta ! La Grande-Baronnie ! Un pays imaginaire ! Un archipel imaginaire !

Tout en ressassant les dernières paroles de Reval, je me lève, formule mentalement le télégramme bien senti que je compte envoyer au ministère afin de lui signifier l'impossibilité de ma mission et... c'est à ce moment-là, grâce à un éphémère rayon de soleil, que deux chevrons d'argent étincellent là-haut, sur une étagère, et suspendent mon regard : ATLAS DE L'EUROPE...

Mon vieil atlas scolaire. Je l'avais fait venir de France dans une malle bourrée de livres et l'avais ramené au bureau, où il trônait tel un grigri au sommet de la bibliothèque – présence tutélaire qui avait sa part de sentimental et sa part d'efficace : l'ambassade regorgeait de cartes routières et de petits atlas régionaux mais était curieusement dépourvue du moindre atlas mondial ou même européen, du moindre planisphère, du moindre globe, comme s'il lui fallait défendre son petit bataillon de diplomates et d'employés locaux contre l'attraction fatale de cieux plus cléments. Qu'est-ce qui m'a poussé à me hisser sur la pointe des pieds, à m'agripper à sa tranche effilochée, pour le rouvrir après tant d'années, ce vieil atlas scolaire ? La curiosité de savoir si ma foutue frontière y serait représentée ? L'espoir idiot qu'il me viendrait en aide dans mes recherches ? Le mois de janvier, les températures abyssales, le gel, les bourrasques continuelles, le brouillard givrant, une envie d'ailleurs ? Non... ce doit être autre chose... Je pose l'épais volume sur mon bureau et, comme dans les vieux contes d'hiver, c'est de lui-même qu'il s'éploie, nuage de poussière, murmure de grimoire, aux pages 88-89. Planches de la Scandinavie et de la mer Baltique. Là, surprise : en plein milieu de la mer, quelques taches bizarres, disposées en zigzag. Les premières bien estompées, au large de la Suède ; les secondes, situées plus loin vers le nord-est, traversées par le cinquante-huitième parallèle – plus vives surtout, sautant aux yeux. Au feutre bleu, le contour maladroit de ces îles vagabondes. Au crayon vert, les plaines. En bistre les plateaux. Une pointe de brun signifie les montagnes avec, en noir, deux indications : 1242, 1941. Enfin, tracées dans la mer à l'encre rouge, des lignes pointillées – les principales liaisons maritimes qui amarrent cet archipel de papier à l'Europe, au monde – et, de la même encre rouge, une ligne continue : la frontière qui le retranche de cette Europe, de ce monde. Non Samuel, tu n'es pas au royaume de nulle-part. Tu n'es pas dans la Grande-Baronnie de Lothar. Ni sur une Thaaraconta d'antiquaire. Tu n'es pas seulement à la frontière de l'Europe, tu es à la frontière de tes rêves, au large d'une enfance archipélagique, à quelques encablures de la Zyntarie... Fais un effort, Samuel, essaie de te souvenir... Remémore-toi ce pays que tu avais inventé... oui, le jour de la chute du Mur.

Je prends sur mon bureau un stylo, ouvre un tiroir, en sort un cahier bleu. Griffonne cette phrase : *De neuf à quinze ans j'ai comme été Zyntarien.* La première phrase de mon petit roman autobiographique. Mais la suite ne veut pas venir et.... rrrring, on sonne à la porte. C'est Fignol, le chiffreur : dites-moi, il se fait tard et avant de m'en aller, j'aimerais savoir si vous n'avez pas un dernier télégramme à me confier.

En sortant de l'ambassade, je croise sur un mur de la ville ce dessin au pochoir d'un crâne humain zébré de barbelés. Je le prends en photo. Je l'épinglerai demain sur le tableau de liège de mon bureau. Ce sera ma vanité. Vanité propre à toute mission qui s'arroge indûment un pouvoir de démiurge, puisque le démiurge, l'inventeur de mondes, est celui, d'abord et avant tout, qui départage les pays, trace des limites.

Le dessin illustrait un graffiti. Le graffiti disait : *LES FRONTIÈRES NE SONT PAS DANS LA NATURE MAIS DANS LES TÊTES !*

II

Dégel

*Lors gelèrent en l'air les parolles et crys des hommes
et femmes, les chaplis des masses, les hurtys des
harnoys, des bardes, les hannissements des chevaulx et
tout aultre effroy de combat. A ceste heure, la rigueur
de l'hyver passée, advenente la sérénité et tempérie du
bon temps, elles fondent et sont ouyes.*

François Rabelais, *Quart Livre*

GUERRE DES MÉMOIRES

Je reprends sept ans après ces notes abandonnées à mi-course. Je n'y ai pas remis les pieds depuis, mais je sais, grâce à Lothar, que le pays dont je parle a bien changé. La frontière communautaire est aujourd'hui fixée, le traité signé, les litiges oubliés. Totalement déminée, la mer a été aussitôt quadrillée, partagée en zone contiguë, zone économique exclusive, zone ceci ou zone cela. L'extension promise de la zone Schengen s'est réalisée, en attendant celle, sans cesse repoussée, de la zone euro. Mais, entre-temps, la crise économique a déferlé, crevant la bulle immobilière, faisant grimper le taux de chômage, jetant des milliers de gens dans la rue, réalisant les pronostics de Lothar. Les problèmes – selon certains observateurs – seraient aujourd'hui bien différents mais selon d'autres, on ne serait jamais à l'abri de l'éternel retour du même ; le réchauffement climatique serait un leurre, *sa majesté le gel* serait toujours aussi féroce, *général hiver* régnerait toujours en maître...

Les événements que je relaterai dorénavant me reviennent en vrac et, les pages de mon agenda s'avérant vierges passé la fin janvier, mes cahiers lacunaires et non datés, mes télégrammes diplomatiques déchirés et broyés comme il se doit, il m'est impossible de situer précisément la plupart de ces événements dans le temps. Mais peu importe finalement. Je n'écris pas un récit de voyage. Je ne vise pas la prétendue exactitude du reportage. Disons que ces faits s'étaient passés entre la fin janvier et la mi-juin de cette année-là. Ils me paraissent tous avoir eu lieu l'hiver mais certains se sont passés sans doute au printemps, d'autres au début de l'été – l'arrière-plan de givre, de neige ou de boue que je décrirai ici ou là est peut-être exagéré, mais l'hiver avait duré pour moi jusqu'à la mi-juin cette année-là, c'était un hiver intérieur, qui ne voulait pas cesser et qui ne prendrait fin que brutalement. Au dos des photos que j'avais prises alors, photos auxquelles je me raccrocherai faute d'indices plus précis, il n'y a pas la moindre date – les photos numériques sont ainsi, qui n'ont plus besoin d'être développées ni même estampillées. Les traces de neige pourraient me venir en aide, mais il faut dire ici que la neige, en certains points de la ville ou du pays, s'était cramponnée jusqu'au beau milieu du printemps : les derniers flocons déferleraient, bouquet final, à la toute fin du mois d'avril. Enfin, je dois ajouter que, bizarrement, plus je prenais des photos des lieux traversés, plus je mitraillais les murs de la ville, plus ces murs, ces lieux, cette ville me paraissaient irréels, fantasmagoriques.

Je note ici le premier souvenir qui me vient en tête. Il s'agit d'un événement qui avait ébranlé toute la zone et dont les ondes de choc s'étaient perçues aux quatre coins de l'Union. Soufflait alors, je ne saurais dire par quel miracle, par quel coup de baguette diplomatique, un vent de redoux au-dessus de la frontière, et les autorités du grand pays limitrophe avaient donné l'ordre à leur compagnie nationale, qui disait perdre beaucoup d'argent dans l'affaire, de reprendre ses livraisons de gaz. Mais voici que survient un nouvel incident – que dis-je, voici que se déchaîne un véritable ouragan. Un beau jour, les autorités municipales de la ville voisine de T. jugent bon de procéder au déplacement, médité de longue date, d'un monument au soldat inconnu. Le monument servait depuis plusieurs années de lieu de rassemblement à une foule hétéroclite, où se mêlaient délinquants, marginaux, clochards et, de temps à autre, des poignées de contestataires brandissant leurs drapeaux et leurs banderoles – on pouvait y lire des refrains vengeurs, et surtout quelques grossièretés, parfois bien trouvées, à l'encontre du chef de l'État, du Premier ministre, du gouvernement, de l'Union ou de l'Organisation. Le déplacement se fait en l'espace d'une nuit, ni vu, ni connu, au nez et à la barbe des militants les plus déterminés. Le lendemain, on déplore un mort. Poignardé. Nul ne sait par qui ni comment. Mais on déplore avant tout une nouvelle rupture des livraisons de gaz. Et pas seulement. Car il faut dire que le monument déplacé célébrait la prétendue libération du pays par les troupes voisines. De sorte qu'une campagne de diabolisation est orchestrée sur-le-champ en manière de vengeance, les ambassadeurs rappelés, les diplomates expulsés, les espions traqués, l'embargo décrété, la frontière fermée. Isolé sur le plan international, sans plus personne pour le défendre, le pays était devenu du jour au lendemain ce qu'il avait toujours rêvé d'être : une sorte d'archipel replié sur lui-même. Déjà très compromise, la signature d'un accord frontalier était reportée *sine die.* La visite du ministre était ajournée, mon mémorandum ne figurait plus dans les priorités de l'ambassade, et comme Paris nous bombardait à longueur de journées de télégrammes, les en-têtes GUERRE DES MÉMOIRES submergeaient complètement les en-têtes FRONTIÈRE DE L'EUROPE, et portaient bien en évidence le tampon rouge URGENT – il fallait donc parer au plus pressé, disait Fignol, le chiffreur mandaté par l'ambassadeur, qui m'apportait les télégrammes en plein milieu d'une scène de *Parsifal* ou de *Siegfried.* Dans le chassé-croisé d'espions et de contre-espions – avérés ou soupçonnés – qu'entraînait le regel diplomatique d'une ambassade à l'autre, nous craignions tous un rapatriement imminent ; les tapis rouges se froissaient sous nos pas angoissés ; on en voyait certains parmi nous qui abandonnaient leur bureau, voire qui faisaient leurs valises. Et à propos de valises, je crois que c'est à cette époque que j'avais été forcé de faire les miennes. Pas pour la France, hélas. Mais pour l'hôpital.

HEIMWEH ÉPIDERMIQUE ?

Le dégel météorologique, le regel diplomatique, le marécage urbain dans lequel nous pataugions matin, midi et soir m'étaient bientôt fatals et je me retrouvais alité trois jours durant, avec trente-neuf de fièvre. Des taches bizarres dessinaient un archipel d'atolls violacés sur mon visage, mon torse, mes bras. Lothar, venu me rendre visite à l'hôpital, me disait que c'était mon imagination qui travaillait trop, que j'étais comme Pinocchio, dont le nez s'allongeait à force de mentir. Qu'il faudrait m'opérer de l'imaginaire. Aucun doute : ce salaud faisait allusion à mon cahier noir, qu'il avait feuilleté chez moi en mon absence. Et le voici qui poursuivait ses récriminations. Il n'aimait guère l'image que je donnais de lui, ça ne me ressemble pas du tout, je ne suis pas du tout comme ça, disait-il, et le pays non plus, ça n'est pas du tout véridique, aucune fidélité aux faits, tu as mélangé les époques, mélangé les paysages, mélangé les événements, changé les noms, tout maquillé, tout travesti, tu t'es recréé une Grande-Baronnie mentale...

Tu vois, disait-il, ces taches, c'est ton roman, ça te ronge le visage. Il faut dire ici que monsieur avait des idées très tranchées sur la littérature. En dehors des documents qui lui servaient pour ses recherches, il ne lisait que les journaux, si bien que la littérature contemporaine se limitait dans son esprit aux témoignages, aux mémoires, aux journaux de voyage. Et monsieur croyait tout ça authentique – d'ailleurs il répétait à tout vent ce mot, *authentique*. Monsieur, aucun doute là-dessus, menait une vie authentique. Et rien n'était moins authentique selon lui que le roman. La fiction l'agaçait. Les romans, disait-il, c'est comme le pâté en croûte, les dehors sont séduisants, ça brille sous la gelée, mais tu sais déjà quel goût tu auras sur la langue, et voici la raison pour laquelle tout ce que tu viens d'écrire me dégoûte, auto-biographique ou pas, ton roman te ronge, parce que c'est un roman, parce que ce qui était au départ un carnet de bord, un journal intime, qui se tenait au plus près des faits, au plus près de la perception des faits, qui visait la véracité, ou du moins la sincérité, la spontanéité, l'au-thenticité, tout ça s'est transformé, tu as fabriqué du roman comme on fabrique une soupière, il fallait renoncer aux retouches, faire confiance au premier jet. Lothar parti, je me disais qu'il avait raison, ces taches qui me gagnaient le visage, c'était mon châtiment. Mais plus sérieusement, Lothar soutenait que la cause de ces taches était à trouver dans un de ces bouillons gras que j'avais pris l'habitude d'avaler à l'heure du déjeuner dans une cantine miteuse de la rue Baronia – d'après lui, les rognures de lard grisâtre qui baignaient là-dedans n'étaient pas du plus pur cochon. Je crois plutôt que je n'aurais jamais dû goûter ces lamproies en gelée qui sont une des spécialités du pays. Tous les dimanches, sur le marché, depuis l'étal des poissonniers dont j'aimais faire le tour avec Néva, leurs ventouses endentées m'aspiraient, m'effrayaient, me fascinaient. Un jour, Néva m'avait mis au défi d'en acheter une boîte, rien qu'une petite boîte, défi que j'avais eu la bêtise de relever. Le lendemain, constatant les horribles taches lie-de-vin qui me mangeaient le visage, se jugeant peut-être à moitié coupable, Néva me prenait par la main, m'emmenait à la clinique – sans elle, je n'aurais compris ni le diagnostic de la dermatologue, ni la raison pour laquelle on tenait à me garder toute la journée sous cathéters : personne ne parlait anglais. La dermatologue, qui baragouinait un peu d'allemand, me demande si je peux lui tendre le dictionnaire de poche que je trimbalais partout et que j'avais laissé traîner sur son bureau. Et, trouvant la traduction, *ourtikayré*, dit-elle en faisant claquer le k sur sa langue comme un coup de fouet. Une urticaire. Et, me fixant de ses gros yeux ronds : *vielleicht Heimweh ?*

JUIVE OU LIVE ?

Quelques semaines après mon rétablissement, je me brouillais de nouveau avec Néva, pour une obscure raison de politique ou de religion, je ne sais plus, qui confirmait en tout cas que j'étais sans repères, tandis qu'elle appartenait à cette jeunesse dorée dont avait accouché la nouvelle nomenklatura au pouvoir, laquelle formait une espèce de caste impériale, américanisée, transnationale, globalisée, sans frontières, qui n'avait pas à proprement parler de territoire ou de hauts lieux mais des tas de réseaux, de lois, de mœurs, de coutumes et de principes ; avec ça, syncrétisme étonnant, des tabous, des totems, des idoles – Luther, Boeing, McDonald's et Mickey rois. Et, voyant Néva débarquer des antipodes rayonnante, bronzée par le soleil austral sous son t-shirt à manches courtes, à moitié transparent, je repensais aux paroles de Lothar sur la mer gelée : on dirait un ange mais je parie qu'elle cache une femme fatale ! Fatalité, cette énième brouille ? Si *fatum* il y avait, mettons qu'il était alors du côté de la dive bouteille. Oui, j'avoue que j'avais pris la mauvaise habitude, à cette époque, de ne plus jamais sortir à jeun, de ne plus jamais quitter mon meublé sans m'être rincé le gosier de quelques rasades glacées – l'alcool, n'importe quel alcool, whisky, cognac, gin ou vodka locale, m'aidait à supporter le froid, les nuits interminables, mon petit exil volontaire, les soirées d'expatriés, le traintrain diplomatique – une semi-ivresse était le masque qu'il me suffisait de revêtir pour parader à l'aise dans cette grisaille perpétuelle. Sans alcool, je ne pouvais plus supporter Néva, ni les conversations à bâtons rompus, sans queue ni tête, qui révélaient que nous n'avions rien à nous dire, rien d'autre en commun que la langue française. Sans alcool, je ne pouvais plus surmonter les nuits blanches passées à défier l'hiver, ni supporter tout ce qui m'avait charmé jusque-là chez cette fille, et qui désormais me donnait la nausée : le givre ingénu de ses yeux gris, le rouge trop rouge de ses lèvres pleines, le reproche luthérien de ses fossettes, sa frange de fillette, son nez à l'arête trop dure, ses pommettes hautaines, son front pâle et marmoréen, sa voix cajoleuse de tragédienne-née, son teint livide de mannequin anémique, ses joues fardées à l'excès, son menton guerrier, ses hanches tortillardes, le marnage exagéré de ses décolletés, l'effronterie de son derrière caracolant sous les plis de sa jupe, ses pas parfaitement mesurés, croisés, décroisés, tout cela à faire vibrer les pavés et rougir les passants, sans compter la musique sauvage dont elle abrutissait nos fins de soirée, son exubérance inoxydable, ses petites pudeurs feintes, son rire de cristal, la pluie d'or de ses paillettes, le strass de sa vie facile, son kitsch invétéré, ses sacs à main par milliers, les billets de banque dont ils regorgeaient, les mines de ravissement qu'elle prenait à chaque miroir rencontré, cillant sans cesse et papillonnant des paupières, les cinq années, les cinq mille lieues, devrais-je dire, qui nous séparaient ; elle entière, confiante, souveraine, joueuse, *au pays*, à l'aise, décontractée, de plain-pied sur le monde ; moi d'humeur pérégrine, rêvant un jour d'une France retrouvée, un autre de la Turquie, de l'Italie ou du Canada perdus, le suivant d'une Russie de papier mâché. Si mon ivresse m'aidait à faire hiberner le fonctionnaire et s'évader un fêtard, si elle réveillait chez le second l'ardeur et l'enthousiasme dont se serait moqué le premier, la gueule de bois qui cueillait les deux au petit matin me clouait au lit – entre les draps refroidis, j'étais ce masque, ce rien qui se prenait pour un moi, complètement rien, strictement personne.

Dès mes premières brouilles avec Néva, en décembre ou en janvier, Lothar tenait à me présenter Dvina, une de ses collègues interprètes, qu'il décrivait comme une jolie brune aux yeux verts. Il était certain qu'elle me plairait, Dvina, surtout ses yeux, qui n'étaient pas seulement grands et verts, mais un tantinet bridés. Cinq autres raisons, disait-il, fondaient cette certitude. Primo : elle avait vingt-quatre ans, autrement dit c'était une fille de mon âge, une femme, et il me fallait une fille de mon âge, une femme, une vraie, ça ne se faisait pas de perdre son temps avec une gamine de vingt ans... Secundo : ce n'était pas un mannequin, pas une actrice de boulevard, pas un pot de maquillage ambulant,

Dvina, pas de strass, pas de paillettes, pas de colifichets, pas une fille de riches, pas de tonton chef de cabinet, pas de beau-père hôtelier, Dvina. Tertio : elle était interprète, intelligente, elle avait de la repartie, elle était douée pour les langues, Dvina. J'ai oublié la quatrième raison. La cinquième m'apparaîtrait – lui apparaîtrait, à elle, à Dvina, disait Lothar en sourcillant diablement, si je parvenais à mes fins... Sur quoi j'avais promis d'appeler cette Dvina dès que j'en aurais le temps : Lothar m'avait refilé son numéro de téléphone en précisant qu'elle parlait un français qu'une pointe d'accent rendait des plus charmants.... Histoire d'en avoir le cœur net, j'invite cette Dvina chez moi, je supplie Lothar d'être présent, afin de lui démontrer la pureté de mes intentions. Lui, qui se réjouissait déjà de jouer le rôle d'entremetteur, accepte avec plaisir, et se propose même de faire les courses et de préparer le dîner. Quand on sonne le soir, je me lève, cours ouvrir la porte et la reconnais aussitôt, Dvina : nous nous étions croisés dans les couloirs de l'ambassade ; elle avait servi quelques mois d'hôtesse d'accueil. Le monde est petit, lui dis-je en la faisant entrer, quelques mots pour dissimuler mon trouble, à quoi elle répond, en ôtant ses bottes noires de boue : ce n'est pas le monde qui est petit mais cette ville, ce pays ! Petit et bourbeux, s'empresse-t-elle d'ajouter en maugréant. Elle me demande de lui indiquer la salle de bains. Je l'accompagne et retourne dans la cuisine. Et nous sommes là, dans la cuisine, à palabrer, Lothar et moi, lorsqu'elle nous rejoint. Nous sommes en train de parler de la carte que j'ai découverte chez l'antiquaire, qui situe Thaaraconta, cette île imaginaire. Lothar voudrait la voir – quelle idée de l'avoir offerte au consul ! Et comme nous parlons de Thaaraconta, j'évoque alors ce pays que j'ai inventé dans la Baltique, le jour de la chute du Mur. Je montre à Lothar mon vieil atlas scolaire, je lui dis que de neuf à quinze ans, j'ai été zyntarien. Dvina se penche au-dessus de l'atlas, prend part à la conversation. Elle : c'est quoi, un *Zyntarrrrien* ? Moi, fermant l'atlas : Un Zyntarien, c'est comme un Lilliputien, un Laputien, un Erewhonien, bref un peuple imaginaire. – Un peuple imaginaire ? – Vous n'avez jamais inventé de peuple imaginaire ? Souvenez-vous bien. C'est marrant, moi je croyais que tous les enfants inventaient des peuples ou des langues imaginaires. Vous n'avez jamais eu besoin d'un autre peuple ? Vous ne vous êtes jamais senti un peu à l'étroit dans votre *appartenance nationale* ? Resté jusque-là silencieux, Lothar intervient dans la conversation, et s'embarque dans une de ces longues tirades que je sais déjà par cœur : oh ! Comme il me comprend ! Lui a une telle honte d'être suisse ! Être suisse, qu'est-ce que ça peut bien vouloir dire ? La nation suisse, ou helvète, n'existe pas, n'a jamais existé, blablabla. Les Suisses n'ont pas, n'ont jamais eu, n'auront jamais d'identité, blablabla. Être suisse – se sentir, se croire, se faire suisse – ne va jamais sans copier les Allemands, les Français, les Autrichiens et même les Américains, blablabla. En dehors de ça, la *suissitude* – Lothar affectionnait ce genre de néologismes –, oui, *la suissitude, the swissness*, ça se réduisait à quelques préceptes négatifs, quelques interdits majeurs du genre : ne jamais faire partie de l'Union. Ne jamais faire partie de l'Organisation. Ne jamais rendre le vieil uniforme et le vieux fusil remis lors du service militaire. Ne jamais donner d'argent aux pauvres. Ne jamais dépenser son fric. Mais surtout : ne jamais s'adresser à son voisin sans l'entremise d'une ou deux montagnes. C'est pour ça que nos ancêtres utilisaient des trompes géantes, des olifants, quand ils avaient besoin de se causer. Nous sommes tous durs d'oreille, les Suisses, c'est à cause des Alpes, de l'altitude, à force, on a les tympans gelés. Et de ponctuer sa tirade par une de ses boutades préférées : vous voulez être suisse ? Fermez les yeux, froncez les sourcils, inspirez un bon coup, imaginez-vous riche, heureux, sans souci, dans un pré bien vert, entouré de sommets enneigés, seul au monde ! Ça y est, vous êtes suisse. À ces mots, Dvina, qui s'est assise entre-temps sur une chaise, l'air accablé, les bras ballants, se lève, se précipite vers le couloir. Qu'est-ce qui lui prend ? Elle a l'air très troublée, je la suis, elle se dérobe, se dirige vers le porte-manteau, se saisit de son sac à main, brandit sous nos yeux désabusés un petit carnet violet. Son passeport. Elle me le tend. Je l'ouvre. À la première page. En en-tête, on peut lire, en lettres capitales, en français, en allemand et en anglais :

ALIEN'S PASSPORT
PASSEPORT DE NON-CITOYEN
NICHTBÜRGERS PAß

Dvina, la voix nouée : Moi, j'aimerais bien être française ou même suisse !

Lothar, lisant le passeport : Comment ça ? Tu n'as pas de citoyenneté ? Tu es apatride ?

Non pas apatride, non-citoyenne, c'est un statut à part, ça n'existe nulle part ail...

Et tu peux... Je ne sais pas moi, travailler, voter ?

Voter, non. Travailler, oui. Travailler, tant que je veux...

Tu ne peux voter à aucune élection ?

Aucune...

Même pas municipale ?

Même pas municipale...

Mais... Tu n'es pas née ici ?

Si, mais ça ne suffit pas...

Comment ça, ça ne suffit pas ? Tes parents ne sont pas d'ici ?

Pas vraiment. Ma mère, je ne sais pas, je n'ai jamais très bien compris d'où elle venait, ma m...

Et ton père ?

Mon père ? Il est né en Ukraine je crois mais comment savoir la vérité ? On ne parlait jamais de ses origines à l'époque. Et vous savez bien, les gens se taisent encore là-dessus aujourd'hui... Et puis mon père, je ne le vois plus depuis le div...

Et ils vivent ici depuis combien de temps tes parents ?

Depuis leur enfance, ils sont arrivés dans les années cinquante ou soixante...

Perdu dans mes pensées, je ne les écoute plus. Dès ma prise de fonction, j'avais appris qu'on distinguait en Grande-Baronnie la citoyenneté de la nationalité, laquelle renvoyait à une prétendue origine ethnique. En conséquence de quoi – n'étant considérés comme citoyens que ceux de la première république et leurs descendants – on dénombrait près d'un million de *non-citoyens*, soit environ le tiers de la population du pays. Mais j'ignorais jusque-là que ces non-citoyens, privés de droits civiques, avaient un passeport spécifique, d'une couleur spécifique – brune, au lieu de bleue. Je supplie Dvina de me montrer de nouveau son passeport. Et je lis, à la ligne nationalité :

LIV

C'est quoi ça *Liv* ? Ça veut dire quoi ?

Eh bien c'est ma nationalité, Samuel, c'est écrit là...

Et en français ça donne quoi ?

Je ne sais pas... *Live* avec un *e* à la fin je dirais... Oui, les Lives, j'imagine, *es* au pluriel...

Les Lives ? Ah ! C'est un peuple ?

Un peuple si tu veux... il doit en rester deux cents aujourd'hui, des Lives...

Deux cents ? Mais c'est à peine un village ! Et ils ont une langue à eux, tes Lives ?

Lothar, roulant un joint : Oui, le live, c'est une langue finno-ougrienne. Tu le parles, Dvina, le live ?

Non, plus personne ne le parle aujourd...

Et ils viennent d'où, ces Lives ?

Mais, d'ici ! Ils viennent d'ici ! Ce sont les premiers habitants du pays. On dit qu'ils se sont installés sur ces côtes il y a plus de quatre mille cinq cents ans. Cette ville, ce sont eux, les Lives, qui l'ont fondée.

Mais je ne comprends plus rien... Pourquoi serais-tu live ? Je croyais que ton père était ukrainien ?

Mon père, oui, enfin non, pas vraiment, il venait d'Ukraine, c'est différent... Live, il paraît que ce serait l'origine de mes grands-parents maternels. En tout cas, live, c'est comme ça qu'ils ont enregistré ma mère dans les camps après la guerre. À ma naissance mes parents avaient le choix entre deux nationalités pour me déclarer : juive ou live. Ici c'est comme ça, il faut être ceci ou cela, on ne peut pas être les deux à la fois. Mon père a choisi live, il a dit que ça me faciliterait la vie. À cause de la guerre, il a dit...

Lothar, allumant son joint : Mais dis-moi, Dvina, tu pourrais très bien te faire naturaliser ?

Oui, il faut passer un exam...

Un examen ? Il y a des épreuves écrites ? Orales ? Tu sais, ça m'intéresse, ma famille maternelle vient d'ici...

Oui, il y a des épreuves écrites et orales...

Lesquelles ?

Connaître un minimum la langue. Connaître par cœur l'hymne national. Connaître la constitution, les textes fondamentaux. Avec ça il faut répondre à des questions d'histoire et prêter serment de fidélité à la nation.

Et pourquoi tu ne le passes pas, cet examen ? Tu l'aurais, de toute manière ?

Mais c'est que ça ne suffit pas, l'examen, le serment de fidélité à la nation. Les choses se corsent aujourd'hui : le texte dit entre autres qu'il faut justifier de bonnes mœurs. Alors, question de fierté, je refuse de me prêter à toutes ces conneries. Je dois tenir ça de mon grand-père paternel, c'était un refuznik...

À LA RECHERCHE DES DERNIERS LIVES

Partir à la recherche de ces Lives dont j'ignorais jusque-là l'existence – je n'avais plus que cette idée en tête, depuis les révélations de Dvina. Lothar de même ne songeait plus qu'à ça. Dvina, sollicitée par Lothar, curieuse d'en savoir davantage sur ses origines supposées mais négligées, accepte de nous accompagner. Je nous revois un jour de neige grimper tous les trois dans la vieille Volkswagen que Lothar avait fait réparer. Cap plein ouest où demeuraient, sur la côte, dans une zone longtemps interdite d'accès, les derniers Lives, qui vivotaient de la pêche et de la récolte de l'ambre jaune. L'idée me plaisait que, dans ce pays perdu où je m'étais aventuré sur un coup de tête, survivait un petit peuple d'à peine deux cents âmes, inconnu du reste du monde, et qui aurait ainsi conservé intacts sa langue, ses traditions, ses mœurs, ses coutumes, ses légendes. Dvina disait qu'ils se répartissaient en une dizaine de villages, les Lives, dans de petites baraques en bois bâties sur pilotis, derrière des dunes, au bord d'une lagune, à l'abri des tempêtes. Les yeux rivés sur une carte où l'on voyait s'égrener la litanie de ces villages tout en voyelles, j'imaginais ces Lives comme un peuple de pêcheurs et de poètes, farouches, moustachus, se baladant lyre à la main sous les regards bleus de leurs femmes, de leurs filles, beautés aux cheveux tressés, d'une blondeur irréductible. Deux cents âmes ! M'enchantait l'idée d'un peuple qu'un seul homme aurait la possibilité de recenser – un mois, deux mois à la rigueur auraient suffi à tous les rencontrer, à les faire raconter à tour de rôle légendes, proverbes, souvenirs, anecdotes : ces dix ou onze villages, avec chacun leur douzaine de chaumières, comme l'indiquait la carte, j'aurais pu en dresser le cadastre exact, dépasser l'échelle navrante du tableau, de la statistique, de la frise chronologique, consigner pour chaque homme, pour chaque femme, sous son nom et son prénom, une histoire propre. Ça, ce serait un mémorandum, un vrai mémorandum ! Je croyais que seule la frustration consécutive à l'inachèvement de mes recherches était à la source de cette nouvelle tocade, je ne voyais pas ou refusais de voir que c'étaient mon enlisement, ma rupture avec Néva, les grands yeux verts de Dvina, l'empire sans partage que Lothar prenait sur mes pensées, me communiquant son humeur, ses désirs, sa propre attirance pour sa collègue et jusqu'à ses préoccupations scientifiques. En effet, j'avais trouvé dans la boîte à gants un petit lexique allemand-live, au dos duquel Lothar avait griffonné quelques idées – idées que me confirmait Dvina : son collègue avait la ferme intention de mener des enquêtes, de rassembler des témoignages, en vue de grossir sa thèse d'ethnolinguistique d'un chapitre ou deux sur ce peuple insoupçonné, moribond, les Lives. Roulant à fond de train le long de la côte, sur une route défoncée, on voyait bien défiler les pins, les bouleaux, la lagune, les dunes, tout ce pays effiloché que nous avait décrit Dvina – dans de petits bourgs engourdis où, selon un ordre surgi tout droit de l'imagination morbide d'un géomètre, se pressaient invariablement la brique des mêmes silos, le béton des mêmes immeubles, les bicoques peinturlurées à l'identique et les poissons pareillement séchés, pareillement alignés sur leurs étals – dans toutes ces monotonies de villages, pas un seul Live. Les baraques de pêcheurs se terraient derrière la dune, nous disaient les passants interrogés, on y accédait par des pistes enneigées. Lothar engagerait la voiture à trois reprises dans ces tunnels de congères d'où nous verrions déboucher de gros 4x4 noirs, vitres teintées, calandres fumantes – mais il avait oublié les chaînes, Lothar, croyant l'hiver fini : à chaque tentative, il nous faudrait rebrousser chemin, la dernière en risquant un tête-à-queue sous une tempête de neige. C'est alors que nous avons résolu de prendre la route d'une petite bourgade de l'arrière-pays. S'y trouvait, disait la carte, et nous confirmait Dvina, qui l'avait visité dans son enfance, un petit musée ethnographique consacré au peuple live. Parvenus devant le musée à la tombée de la nuit, nous le trouvons porte close. Dormir sur place, dans l'unique auberge du village ouverte en cette saison, c'était la seule solution si nous voulions retourner au musée le lendemain matin. Le surlendemain, je faisais grise mine, sur le chemin de l'ambassade, en revoyant en pensée des vitrines où subsistaient, sans ordre apparent, vis-à-vis des bréviaires, des chapelets et des vieilles houes, quelques coiffes traditionnelles, genre bigoudènes ou alsaciennes, et deux ou trois robes de lin. De quoi confirmer le sentiment qu'en dehors de ce musée minia-ture où je m'attendais à voir des tambourins, des masques de chaman, des idoles, tous ces trophées de fouilles qui auraient témoigné de l'existence d'une civi-lisation exotique, en voie de disparition, il ne restait rien de particulier de ces fameux Lives, sinon trois caractères gravés sur deux cents passeports en guise de nationalité, aussi bien que Russe, Ukrainien, Polonais, Biélorusse, ou Juif. Cela dit, le petit musée nous avait rappelé que les Lives, comme les Vikings, avaient laissé ce que Lothar, qui me traduisait les écriteaux poussiéreux, appelait des *sagas*. Elles n'étaient pas traduites en français ; en revanche, des poètes allemands de l'époque romantique avaient donné de quelques-unes de ces légendes leurs versions éparses. Lothar rêvait de les compiler dans un volume et de les traduire.

DÉGEL SAUVAGE

L'hiver finissant, le jour bataillait avec la nuit, le gel avec le dégel, le ciel se faisait lumineux, tempétueux, capricieux, plus changeant et plus neigeux encore qu'à l'automne, des giboulées continuelles striaient les jours, scandaient les heures. Sentant que mon hivernage touchait à sa fin, j'attendais et redoutais tour à tour le printemps qu'annonçaient tant de signes – ces rayons de soleil qui, même voilés, irradiaient davantage, ces journées qui s'allongeaient à vue d'œil, cette débauche de neige enfin. L'hiver est la saison préférée des enfants, la neige une fontaine de jouvence – aimer l'hiver, me disais-je, se réjouir sous la neige, sont les signes manifestes de ce refus puéril de vieillir qu'on appelle le syndrome de Peter Pan. Qu'importe ! Je pouvais m'estimer heureux : par ces temps de réchauffement climatique, ce genre de retour en enfance se faisait rare ou trop bref. Or, on me l'avait souvent répété, je vivais un hiver exceptionnel : le plus long, le plus sévère, du siècle. N'étais-je pas venu, justement, pour ça ? Et pensant ainsi, je regardais la place de la Patrie et de la Liberté, dont la couche de neige était à peine entamée, je regardais les gardes plantés sur leur fusil, au pied du monument, comme pétrifiés. Sous le chloroforme d'un ciel morne et fade, on pouvait croire qu'il ne s'était jamais rien passé dans cette ville encotonnée, que nul n'y avait jamais aimé, souffert, haï, rêvé, désiré. Mais le temps n'était pas figé, il n'était que suspendu, tout indiquait que la ville reprendrait bientôt son rythme habituel. En attendant le printemps, j'épiais tristement les premiers pas feutrés des passants, je caressais tristement, sur le rebord de la fenêtre, avant de la balayer du plat de la main, la neige qui s'amassait au soleil, petits cristaux rutilants. Désormais que je sentais l'hiver condamné, je savais que me manquerait cette neige ignée de mars. J'ignorais à quel point le dégel serait subit, inattendu.

Tout a commencé un soir de mars. Je revenais du vieux port, où j'étais allé pédaler, histoire d'épousseter ce vélo que je n'avais pas fait venir expressément de France pour décorer mon salon. Tout l'estuaire était déjà libre de glaces. Depuis combien de temps ? Je saute de ma monture, la traîne le long des quais, suis des yeux les vaguelettes de cette eau grise dont l'hiver maquillait la tristesse. À quoi bon guetter tous les matins le premier bourgeon, quand on est incapable de sentir craquer la glace sur laquelle on se prélasse ? Quoi ! J'ai raté le spectacle de la débâcle, dont mes collègues de l'ambassade m'ont parlé tant de fois, que Dvina disait terrifiant, que Lothar aimait décrire lors de nos promenades sur les berges, évoquant les icebergs miniatures qui flottaient au printemps et poussaient de petits cris inquiétants ? Dépité, je remonte en selle, prends sur la gauche une ruelle qui coupe à travers la vieille ville, retombe bientôt sur mes pattes – les pneus de mon vélo dérapent en couinant sur le pavé visqueux. Débouchant alors dans la rue Baronia, bien décidé à rentrer raccrocher ma bécane et me pelotonner contre mon poêle en faïence, me consolant à l'idée d'un grog ou d'un thé couvant aux creux de mes mains, je vois de loin que mon petit palais des glaces s'est effondré. Les colonnes de cristal qui ornaient depuis trois mois la façade de l'immeuble gisent sur le trottoir, brisées ; le soleil et les passants transformeraient bientôt ces éclats d'hiver en une belle mare de boue.

LA CHUTE

À la recherche d'images, de descriptions, d'impressions, je feuillette aujourd'hui les pages de mon calepin blanc, de mon cahier noir, de mon cahier bleu. Peine perdue. Rien. Pas une note, pas un mot, et ce jusqu'à la mi-juin. Et pourtant, je croyais avoir noté quelques phrases, pris des photos – je me revois grattant la nuit mon cahier bleu, le jour mon cahier noir ; je me revois le nez ou l'objectif collé à la vitre d'un bus ou d'un tram, mon appareil dans la main gauche, griffonnant de la droite mon calepin blanc. Le dégel y serait-il pour quelque chose ? Le dégel aurait-il emporté les moindres traces d'écriture ? Avec ce dégel, tout dérapait alentour. Les amarres du rêve et du réel s'étaient définitivement rompues. Le volontaire ou plutôt le velléitaire international effectuait ses tâches sans entrain sous l'œil sévère de collègues agacés – ce n'était pas une dépression, comme le pensaient ces regards que j'esquivais, car je gardais de l'appétit pour bien des choses, mais une désertion. Oui, je rendais les armes, c'était la mer gelée en moi qui craquait, un véritable à-vau-l'eau intérieur, précipité par le dehors en débâcle, et dans cette débâcle, Néva me fuyait, Dvina me fuyait, mes collègues me fuyaient, la ville entière me fuyait, le sommeil me fuyait, les rêves me fuyaient – seul demeurait Lothar, fidèle au poste, qui me demandait des nouvelles de la frontière, des filles, de la France, et me racontait ses recherches sur les Lives, soumettant à une sagacité que je n'avais plus ses légendes traduites avec l'aide de Dvina, qui s'était mise à la langue de ses ancêtres. Je le voyais plusieurs fois par semaine, Lothar, et notre étrange amitié, la franchise de nos conversations, m'étonnaient chaque fois davantage. Je passais tant de moments en sa compagnie que je me surprenais, une fois qu'il me laissait seul, à parler avec son air blasé, à penser avec ses quarante ans. Apprendre que des rides me gagnaient avec ses haussements d'épaules ne m'aurait pas étonné et je craignais le moment où se réaliseraient les prophéties de Néva qui aimait me répéter en souriant : à force de le fréquenter, Lothar, tu auras les gros poils noirs de ses sourcils qui te pousseront sur le front, tu auras comme lui cette touffe de cheveux blancs qui te couronnera le crâne ! Il faut dire à ce propos que nous avions repris, Lothar et moi, nos habitudes de beuveries, ce qui signifie que nous mêlions de nouveau nos mines blasées, nos blousons de cuir, nos écharpes dégivrées et notre haleine de houblon dans les tavernes de la vieille ville à celles de la gent plantigrade. Laquelle s'était multipliée : depuis la fonte des neiges avaient déferlé les premières vagues de touristes. Je les observais tous les jours en traversant la place de la Liberté, ces touristes qui se faisaient photographier avec les gardes, qui posaient la main sur l'encolure des chevaux – garde et monture, imperturbables, restaient de marbre. Puis, d'autres touristes s'approchaient bruyamment, des sifflets à la bouche, et semblaient s'être donné pour but de vérifier – sacs-poubelles enfilés sur leurs anoraks et barbouillés de slogans indéchiffrables – que le ridicule ne tue pas. C'était l'Europe entière qui venait enterrer dans ce trou perdu sa vie de garçon ; c'était l'Europe entière qu'attiraient les filles du pays. La Chute, disait Lothar, nous voici dans la Chute. La Chute au sens biblique. Rien ne manquait au décor, disait-il. Ni les bars enfumés, ni les discothèques rutilantes, ni les vitrines serties dans leurs néons roses, ni bien sûr les canaux, qui dessinaient après la Hollande le deuxième cercle de la grande curée européenne. Depuis que la toile, à grands coups de spams, avisait le monde entier de la fraîcheur et de la blondeur de la seule vraie matière première dont le pays était en droit de se targuer, depuis l'adhésion à l'Union, depuis que Bruxelles entendait élargir sa zone Schengen, depuis que les compagnies à bas coûts assuraient à moindre frais le dépaysement, voici, disait Lothar, que l'on s'envolait des quatre coins de l'Union vers cette authentique Nouvelle-Amsterdam dans l'espoir d'y tirer son coup. Rien de moins étonnant, ajoutait Lothar : à mesure que se déplaçait vers l'est le centre de gravité de l'Europe, il était tout naturel d'en retrouver ici l'entrejambe ou plutôt le trou du cul – or, en la matière la ville disposait de tout ce dont avait besoin l'honnête *homo turisticus*. Mais Lothar et moi-même, étions-nous vraiment en droit de jouer les donneurs de leçons ? N'avions-nous pas rêvé, nous aussi, des blondeurs ingénues, des minois angéliques, des pâleurs secrètes que vantaient tant d'auteurs du XIXᵉ siècle ? Laissons de côté la question de l'entraînement à un besoin très grégaire que n'auraient pas dédaigné ces barbichus d'autrefois : le très fort soupçon qu'aujourd'hui ces filles-là n'y mettaient, et n'offraient en retour plus guère de joie nous défendait d'y goûter. Seulement le racolage était ici généralisé, et les lieux ne manquaient pas d'où l'on pouvait revenir agréablement escorté sans avoir mis la main au portefeuille. Non, nous le sentions bien, Lothar et moi, mais ne savions comment l'exprimer : l'espèce d'aventure qui se perdait ici avec le temps n'était pas de celles qui se jouaient jadis, à quatre pattes ou à deux dos, dans une alcôve, sous un vieux néon rose. Non, ce que nous regrettions à la terrasse des cafés, dans les bars, dans les venelles de la vieille ville en voyant passer les filles au bras des touristes, ce que Lothar, surtout, regrettait, c'était une forme de transgression plus quotidienne, plus candide et bien plus poétique : ce qui se perdait avec la disparition de toute idée d'ailleurs, c'était le petit frisson du franchissement. Tu peux la chercher sur toute l'étendue de la Terre, ta ligne rouge, Samuel, disait Lothar : il n'y a plus, nulle part, de frontières. Et ce petit frisson, ce petit effroi de la frontière, pour chacun de nous, était d'abord affaire de langue. Car tout le monde ici, déplorait-il, parlait la même langue. Celle qui s'entendait partout à la ronde, que beuglaient les glottes allemandes, les glottes espagnoles, les glottes italiennes, danoises, chiliennes, canadiennes, britanniques, américaines : le *global english*. Qui ne parle pas *global english* ici ? me disait Lothar, dont je sentais qu'il ruminait une de ses tirades les plus véhémentes. Tu veux voir du pays, Samuel ? Marche dans la rue : les putes racolent *in globish*, le maquereau t'appâte *in globish*, la canaille t'insulte *in globish*, même les flics te dresseraient *in globish* leur procès-verbal. Apostrophe le badaud dans sa langue : il t'envoie paître *in globish*. Tu veux paître ? Entre dans la première boutique venue, demande une boîte de sprats, exige-la dans leur langue. La caissière te remerciera *in globish*. Tu veux un thé ? un café ? une bière ? un verre de *bordo* ? On te les sert *in globish*. Il y a là de jolies filles ? C'est *in globish* qu'elles sourient, c'est *in globish* qu'elles *kissent*. Et je parie que si tu entres dans une de ces cavernes translucides, dans un de ces aquariums de la bamboche, c'est *in globish* qu'on t'enlacera, qu'on te dévêtira, qu'on t'éreintera. Parle-moi d'un nulle part ! Non, Samuel, tu es bien loin d'être nulle part : tu es en pleine Globophonie ! Non, Samuel, la Grande-Baronnie n'est pas un archipel, comme tu l'as écrit, ou n'est un archipel qu'au sens allégorique si tu y tiens : la Grande-Baronnie est une miette d'Europe, et l'Europe une miette du grand tout, de notre immense Archipel anglophone global.

SOLEIL ET NEIGE DE PÂQUES

Les fêtes religieuses ont l'avantage de servir aux amnésiques de jalons. Pâques était précoce cette année-là et tombait le 20 mars.

Néva – que j'avais croisée par hasard dans la rue – m'invitait à passer le week-end dans sa maison de vacances, aux pieds des falaises de son enfance, avec sa sœur cadette, sa tante et son oncle, l'ancien chef de cabinet. L'occasion inespérée d'en savoir plus sur ma frontière et de faire avancer mon mémorandum inachevé. Mais, promets-moi d'être sage, me prévenait Néva, qui me le répétait, deux jours plus tard, à voix basse en me fixant de ses yeux gris pendant que nous faisions grimper dans le wagon la petite Varvara tout excitée sous ses tresses. Je jurais de respecter ma promesse – c'était trop présumer de mes forces et bouder cette chair, dont on dit non sans raison qu'elle est faible.

Quelques heures plus tard, accueillis comme prévu dans une gare déserte et conduits en voiture par une dame entre deux âges, replète et taciturne sous son gros chignon blond, nous étions en vue du lieu de notre séjour, que gardait un berger allemand. Isolé en plein milieu du bocage, c'était un petit cottage tout irlandais, murs blanchis à la chaux, toit de chaume, volets verts – la falaise, qui trottait au loin, diluait ses gris violacés parmi ceux du ciel et de la mer, et l'on voyait se détacher par endroits de petits frisottis blancs. De la craie ? de l'écume ? Non : des plaques de neige, me dit Néva. Oui, jusqu'aux parages de la mer, jusqu'à la plage de galets, la neige tenait bon, la neige était coriace.

En attendant de rencontrer son oncle, qui ne rentrerait que tard dans la soirée, l'après-midi serait consacrée à une exploration d'un tout autre genre.

Il y avait eu de l'orage la veille. Le moment était donc idéal pour partir à la recherche de l'ambre jaune. Ce que nous faisions dès notre arrivée, chaussés de bottes de pluie, munis tels des orpailleurs de seaux et de tamis. La mer était complètement libre de ses glaces, agitée comme je ne l'avais jamais vue, convulsée de belles vagues. Seulement, le ciel, pour ainsi dire, n'avait pas encore dégelé : il pesait sur nos épaules, pesait sur le bocage, pesait sur le cottage isolé, là-bas, le ciel d'hiver, et le vent déferle bientôt avec tous les signes avant-coureurs de la tempête, qui fait ployer sous son passage les haies, les pins, les bouleaux – même les murets dans ma mémoire sont ployés par le vent, et je nous revois alors glisser, balayés par ce vent, vers la falaise. Vite essoufflé, je dois bientôt m'asseoir sur un rocher, tandis que le vent faiblit, et je laisse Néva garder ses distances. Elle marche loin devant moi dans le sable et les galets, s'accroupit, saisit de belles poignées de sable – le vent les éparpille. Face à la mer libre, Néva est de nouveau l'inconnue des premiers jours et je regarde le vent jouer dans ses boucles et dénuder sa nuque. Mais je ne trouve pas une seule pépite. Tout ce que je cueille dans les laisses des vagues qui viennent lécher nos pas – c'est elle qui me le dit en riant – n'est que vulgaires tessons de verre polis par la mer. Elle, en revanche, a trouvé de bien belles pépites dont une qu'elle me fait rouler sous les yeux : on y distingue – noir, minuscule, enchâssé – un insecte. Tu ne fouilles pas assez, Samuel, tu dois y aller franchement, fouiller pour de bon, creuser pour de bon !

L'orage alors, je m'en souviens, une pluie battante, nous surprend. En courant, nous cherchons un abri. Comme le rebord enneigé de la falaise ne suffit pas, que c'est *dangereux l'orage*, dit Néva en prononçant ces mots d'un ton enjoué, il faut faire demi-tour, gravir de nouveau le sentier qui mène au cottage entre des fougères géantes, s'abriter sous des haies. Néva fraie son chemin, mon désir redouble d'ardeur à la vue de ses reins cambrés et ruisselants – je cherche à lui saisir les hanches, elle m'échappe, elle effleure de la main la margelle d'un puits, elle court sur la terrasse inondée, se déchausse à la va-vite, franchit en riant le seuil du cottage et le clapotis de ses pieds nus sur le pavage me parvient en écho. Bientôt je la retrouve dans le salon en train de disposer minutieusement ses pépites sur le chambranle de la cheminée. Et comme je lui demande la raison de ce rite, elle me dit que depuis qu'elle sait marcher, elle aligne de retour du rivage ses trophées.

Pourquoi ne s'en fait-elle pas des bagues, des bracelets, je ne sais pas, des boucles d'oreille ? Regarde celle-ci, on dirait une vraie goutte d'or. Oui, pourquoi ne portes-tu jamais d'ambre ? Mais Néva ne m'écoute plus. Son visage paraît tout à coup gagné par une idée sombre. Un bruit sourd nous fait sursauter et elle se met à courir vers le seuil, revient dans le salon, ignore mes questions, se dirige vers le porte-manteau, saisit un ciré jaune, s'élance dans la nuit noire, on entend le vent rugir, les portes et les volets valdinguer – il me faut bondir aux quatre coins du cottage pour faire cesser ce tapage, mais je suis seul, désemparé, tout tangue autour de moi, je me cramponne stupidement au chambranle de la cheminée, puis je vois la porte s'ouvrir et s'avancer, trempée, silencieuse, la vieille tante accompagnée d'un homme immense et silencieux, une force de la nature, qui rentre ses épaules, se plie en deux pour passer sous le linteau. L'oncle de Néva. L'ancien chef de cabinet. Dehors, on entend le chien aboyer. Puis ce sont les pleurs de la petite Varvara qui grelotte, passe la porte sous ses tresses ruisselantes, suivie de Néva, qui ferme le volet, ferme la porte, la verrouille à double tour et, tout en évitant les regards qui l'interrogent, se déchausse, jette son ciré jaune sur une chaise et se réfugie dans sa chambre, me laissant hébété au coin de l'âtre, sans le moindre indice du petit drame qui vient de se jouer, comme dans un film muet dont j'aurais manqué l'épisode clé. Varvara, qui a accouru vers moi, se blottit auprès du feu, réchauffe avec les miennes ses petites mains, puis elle essuie du poignet des pleurs et me révèle, une par une, à la lueur des flammes, les pépites d'ambre qu'elle a trouvées sur la plage en bravant l'orage. L'orage, lui, rugit de plus belle et le toit de chaume est mitraillé de rafales.

Cris de Varvara, rires de Néva, aboiements du berger allemand, hurlements du vent, réveil en fanfare. Je me demande ce que je fais là, bon sang, sur ce matelas gris, dans ce duvet bleu, de quel mauvais rêve surgissent ces vieux murs blanchis à la chaux, ce sol de terre battue ? Mais je n'ai pas le temps de me poser plus de questions. Entrée brusquement dans la chambre, Néva m'intime l'ordre de me *grouiller*, dit-elle, tu as assez roupillé, tout le monde est prêt, habille-toi, on t'attend. Quelques minutes plus tard, transbahuté hirsute et somnolent dans la bagnole, je prends place à côté de Néva sur un banc de bois, derrière un lutrin.

La messe a commencé. La petite chapelle en bois se tient à l'écart du village, au bout d'un chemin de terre, en pleine pinède ; sa toiture bombée telle une coque de drakkar renversée, ses murs peinturlurés d'un vert écaillé, grignotés par la mousse, lui donnent des airs de vaisseau naufragé. Les murs de la nef, sans vitrail aucun, sont nus, complètement nus, crépis de gris. Un soupirail grillagé laisse filtrer les rayons du soleil, car il y a du soleil, un grand soleil accroché dans le ciel bleu ce matin, après des mois et des mois d'une longue éclipse entrecoupée de timides apparitions. La cervelle encore tout engourdie, je ne saisis rien aux sermons lancinants qu'assène, du haut de sa chaire, un gros pasteur barbu, en habit noir. Rien sinon le nom du grand voisin, du grand méchant, de l'ennemi héréditaire, du génocidaire qui ferme en pleins frimas les robinets de gaz et décrète des embargos quand bon lui semble. Le sermon politique dure de longues minutes dans un silence inquiétant, puis le pasteur entame la lecture des psaumes et je fais mine de suivre du doigt les lettres noires du psautier que Néva vient d'ouvrir sur mon lutrin. Mais, du coin de l'œil, je m'enfouis corps et âme dans les plis rouges de la jupe frôlant mon jean, qui boivent les rayons de soleil et sont secoués de frémissements, diastole, systole, tandis que les mains tendues, la gorge raide, le buste droit, la pommette saillante, sa frange une œillère, la moindre mèche rebelle tirée derrière la nuque, Néva ânonne intérieurement sa bible. Quand on a fini de chanter les psaumes, elle se lève, sa tante se lève, main dans la main de l'oncle immense – je me lève à mon tour pour les laisser passer, les regarde se diriger vers le chœur, s'agenouiller là-bas aux pieds du gros pasteur barbu, recevoir l'hostie. À la vue de cette scène, je ne sais pas ce qui me prend, je bondis de mon banc sous les regards béats des ouailles, cours vers la porte de la chapelle, zigzague entre les tombes du cimetière, cours sous les zébrures du soleil, cours entre les troncs lézardés des pins et des bouleaux, cours dans le sable blanc, cours jusqu'à la dune, cours jusqu'à celle dont je n'ai jusque-là que pressenti – rumeur, odeur de varech ou de goémon, souffle diffus chargé d'iode – la présence. Craignant une illusion, craignant que ce ne soit là-bas que la rive boueuse d'un fleuve côtier, d'un étang, d'une lagune, je cours, je cours, l'œil aimanté par le reflet – qui scintille à travers le rideau des joncs et des roseaux – de barques bariolées. Et là, oui, bleue de manganèse, la mer ! J'erre alors comme un idiot sur la grève, j'erre dans la vase, j'erre parmi les galets, j'erre le regard rivé à l'horizon. Et c'est ainsi que je me retrouve à sautiller sur de grosses bosses de pierre rose limées par les flots, qui semblent éclore sous mes pas, danser en rond, babiller. Suivie bientôt de sa vieille tante au chignon tout éméché, suivie de sa sœur aux tresses batifolantes, Néva ne tarde pas à me rejoindre sur la grève. Elle s'arrête. Demeure sur le seuil d'une frontière invisible au bas des grosses pierres roses que lape la mer. Mine inquiète, air furieux. Qu'est-ce que tu fais là ? Tu joues à quoi ? Tu trouves ça drôle, ton petit manège ? Descends tout de suite de là, ces pierres sont sacrées, ce sont des pierres de mémoire, des pierres qui respirent, des pierres parlantes, les seules pierres du pays ! Je saute sur la grève, l'air incrédule. Comment ça, des pierres qui respirent ? Comment ça des pierres parlantes ? Et en quelle langue s'il te plaît ? Néva soupire, alors, et me raconte la légende de ces mânes de pêcheurs pétrifiés, qui se confieraient à la mer dans une langue secrète, chamanique. Mais qu'est-ce qui m'a pris, bon d..., pourquoi sortir comme ça, en coup de vent, de l'église ? Que va penser sa tante ? Et sa sœur ? Et les gens du village ? Je fais de mon mieux pour la rassurer, prétends que j'ai eu la nausée, l'envie de vomir, un malaise, le vertige, une hallucination, mais plus je m'enfonce dans mon mensonge, plus je rougis, plus le gris glacial de son iris cligne, dubitatif, et me renvoie l'image d'un couard. Comment lui avouer le motif pour lequel j'ai fui cette église sans vitrail ? Comment lui avouer la vision que j'ai eue ? Comment lui avouer que si j'ai pris mes jambes à mon cou, c'était qu'un grand printemps me grimpait dans les veines, l'ivresse m'ayant soudain démangé les entrailles de soulever en pleine nef le rouge de sa jupe, de révéler au chœur béat que les vrais chérubins sont blottis là, au pasteur qu'il y a un homme sous le noir de son froc, aux ouailles où consacrer pour de bon leur hostie, au Seigneur que les vrais buissons ardents se nichent sous les songes roses des femmes ?

Agacée par ce petit incident paroissial, Néva déciderait de retourner à la gare et de grimper dans le premier train venu – il fallait rentrer avant la fermeture de la crèche, pour y déposer la petite Varvara. Inutile de nous revoir : la rupture était consommée. Quant au printemps, il se résumait à l'éclaircie de la matinée. Les nuages étaient revenus, noirs, et la neige menaçait. À la sortie de la crèche, je me retrouve les bras ballants. Ne sachant comment oublier toute cette histoire, je me dirige telle une phalène électrisée vers des enseignes vacillantes. Là, j'avale un, deux, trois verres de vodka, rature dans ma rage le calepin que j'ai retrouvé dans la poche de ma veste, frappe le zinc par trois fois en refusant les offres de mon voisin de droite qui s'aventure à me caresser la cuisse. Sorti du bar en faisant claquer la porte, j'erre ivre à travers les ruelles grises, trébuche à plusieurs reprises sur le pavé visqueux, chancelle, manque de tomber, tombe enfin, me relève, tapote ma parka râpée, reprends mon chemin à l'aveuglette, erre plus ivre encore dans la nuit blême, sous des tourbillons de neige fondue que je fuis en m'engouffrant à la suite d'une foule chantante et chamarrée sous un porche, l'œil fendu par une croix de fer barrée, des inscriptions en vieux slavon et des rondeurs dorées, nervurées – toute une Pâque pulpeuse, étincelante, qui retient un peu de neige. Ce sont, je ne les ai pas reconnues sur le coup, les bulbes de l'église orthodoxe, deux paires de bulbes, qui m'ont souvent harponné la rétine – depuis les baies vitrées de l'ambassade, se devinait, parfois, sous le soleil absent, leur quadruple halo d'or. Attiré par les chants lancinants et l'odeur d'encens, je grimpe le perron, une porte de bois massif s'ouvre sur mon passage, j'entre dans la nef aveuglante. Dans une débauche de dorures et d'icônes, la messe bat son plein à grands renforts d'encensoirs, de chapelets, de goupillons et de cierges. Pauvre idiot, te voilà égaré en plein roman russe, me dis-je. Une main m'arrache alors mon bonnet, me fiche un cierge sous le nez et m'envoie grossir le rang noir et trépignant de barbus dans leur travée de droite, pendant que dans celle de gauche avancent, sous leurs fichus à fleurs, les femmes, qui caressent les icônes, essuient des pleurs, se prosternent, s'agenouillent, embrassent le sol. Je ne sais pas ce qu'il me prend alors. Réflexe de Pavlov ou peur d'être reconnu comme l'étranger, celui qui n'a rien à faire ici, le bouc émissaire, je me signe de la grande croix orthodoxe, celle qui descend jusqu'à l'entrejambe.

ZONE INTERDITE

Tandis que mon histoire avec Néva battait de l'aile, poussé par Lothar, qui arrangeait nos rendez-vous, j'étais tombé dans les bras de Dvina, ou mettons plutôt passé que tombé, passé comme on passe d'une rive à l'autre, avec la même hâte de brûler les étapes, le même désir obscur de me perdre. Comme elle vivait chez ses parents, comme elle multipliait les petits boulots, le soir, et jusque tard dans la nuit, pour subvenir aux besoins de sa famille et financer ses études, comme Néva pouvait débarquer chez moi sans crier gare, nous nous donnions rendez-vous l'après-midi dans le cimetière. Soit j'épiais Dvina, guettant un signal de sa main depuis la fenêtre de mon bureau, soit j'allais m'asseoir avec un livre sur une pierre tombale, toujours la même pierre tombale en marbre rouge à la mémoire d'un général décédé en 1984 – un jour Dvina avait décidé de la prendre en photo, cette tombe que nous avons pour ainsi dire profanée. Elle avait tiré l'appareil de son étui,

m'avait dit : tiens, comme ça tu garderas un souvenir
de moi :

НЕДОСЕКМИ
ПАВЕЛ ВЛАДИМИРОВИЧ
1904 – 1984

Vêtue légèrement malgré le froid vif et la bise qui
perçait entre les arbres, Dvina s'ingéniait à me sur-
prendre, variant les modes d'apparition que lui permettait cette drôle de nécropole arborée. Parfois c'étaient
ses grands yeux verts et bridés qui affleuraient derrière
une croix de pierre ; parfois une mèche brune qui bour-
geonnait entre les branches nues ; parfois c'était le tronc
massif d'un aulne qui l'abritait longtemps dans mon
dos et je percevais confusément un bruit sourd, une
impression de mouvement, quelque chose de feutré, de
furtif, un souffle étouffé, mais je pouvais lever les yeux
de ma page, me retourner même, à plusieurs reprises,
et n'apercevoir que des bribes d'êtres vivants : pieds
bottés d'un inconnu qui faisaient crépiter les feuilles
mortes et craquer la neige durcie, gros sac plastique
d'une vieille dame qui dérivait sur la glace, queue rousse
d'un écureuil, moineau qui sautillait allègrement. Jusqu'au moment où, replongé dans ma lecture, tâchant
tant bien que mal de me concentrer, je sentais la pierre
tombale rayée d'une ombre fugace, de la buée s'élever
au-dessus de ma tête et le froid de ses doigts s'appliquer
sur mes paupières – son rire alors secouait l'hiver,
réveillait le cimetière, et ses cheveux bruns m'aveu-
glaient, ses lèvres pleines glissaient le long de mes joues,

de mes lèvres, son désir se faufilait vers ma gorge, ma poitrine, mon ventre – elle me déboutonnait, me disait : Samuel, tu veux que je te montre ce que je sais faire, ce que j'ai appris à faire, ça te dirait qu'on fasse ça ici ? Et je lui répondais : non pas ici Dvina, on ne peut pas faire ça ici, mais elle insistait et alors je cédais. L'audace de Dvina, mes atermoiements, la course-poursuite de nos désirs faisaient durer des rendez-vous qui se devaient d'être brefs. Et comme le printemps tardait, pas la moindre feuille, pas le moindre bourgeon pour nous camoufler. Et même cette foule muette de sépultures, même les mausolées de pierre des barons germaniques, même les caveaux obscurs des vieilles familles bourgeoises, même les troncs ténébreux des aulnes ne nous garantissaient pas d'échapper aux regards des badauds, des collègues, de gamins qui pouvaient passer là, retournant chez eux, jouant à cache-cache, fumant des joints, buvant des bières, déclinant toutes sortes de jeux louches et de rituels adolescents, sous les aulnes nus, et pouvaient nous croiser dans la posture la plus compromettante, en train de nous rha-biller, moi le volontaire international en costard-cra-vate, elle l'ancienne hôtesse d'accueil en minijupe. Dvina trouvait que c'était une idée excitante de lui donner rendez-vous dans ce cimetière qui appartenait à ces lieux de la ville où elle s'interdisait autrefois de pénétrer – toutes sortes de légendes s'attachaient à ces lieux, en faisaient des repères de débauche, des zones de non-droit, des parages sinistres. Dvina, pourtant, vivait en bordure d'une de ces zones mal famées. Dvina, oui, habitait tout près du viaduc – elle se plaignait souvent du bruit des trains la nuit –, mais elle ne voulait pas me dire où exactement. Quand venait le temps de nous séparer, nous marchions jusqu'à la gare routière, elle m'embrassait sous son abribus, attendait le dernier instant avant de grimper sur le marchepied boueux – sur son visage passait un air triste et désolé qui ne laissait aucun doute sur le peu d'envie qu'elle avait de rentrer chez elle. Un jour, j'avais obtenu de la raccompagner. Pas question, par contre, m'avait-elle prévenu, que tu descendes du bus – promets-moi que tu attendras le terminus, que tu feras sagement demi-tour. Depuis la vitre embuée, elle s'était contentée de me désigner le bloc de six étages, là-bas, dont la façade sinistre était noircie par les gaz d'échappement. Et, sautant à terre, elle répétait ses consignes : interdiction de revenir dans ces parages, interdiction de trouver le moyen de frapper à sa porte, interdiction de voir sa famille – cette mère qu'elle disait *fêlée*, ce beau-père qu'elle disait tout aussi *fêlé*, cette grand-mère grabataire qui vivait avec eux et passait ses journées alitée. Une vraie maison de fous, non, tu ne dois surtout pas voir ça !

Dans le bus qui me ramenait vers le centre-ville ce jour-là, dans ce bus au plancher spongieux, dans ce bus tout bourdonnant de russe, j'écoutais pour la première fois cette langue enivrante, et je me promenais en songe parmi les syllabes qui s'échappaient de la foule de fichus à fleurs, de crâne ras et de chapkas, je glissais

189

mentalement entre les *ts*, je zigzaguais entre les *zd* – les *tch*, surtout, me berçaient, me dorlotaient, me consolaient. C'était décidé, dès que j'aurais un peu de temps, je me mettrais au russe.

GENS DU RIVAGE

Dvina s'était engagée à m'inculquer des rudiments de russe, mais j'ai dit combien j'étais peu doué pour les langues, et la leçon dérapait souvent vers un tout autre horizon. Venue l'heure de nous séparer, ne sachant de quoi parler, car en fin de compte nous avions peu de choses à nous dire, nous bavardions dans le vide, à propos du temps, du pays. Nos discussions ressemblaient étrangement à celles que j'avais eues au début de l'hiver avec Néva. Dvina, elle aussi, en avait assez de ce damné pays ; seulement, si ce damné pays était pour Néva une prison dorée, il était pour Dvina un exil intérieur où il lui fallait mendier jour après jour ses droits les plus élémentaires. Elle voulait à tout prix fuir cette ville étriquée, fuir l'hiver, fuir le Nord, fuir le cagibi de son meublé, fuir le bloc noir qui lui servait d'immeuble, fuir son quartier relégué, fuir son beau-père et sa mère fêlés, fuir sa grand-mère grabataire, fuir tout simplement — elle rêvait de l'Europe, de la vraie, disait-elle, et surtout de la France, de Paris, elle rêvait

Sorbonne, tour Eiffel, Sacré-Cœur, trois lieux dont elle avait vu, au cinéma, des images. Au point que nous avions évoqué un temps l'idée de contracter un mariage blanc pour lui permettre cette évasion, lui garantir une citoyenneté, une vraie, puisque la prétendue citoyenneté que faisait miroiter l'Union n'était qu'un bout de papier, un mirage diplomatique qui lui permettait, à la rigueur, de fuir ce pays qui la traitait comme une clandestine et d'aller vivre, ailleurs, clandestine dans un autre pays, mais toujours sujette du grand empire global, de l'archipel du capital, travaillant pour des intérêts qu'elle ne comprendrait pas mieux, ramassant les patates des Irlandais, cueillant les tulipes des Hollandais, triant les morues des Portugais, ainsi que le faisaient des centaines de milliers de non-citoyens, avant de retourner au pays mendier de nouveau leurs droits.

Le temps que je ne passais pas dans mon bureau de l'ambassade ou dans les bras de Dvina, je le passais seul, lisant, écrivant, ou alors je retrouvais Lothar dans un bar, et nous entamions une partie d'échecs qui pouvait durer des heures. La plupart de nos conversations tournaient autour de deux pôles obsessionnels : son pays natal ou son pays prénatal, cette Suisse qu'il honnissait ou cette Grande-Baronnie qui ne lui avait pas donné le temps de naître. À propos de la seconde, la question qui revenait inlassablement sur le tapis – ou plutôt sur l'échiquier – était celle de la place du pays dans le monde, et plus précisément de sa place en Europe. Question que Lothar aimait agiter depuis que je l'avais mis au courant de ma mission inachevée. L'idée d'établir un mémorandum sur la délimitation de la frontière lui plaisait. Or, entre un géographe et un linguiste, les critères de délimitation varient, le sens même du mot *frontière* varie : ce qui était pertinent pour moi l'était rarement pour lui, et je crois qu'il aimait nous embarquer dans ce genre de conversations pour avoir le plaisir de m'embrouiller ; une fois Lothar parti, je me retrouvais non seulement échec et mat, puisqu'il gagnait chacune de nos parties, mais aussi très perplexe.

S'il n'est pas aisé de situer cette Grande-Baronnie sur un planisphère, il est encore plus difficile de lui trouver une place en Europe, me faisait remarquer Lothar. Considérés comme l'ordre naturel des choses, comme un retour à un *statu quo ante* qui n'avait pourtant jamais eu lieu, l'adhésion récente du pays à l'Union, son ralliement simultané à l'Organisation, l'intégration prochaine à la zone Schengen, tous ces bouleversements avaient aussitôt réveillé une très vieille question : à savoir à quelle Europe cette zone tampon rayée de la carte depuis les accords secrets de Yalta se rattachait-elle ? Europe du Nord ? Europe de l'Est ? Europe centrale ? Europe de l'Ouest ? Très vieille question qui se traduisait souvent, chez ceux qui avaient l'inébranlable certitude d'appartenir au dernier de ces quatre ensembles, par de subtiles variantes : les gens d'ici étaient-ils slaves, autrement dit des Orientaux ? Étaient-ils baltes, autrement dit des rescapés de la Mitteleuropa ? Étaient-ils de petits cousins des Scandinaves, autrement dit des Nordiques ? Fallait-il les rattacher au monde finno-ougrien, autrement dit voir en eux de drôles de Nordiques mâtinés d'Orient ? À la première variante de la question, Lothar répondait le plus simplement du monde. La Grande-Baronnie ne se situait pas davantage au nord, à l'est ou à l'ouest de l'Europe, mais, disait-il, au beau *milieu* du Vieux Continent. Sans compter qu'Est, Ouest, Nord, Sud ont des frontières qui fluctuent avec le temps. D'ailleurs, ajoutait Lothar, va donc ou retourne si tu as déjà mis les pieds là-bas au musée de l'Occupation, tu verras que l'histoire du pays n'est qu'un mouvement de tangage, oui, de tangage perpétuel d'Est en Ouest. N'oublie jamais une chose, Samuel, disait Lothar. Tu sais, lorsque la République est proclamée en 1918, quelques jours après l'armistice, nul ne doute que cette nouvelle démocratie, ce petit État tampon, appartienne pleinement à l'Occident. Cependant, l'embellie est de courte durée. Vingt-deux ans plus tard, le jour même où la Wehrmacht défile à Paris sur les Champs-Élysées, ici, c'est l'armée Rouge qui fait claquer ses bottes sous les tilleuls de l'avenue de la Liberté ; en ce jour de juin 1940, oui, le grand voisin, suite à un ultimatum longuement médité, passe la frontière comme si de rien n'était et décide d'annexer le cordon sanitaire qu'ont établi les Occidentaux. Toute la zone replonge alors à l'Est, et même quinze mille de ses habitants très à l'Est : on les envoie, *via* des wagons à bestiaux, dans cet archipel du Goulag dont très peu d'entre eux sont revenus. En 1945, après quatre ans durant lesquels la ville a été la capitale du *Reichskommissariat Ostland* placé sous les ordres du théoricien nazi Alfred Rosenberg, le retour de l'armée Rouge passe de nouveau inaperçu à l'Ouest où l'on ne sait déjà plus rien de ce petit pays et du traumatisme qu'il a vécu pendant la Seconde Guerre mondiale. Et pour cause : il a été rayé une seconde fois de la carte. D'un grand S rouge qui veut dire Staline. Sans autre forme de procès qu'une accolade alcoolisée, dans les coulisses de Yalta, entre les chefs des futurs blocs de l'Est et de l'Ouest. En 1989, les images des premières poignées de main de cette immense chaîne humaine que l'usage consacrera bientôt sous le nom de révolution chantante ont autant de peine à crever l'écran : cette année-là, toute l'attention se dirige vers Berlin ou Bucarest ; ici tombe un mur, là cavale un dictateur – mur et dictateur illustres, mur et dictateur honnis...

La seconde variante de la question, selon Lothar, avait encore moins de sens que la première. En réalité, disait-il, les Lataves n'ont jamais existé, n'existent pas et n'existeront peut-être jamais. Et, répétait-il pour la énième fois, reste à les inventer, les Lataves. Quand on aura régularisé tous les gens qui vivent sans papiers dans ce pays, meurent sans papiers dans ce pays, sont nés sans papiers dans ce pays, travaillent sans papiers pour ce pays. Et qui n'ont le droit ni de voter ni d'être élus, ni de prétendre à quelque emploi dans la fonction publique – tant qu'ils travaillent ! Tant qu'ils travaillent encore et toujours plus ! Tant qu'ils acceptent sans rechigner les boulots que refusent les gens du cru ! Tant que les entreprises locales les embauchent sans leur demander de papiers ! Tant qu'ils ciment nos immeubles ! Tant qu'ils bitument nos chaussées ! Tant qu'ils bétonnent nos trottoirs !

Lors d'une partie d'échecs, comme je mettais bien du temps à jouer mon tour, Lothar m'avait expliqué que la langue officielle du pays était une invention récente. Sa grammaire, son orthographe, son alphabet bourré de signes diacritiques, tout avait été fixé au beau milieu du XVIIᵉ siècle par un pasteur suisse. Comme bien des peuples du Vieux Continent, le peuple dit *titulaire* était une invention plus récente encore. Lothar affirmait que cette invention, on pouvait la dater de la fin du XIXᵉ siècle, lorsque, pour la première fois dans l'Empire des tsars, un recensement avait été mené par des barons germaniques, qui autorisait des paysans nouvellement arrivés en ville à cocher, sous la petite case *luthérien*, la petite case *latave*. Avant ce recensement, il n'y avait dans le pays pas le moindre *Latave*, mais des Barons germaniques, des Russes, des Esthes, des Lives, des Lettes, des Latgales, des Coures, des Séliens, des Zemgales, des Zémaïtes, et quelques milliers de ceux qu'on appelait Zydes, et qui pouvaient s'établir uniquement dans les zones définies par les autorités locales – futurs shtetls, futurs ghettos. Les premiers habitants du pays, ses indigènes, étaient des pêcheurs pacifiques qui se seraient installés sur les côtes il y a plus de quatre mille cinq cents ans. D'où leur venait le nom de Lives ? Les spécialistes étaient partagés : selon les uns, il venait du vieux-slave *liudi* (ce qui voulait dire *les gens*) ; selon les autres du vieil-allemand *Lebender* (ce qui voulait dire *les vivants*). Lothar penchait pour la seconde hypothèse mais il préférait de loin le vocable utilisé par les Lives pour se désigner entre eux : *Randarav*. Mot-à-mot : *les gens du rivage*.

D'où venaient-ils, ces vivants, ces gens du rivage ? En vérité, nul ne le savait. Tous les recensements effectués jusqu'à la chute de l'Empire devaient oublier ces Lives, qui oubliaient eux-mêmes les légendes et les traditions dont ils étaient jadis si fiers. En revanche, leurs voisins, de mœurs bien frustes, ne se gênaient pas le moins du monde, disait Lothar, pour emprunter à leur langue son accent et ses diphtongues, à leurs femmes leurs coiffes, leurs robes, leurs chants, et même – les lois de la nature sont cruelles – leurs cheveux blonds, leurs yeux bleus, leurs paupières légèrement bridées.

Qui avait décidé de remettre les Lives au goût du jour ? Ceux qui avaient besoin de croire à la vieille fable du péril identitaire – un péril que les journalistes disaient grandissant depuis l'adhésion du pays à l'Union, son ralliement à l'Organisation, sans oublier la perspective imminente de son intégration à la zone Schengen.

À la recherche de symboles et de légendes pour insuffler cette identité nationale, disait Lothar, on avait commencé par faire un bond en arrière de cinquante ans, histoire d'oublier les mauvais souvenirs de la guerre et de la collaboration tous azimuts. On était donc allé voir du côté de la Première République, mais comme celle-ci était née sous les auspices de la Première Guerre mondiale, du premier grand carnage européen, on s'était dit qu'il valait mieux chercher plus loin dans le passé. Laissant de côté l'époque impériale non sans verser une larme de nostalgie sur les miettes coloniales du grand-duché de Courlande et sur le bon vieux temps des Suédois, on était tombé sur l'ère du grand *Ordnung* teutonique d'avant la Réforme, cette ère tant regrettée où le Monde, de Rome au lac des Tchoudes et de Brest à Brest-Litovsk, était l'Europe Une et Catholique, la grande Chrétienté des chevaliers Porte-Glaive et des Rois de Jérusalem. Mais comme on s'était rappelé soudain que de tout ce beau monde-là on n'avait jamais été que les serfs, les moins que rien, les ilotes, on était allé voir plus loin dans le passé : alors, tout à coup, s'était réveillé, magnifique, intact et cristallin, tout l'âge païen. Comme il fallait au Latave un ancêtre, comme il lui fallait un ancêtre le plus ancien possible, on avait entrepris de ressusciter les Lettes – les ancêtres officiels des Lataves, autrement dit les Gaulois du pays – et de réhabiliter au passage leurs voisins : Coures, Latgales, Zemgales et bien sûr les Lives. En l'espace de quelques années, les sagas lives avaient fait leur grand retour dans les manuels scolaires – aujourd'hui s'en inspiraient à tour de bras cinéastes, dramaturges, chanteurs, poètes, romanciers.

Lothar, qui traquait dans l'actualité nationale tout ce qui avait trait aux Lives, m'avait fait lire un jour dans *Telegraf* une déclaration du ministre de l'Intérieur. Interrogé par un journaliste, le ministre rappelait qu'au terme de cinquante ans d'une vigoureuse politique d'oppression des minorités nationales, le peuple live était en voie de disparition, la langue live, menacée par la domination exclusive, pendant ces cinquante années-là, de la pire des langues de bois, la langue live était en passe de devenir une langue morte – bref, il fallait à tout prix sauver le live. Et pour ce faire, il était nécessaire, entre autres mesures, de conserver la rubrique nationalité des cartes d'identité, des passeports, afin que le mot *Live*, du moins, survive. Et si par la même occasion, le mot *Tzigane* ou le mot *Juif* se perpétuaient aussi, et dans leur sillage les sentiments portés depuis des millénaires à ceux-ci, Juifs et Tziganes, disait le ministre, ne devaient pas en prendre ombrage, et puis l'antisémitisme était de l'histoire ancienne, la haine des Roms une affaire classée, blablabla. Lothar se méfiait de cette manière d'instrumentaliser les peuples mais sur ce point, au moins, il était d'accord avec le ministre. Et, poursuivait-il, pourquoi nous rebattre les oreilles avec l'amenuisement de la biodiversité ? Pourquoi ne pas voir que des multitudes de peuples s'éteignaient sous nos yeux à longueur de temps ? Utilisée à la fin du XIXe siècle par près de trois mille personnes, la langue live comptait aujourd'hui davantage de lettres en son alphabet que d'êtres humains pour l'écrire ou la parler ; le plus jeune de ces Lives soufflerait ses quatre-vingt-cinq bougies à la fin de l'année. Depuis 1991, déplorait Lothar à la suite du ministre, le Livland n'avait obtenu aucune autonomie particulière au sein de la nouvelle république : le peuple live était sans État, sans le moindre représentant à la Diète. Oui, les Lives, ce peuple de poètes, se mouraient.

GÉNÉRAL HIVER ET LA BÉRÉZINA

Mais les Lives n'étaient pas le seul peuple moribond du pays. À l'est aussi, les gens vivotaient, survivaient. Pour de tout autres raisons. La crise, là-bas, avait déjà commencé, ou disons plutôt qu'elle durait, la crise, depuis vingt ans, depuis la fermeture de la frontière orientale et des usines qui employaient la majeure partie de la population. Le taux de chômage, autour de trente pour cent, était de loin le plus important du pays, la débrouille était reine, on disait que le troc était de retour.

Chargé d'accompagner Vanneste, le premier secrétaire, dans une mission dite *secrète*, qui ne l'était pas en réalité, les autorités locales étant prévenues, et même de la partie, nous avions pris place dès l'aube à bord d'une grosse berline noire aux vitres teintées, affrétée par l'ambassade, et nous nous étions engagés sur la route du nord-est, où nous devions prendre le bac, gagner un de ces îlots âprement disputés, et rencontrer là-bas des gardes-côtes de l'agence *Frontex*, qui veille sur toutes les frontières de l'Union. À la sortie de la ville, le dégel révélait toute une palette brouillée à l'infini, d'immenses étendues de terre brûlée, couleur de paille, de rouille ou de cendre et ponctuées d'immenses flaques de boue. Dans cette banlieue peau de chagrin, sur ce vaste terrain vague, on voyait se refléter les hautes barres d'immeubles et leurs antennes paraboliques, les zones industrielles et leurs pylônes, les stations-service et leurs pompes à essence. Resté silencieux, concentré, larges lunettes de soleil lui mangeant le visage, cheveux roux et bouclés, taches de rousseur, fossettes crispées, main gauche agrippée au volant, main droite tâtonnant de temps en temps le levier de vitesse, le premier secrétaire lâche soudain, avec dans la voix un grognement bizarre qui me fait sursauter : *la Bérézina !* Voilà, c'est la Bérézina, mon vieux, on est sur la route de la Bérézina, tu sais la Bérézina c'est une rivière, une rivière qui prend sa source là-bas de l'autre côté de la frontière, eh bien voilà la Bérézina c'est ça, on passe ou on ne passe pas, et j'ai bien peur qu'aujourd'hui on ne passe pas, et le pire c'est qu'on ne sait jamais si on ne va pas passer à cause du gel ou du dégel, c'est ça l'hiver, et ils ont bien raison de l'appeler *Général Hiver* là-bas, parce que c'est lui qui commande en fin de compte, c'est lui qui décide, et c'est comme ça depuis l'époque des Vikings, eux passaient leur drakkar renversé sur le dos, de vraies tortues, et de là, *via* le Dniepr ils filaient piller Byzance, et cette histoire c'est un truc cyclique, ça se répète à tous les siècles, c'est l'éternel retour, les Vikings, les Porte-Glaive, Charles XII, Napoléon, Hit... – Bérézina ou pas, c'est l'hiver la vraie frontière, dit-il, comme

s'il me parlait d'un ennemi séculaire, héréditaire, intime
– un Tatar, mon vieux, que dis-je, un Mongol, un
Porte-Glaive, un Barclay de Tolly ! Ah ! L'hiver ! Invin-
cible hiver !

Que lui répondre ? Je n'ose pas lui demander qui est
ce Barclay de Tolly dont je ne sais rien sinon qu'il a sa
statue – frac et bicorne vert-de-grisés, freux le frôlant
sans arrêt – dans un petit square de la ville, à l'angle
de l'avenue de la Liberté et de la rue Baronia, à quelques
pas de mon meublé. Oui, je me tais et me contente de
regarder filer à travers le pare-brise les prés enneigés.
Tandis que nous nous enfonçons plus loin vers l'est,
parmi pins, lacs et bouleaux, le niveau de la neige
semble grimper graduellement telle une marée mon-
tante, prendre avec les nuages l'horizon en étau – sur
les derniers kilomètres avant d'arriver au port de S.,
d'où nous devons embarquer pour les îles, la neige se
met à gicler sous le châssis, les routes n'ayant pas été
déblayées, et le décor familier reprend place aussitôt,
suivi de cette impression d'apesanteur et ce silence qui
m'étouffe à force. Là-bas vers l'est le mensonge tenait
bon – toutes blanches de neige, les collines les plus
orientales du pays tâchaient d'ignorer les saisons, de
camoufler quelque temps la misère qui partout ailleurs
grimaçait à l'air libre. Et la joue collée à la vitre, je
songeais qu'il y avait des pays que le XXe siècle n'avait
pas moins épargnés que les temps géologiques. Ainsi de
ces zones frontières, où se lisait partout le souvenir des
guerres, des purges et des rafles : non contentes d'avoir
fauché les hommes, elles avaient aussi raboté les
paysages, à la manière des glaciers du Würm – ne

laissant derrière elles, à perte de repères, que ce socle brut, austère. Ce glacis. Tout l'orient de ce pays l'hiver, me disais-je, c'était déjà le vestibule du Grand Nord et du Grand Est – et, me demandais-je alors, à quoi ressemblait cette Laponie pour laquelle je ne m'étais pas envolé ? Cette Sibérie dont je rêvais depuis tant d'années ?

Sur notre route, pas un homme, pas une femme, pas un chat. Les bourgades que nous traversions étaient vides – vides les hameaux, petits troupeaux de baraques de rondins mal équarris que n'égayaient que les formes déchiquetées et les couleurs fauves de leurs auvents ajourés. On aurait dit que tous les habitants de la zone, prévenus de notre arrivée, avaient – avec veaux, vaches, cochons, couvées – décampé. Et je pensais à ces cortèges officiels, préparés jadis pour masquer au nez et à la barbe des observateurs occidentaux la misère régnante, la famine organisée, l'échec patent et prématuré de l'État Unique. La Bérézina, oui ! Le premier secrétaire aurait bientôt l'occasion de prononcer une nouvelle fois ce nom qui décidément lui plaisait et nous servait d'augure en quelque sorte, puisqu'il nous faudrait remettre notre visite au lendemain, et rentrer bredouilles de ces confins orientaux, sans avoir vu ni gardes-côtes, ni Lives, ni d'ailleurs âme qui vive, sans avoir atteint non plus ce que les guides touristiques décrivaient comme une merveille – des falaises de craie blanche, les plus hautes de la contrée. L'hiver – *Général Hiver* – nous défendrait ce spectacle. Bloqués par le blizzard avant l'heure prévue pour l'embarquement, il nous faudrait mettre pied à terre, déneiger la grosse berline cernée de

203

congères, fixer à grand-peine les chaînes, faire demi-tour, reprendre la longue route trop droite sur laquelle ne tarderait pas à nous ralentir un nouvel obstacle : deux gendarmes qui tiendraient coûte que coûte à nous verbaliser, faisant fi de la plaque d'immatriculation verte : ni bakchich, ni corps diplomatique qui vaille – *because of speed, because of speed,* répéteraient les deux hommes dans leur anglais rudimentaire illustré de grands gestes gantés de blanc.

PETITE JÉRUSALEM BAROQUE

Il va de soi qu'après cette petite Bérézina, ce nouvel échec de mes recherches sur la frontière, je m'étais mis à douter réellement de l'existence de cette frontière fantôme, de ces Lives fantômes, de ce pays fantôme, des gens s'agitant autour de moi, de ma propre existence. Je ne savais plus à qui me fier. Avec son histoire de Conservatoire de la Cartographie pris d'assaut par les insurgés, Reval, le vice-consul, m'avait bien baratiné, aucune carte topographique n'était partie en fumée, il n'y avait jamais eu d'incendie, jamais eu de conservatoire, m'avait dit l'ambassadeur entre deux bouffées de cigare, vous êtes bien naïf, mon pauvre ami, comment pouvez-vous avaler de pareils bobards ? Finies les *procrastinations*, monsieur le volontaire international, il est grand temps de me remettre en main *le machin* si vous voulez avoir encore le privilège de m'adresser la parole !

En dernier recours, l'ambassadeur m'avait recommandé à l'attaché militaire, lequel m'avait invité à le rencontrer, me promettant au téléphone de me fournir des documents précieux à joindre à mon mémorandum. L'attaché militaire – lieutenant-colonel Henri SANTER, annonçait sa carte de visite – résidait à W., c'est-à-dire à plus de trois cents kilomètres vers le sud-est. La rencontre s'avérerait à bien des égards infructueuse. Le lieutenant-colonel Santer me recevrait en uniforme ; c'était un homme affable malgré sa coupe militaire et son air sévère, et tout indiquait qu'il s'ennuyait ferme, fumait beaucoup, buvait sans doute autant, car son visage était très marqué, grandes poches sous les yeux, pommettes striées, joues rubicondes, nez violacé. J'ignore pour quelle raison au juste il m'avait fait venir, sinon pour me confier une chemise en carton dans laquelle ne se trouvait pas l'ombre d'une carte topographique, pas même une copie mais, sans ordre aucun, différents documents, assez anciens par ailleurs, dont je disposais déjà, que j'avais acceptés pour ne pas le froisser, pour lui faire croire à son utilité, au bien-fondé de cette rencontre, de cette matinée que nous avions passée ensemble à deviser du temps forcément mauvais, de la France qui allait forcément mal, de ce pays où l'on mourait à petit feu. En sortant de son bureau, je me décide à visiter les ruines du ghetto de W. : je dispose, avant de prendre mon train, de quelques heures à tuer. Ayant égaré le plan de la ville que m'a confié l'officier dans la matinée – au cas où j'aurais le temps de visiter, selon son expression, cette petite Jérusalem baroque, une vraie merveille –, je consulte à l'entrée du ghetto une plaque de bronze ou de laiton qui sert de repère. Secours inutile : les rues portent le nom qu'elles avaient avant la guerre, et, qui pis est, en caractères gothiques. Qu'à cela ne tienne, entrons ! Je passe sous le porche du mur d'enceinte en me disant que je finirai bien par tomber sur la synagogue ou le musée juif : deux petites étoiles les indiquent sur la plaque. Proprettes, les rues semblent avoir été fraîchement pavées – les égaient les couleurs vives des façades, les enseignes des magasins, les pots de bégonias qui font leur apparition aux balconnets, manière de saluer la fin de l'hiver. À l'angle de la rue principale, trois hommes d'affaires sortent d'une brasserie, bedonnants, costumés, cravatés ; le troisième desserre sa ceinture d'un cran, pousse un soupir de soulagement, émet sans doute un rot, peut-être un pet. Quelques dizaines de mètres plus loin, j'aperçois un drapeau rouge et blanc. Les replis de l'étoffe ne permettent pas de l'identifier : un consulat, oui, mais lequel ? À mon approche, une rafale de vent fait battre un bref instant, entre deux bandes rouges, les ailes d'un aigle noir, couronné, qui me tire, écarlate, la langue. Je n'ai pas fait trois pas en avant qu'instinctivement, je rebrousse chemin, lève les yeux : sous la plaque de bronze ou de laiton frappée d'un nouvel aigle noir – *Österreichische Botschaft Generalkonsulat* – une petite plaque de marbre accroche mon regard :

Ici se trouvait la première synagogue du ghetto, construite en 1880, incendiée par les nazis le 21 septembre 1942, le jour de Yom Kippour.

Fuyant ces lieux sinistres, j'apprends un peu plus tard que la nouvelle synagogue se situe en dehors de la vieille ville mais, de crainte de manquer mon train, j'en reporte la visite à une prochaine fois...

ORAISON PATRIOTIQUE

À mon retour de W., le premier conseiller Sorosky étant en congé, on comptait sur moi pour le remplacer pendant deux jours. La mission était simple : il s'agissait de représenter la France lors d'un congrès international sur – c'était le titre officiel – *l'identité européenne.* Le congrès était organisé à l'hôtel de Rome, un des plus luxueux du centre-ville. Y participaient des chercheurs, des diplomates, des dignitaires locaux, des commissaires, des députés, des hommes politiques venus des quatre coins de l'Europe. Chacun y allait de son petit laïus pour nous expliquer ce qui faisait l'Europe, la géographie, l'histoire, la politique, la religion, la littérature, l'union qui fait la force ou la diversité labellisée. Dans l'assistance, perdues parmi une foule de chignons blancs, je repère quelques têtes qui ne me sont pas inconnues. Dépassant toutes les têtes, un crâne allongé sous des cheveux blancs en brosse, une nuque bien raide, une veste de velours pourpre sur des épaules carrées. Encore lui ! me dis-je. C'était un vieil homme, un habitué, aisément reconnaissable à sa stature imposante, à son allure militaire, sa coupe de cheveux, ses yeux très bleus, son nez très droit. Quoique ne parlant pas un traître mot de français, l'homme assistait à la moindre conférence organisée par l'ambassade, ne manquait jamais d'intervenir dans un allemand guttural, foudroyait de ses yeux métalliques l'assistance et, lorsqu'il se levait pour parler haut dans le micro qui lui était tendu de main en main, on apercevait qu'il était immense, frisant les deux mètres de haut, dont bien un mètre vingt de jambes campées dans des bottes cirées noires sur lesquelles bouffait, kaki, rayée de pourpre, sa culotte de cheval. Je ne l'ai pas vu se dresser ce jour-là pour vanter la bonté aristocratique des officiers allemands, oui, des officiers qui distribuaient du pain aux enfants affamés dans la rue, des officiers qui venaient dans les chaumières et vous faisaient jouer avec leur fusil-mitrailleur, ou vous laissaient en souvenir de leur passage un bouton de manchette, blablabla. En revanche, je me rappellerai longtemps du discours véhément d'un géant, un menhir humain, taillé dans le bouclier scandinave, avec d'épais sourcils rebiquant sur son front chauve et traçant des empans blonds aux flèches de ses yeux d'éclair. Ce discours, cette harangue, devrais-je dire, avait commencé par une citation d'Ernest Renan ; *via* l'évocation de la figure brandie par les autorités nazies d'un agent secret au nom *à consonance juive*, selon les propres mots de l'intervenant, cette harangue s'était poursuivie par une tentative de justification de l'antisémitisme, c'est-à-dire de la disparition de quatre-vingt-quinze pour cent de la population juive du pays en l'espace de deux ans. Cette harangue, enfin, s'était achevée sans un seul remous de protestations sur ces mots : *Dieu a donné la Grande-Baronnie aux Lataves.* Lorsqu'il se lève, j'apprends de ma voisine de droite que cet homme qui dépassait de plusieurs épaules tous les autres conférenciers n'était autre que le doyen de la faculté d'histoire et de philosophie de l'université nationale. Le lendemain, je rédige un compte rendu rageur du congrès, le transmets au premier conseiller Sorosky de retour de congés. Hélas, c'est au tour de l'ambassadeur d'être absent et mon supérieur taciturne, que son voyage en Belgique semble avoir rendu plus blême que jamais, se contente de ranger le dossier dans un tiroir, sous l'œil glauque et mi-clos de son cher Talleyrand.

DIE GREISE HOR SCHUL

À la suite de ce congrès international, ou à la suite d'un autre congrès de cet acabit, me revient le souvenir d'une inauguration bizarre. C'était à la fin de l'hiver, au printemps, peut-être au début de l'été. Si j'y réfléchis bien, je crois qu'il faisait beau, que l'air était doux, mais il y a de la neige ce jour-là dans ma mémoire – des flocons de neige fondue, des traces de neige sale. Un cortège officiel devait mener des chercheurs, des universitaires, divers intervenants, ainsi que le corps diplomatique et quelques dignitaires locaux, vers un monument illustré sur le programme de la journée par une photo floue, en noir et blanc, accompagné d'un titre en yiddish : *Die Greise Hor Schul* était la grande synagogue chorale. De nouveau je remplaçais le premier conseiller Sorosky, aux côtés de l'ambassadeur de Nollant cette fois, et ma hâte était grande de voir un tel monument puisque le temps m'avait manqué de visiter, lorsque j'étais de passage à W., la synagogue. On se rend sur place en voiture officielle, grosse berline noire aux vitres teintées, qu'annoncent les petits drapeaux tricolores plantés de part et d'autre du capot. Sur le dépliant, l'itinéraire indique qu'il nous faut traverser le viaduc sinistre de la gare. En apercevant les vitrines qu'il abrite, je me revois errant dans ces parages obscurs le jour de mon arrivée ; la rencontre étrange que j'y avais faite me revient en mémoire avec son frac militaire et ses cheveux gris filasse. D'où ma fébrilité croissante à mesure que nous approchons – derrière un trolleybus hennissant – du tunnel au bout duquel je n'avais pas eu la force d'aller ce jour-là. Je me colle à la vitre, histoire de ne perdre aucune parcelle de paysages restés pour moi la face cachée de la ville. Passé d'immenses halles de verre et de zinc – les hangars d'où seraient sortis en 1914 les zeppelins du Kaiser Wilhelm, nous dit le chauffeur en faisant siffler contre son palais le *z* de zeppelin, tinter le *k* de Kaiser et vrombir le *w* de Wilhelm –, passé une vaste place où se tient un marché populeux et bariolé, la berline s'engage dans une avenue mal pavée, poussiéreuse, étourdissante – l'œil glisse alors le long de grosses baraques de bois dont les fondations de briques semblent mangées par la lèpre : cette ville, cette Venise nordique, on me l'a souvent dit, et je le vérifie enfin, repose sur pilotis. Bientôt, je remarque que tous les bâtiments de la rue pavoisent de drapeaux, mais de drapeaux en berne – leur crêpe noir s'agite au vent. C'est à cet instant que je vois, de l'autre côté de la rue, derrière des grilles, un mur de briques noircies et c'est bien malgré moi que je pense à des ruines romaines. Seulement, je viens d'apercevoir, se dressant parmi les ruines, et je n'en crois d'abord pas mes yeux, une grande menorah bleue. Intrigué, je la montre du doigt à l'ambassadeur et comme de concert nous demandons au chauffeur ce qu'elle fait là, il nous dit, eh bien, que c'est, justement, notre destination, *la synagogue*. Ou mettons ce qu'il en reste, ajoute l'homme – son visage pivote alors sous sa brosse blonde et nous adresse un clin d'œil métallique.

Nous sommes en avance. La cérémonie n'a pas commencé. La place est déserte. Alors que l'ambassadeur et le chauffeur s'ignorent en silence, le premier fumant un cigare et le second lustrant la berline noire, je balaie des yeux les environs. C'est une place pavée, triangulaire, bordée sur un de ses côtés d'une haie de bouleaux nus ; des vestiges de neige s'accrochent à leurs racines et je remonte des yeux les troncs, des troncs très maigres, mais très blancs, irradiant une lueur bleuâtre ; des troncs que viennent rayer de longs faisceaux d'un bleu noir – les ombres portées des pylônes. Derrière les bouleaux, on distingue une forme fantomatique, recouverte d'une bâche de plastique dont les pans ploient sous une belle couche de neige. Un monument commémoratif, me dit l'ambassadeur. Une surprise, fait-il en souriant des yeux – vous verrez, il sera inauguré à la fin de la cérémonie.

Je fais les cent pas autour de la placette. Alentours boueux, bruyants : tintinnabulement des klaxons, ahan du trolleybus, cris des mouettes. Un vieil homme avec une chapka sur la tête s'assoit sur un banc, l'air absent ; un plus jeune, le crâne ras, passe en blouson de cuir, à grandes enjambées, s'accroupit et dépose contre les ruines de la synagogue le contenu d'un sac plastique qu'il s'empresse d'enfouir dans sa poche en traversant la rue au pas de course, les bras ballants. Je m'approche. Me penche : une paire de baskets trouées, de vieilles paires de lunettes, des bidons de lessive vides, des mèches de cheveux. Puis je lève les yeux : sous l'arche principale, brisée, qui grimace dans le vide, un escalier permet de descendre dans la nef de l'ancienne syna-gogue ; le sol est tapissé d'une couche de neige à peine dérangée par quelques empreintes de pas. Impossible d'aller plus loin. Une ligne rouge passe à mes pieds que je ne me vois pas franchir – comme si faire un pas de plus, aller plus loin, ce serait souiller un sanctuaire ; avance, idiot, me dis-je, et là, une plaque commémo-rative de bronze ou de laiton, m'attire et me repousse tel un aimant... Instinctivement, je sors de son étui l'appareil qui ne me quitte jamais, et, clic, je presse la détente,

THE GREAT CHORAL SYNAGOGUE
WAS BUILT IN 1871.
NAZIS BURNED DOWN THE
SYNAGOGUE ON JULY 4, 1941.
HUNDREDS OF JEWS DIED IN FLAMES.

lorsqu'une alarme, suite à ce clic, suite au flash qui s'est déclenché automatiquement, paraît s'enclencher à son tour : je lève la tête, ce sont des cris, des coups de sifflet, voici le cortège officiel, hérissé de toutes sortes de drapeaux, dont bien sûr, avec son étoile de David bleu roi, l'israélien. En silence, on se serre la main entre diplomates. Une haie de bonshommes emmitouflés se

215

forme sous les bouleaux pendant qu'il commence à neigeoter. Après les discours des chefs d'associations communautaires, on a droit aux imprécations d'un rabbin, à celles d'un pasteur, et même à celles d'un curé – sans doute venu de loin pour l'occasion. De très petite taille, le rabbin s'est juché sur l'espèce de parapet que forment de ce côté-ci les ruines de la synagogue, et agite ses bras trop courts en parlant. Pasteur et curé, qui ne sont guère plus grands, l'imitent, sans parvenir à dissimuler leur gêne : foule interrogée du regard, aucun signe de désapprobation, *c'est bon*. Après quoi des fillettes aux cheveux tressés, en costumes d'époque, prennent place et récitent leur kaddish sous les criailleries des mouettes. Je n'écoute plus, je n'entends plus, mon regard s'est perdu. Entre les briques ruinées, couleur de braise et de cendre, çà et là, percent des pierres de taille sculptées de motifs indiscernables et des vestiges de charpente dessinent de grands Y qui me font immanquablement penser à des crucifix ? des piloris ? des bûchers ?

Le ministre est le dernier à parler. De tout son discours je ne saisis que quelques mots : *Holocauste, Juif, national-socialiste*. À la droite du ministre, garde-à-vous sur la casquette caca d'oie, non moins imperturbable que le brushing de l'orateur, tandis que le vent se joue des cravates des diplomates et des rubans de leurs gerbes, se tient un officier en grande tenue d'apparat, sabre au côté. Le discours du ministre étouffé par la neige, avalé par le vent, le gradé se dirige vers une grosse pierre de grès gravée des simples chiffres, il y dépose solennellement la gerbe gouvernementale, les diplomates et les divers officiels lui emboîtent le pas, tous s'agenouillent – carillon de médailles militaires, couinement de bottes cirées noires.

Après quoi l'on se dirige, dans le sillage ministériel, vers la forme fantomatique voilée de plastique et recouverte de neige, là-bas, derrière les bouleaux. Nouveau discours du ministre, son aide de camp toujours au garde-à-vous. À la fin de ce discours, le colonel, d'un geste militaire, tire sur la bâche qui fait voler la couche de neige. Nouveaux applaudissements, nouveaux cris de mouettes. Apparaît alors un monument de marbre blanc qui repose sur sept piliers obliques. Sur les sept piliers, des noms gravés. A-t-on retrouvé les noms des *hundreds of jews* who *died in flames* ? Je m'avance vers une pierre qui porte une plaque de bronze ou de laiton, laquelle sert de légende. Titre de l'œuvre, nom et prénom du sculpteur, liste des mécènes, explication : les sept piliers, ce sont les sept colonnes du temple de Jérusalem qui s'écroule ; les quatre cents noms gravés là ceux de tous les Justes du pays, ou du moins de tous ceux qu'a recensés l'Institut de Yad Vashem.

ARBEIT...

Le lendemain de la cérémonie, je me rends au musée juif, une ancienne synagogue, où Dvina m'a promis de me rejoindre. Mais elle ne vient pas au rendez-vous, me laisse sans nouvelles une heure durant, un petit message l'excuse sur l'écran de mon portable : elle est malade. Tant pis, me dis-je, tu feras la visite tout seul. Je gravis les marches du perron, pénètre un vaste hall rococo, grimpe un escalier monumental à rambardes de fer forgé. À l'étage, un vieil homme en blouse bleu lavande, kipa vissée sur une tête chauve, balai en mains, me reçoit avec sur les lèvres un sourire las. Le musée est vide. Je suis le seul visiteur de la journée. Sur de grandes planches de liège, on a inscrit en en-tête le nom des principales villes du pays, suivies à chaque fois de deux chiffres : nombre de Juifs en juin 1940, nombre de Juifs en mai 1945. Y sont épinglées des photos en noir et blanc : portraits d'hommes, de femmes, d'enfants, avec leurs noms, prénoms, dates de naissance – de décès. Tous, ou presque, je m'en souviens, sourient. Un visage, je ne l'oublierai jamais, me rappelle étrangement Dvina, ses grands yeux rieurs, pleins de vie, légèrement bridés. Il y a même des étoiles jaunes sur lesquelles on peut lire, en lettres gothiques, noires, baveuses, la mention *Jude*. Sur des guéridons, se dressent des chandeliers à sept branches. Le vieil homme, qui m'a suivi, lâche son balai, saisit un des chandeliers, le déplace, essuie machinalement la poussière d'un coup de chiffon, le repose. Puis il se tourne vers moi et me demande, en allemand, d'où je viens. Je lui réponds. À voix basse, il me confie qu'il n'a pas eu la chance de s'y rendre, mais on lui a dit que mon pays natal est un beau pays. C'est vrai, lui dis-je. Lui : mais les temps vont mal, non, toutes ces voitures qui brûlent, la banlieue, vous avez vu ça à la télé ? Non, je n'ai rien vu, je n'ai pas la télé et je me contente, pour toute réponse, d'un sourire et d'un haussement d'épaules. Au moment de prendre congé, je retourne voir le petit vieux qui s'est assis sur une chaise et lui demande s'il peut m'indiquer la synagogue actuelle. Il me mène dans la rue, m'indique le chemin qu'il me faut suivre – à travers le parc du Château, à travers la vieille ville, là-bas, dont on voit se dresser, au-dessus de la mêlée des toits enneigés, les clochers. À l'angle de la rue Baronia, je tombe sur Lothar. Ça fait longtemps que je n'ai pas de nouvelles de lui. Et ses recherches sur les Lives, ça avance ? Il me dit que ça patine, me demande où en sont les miennes. Je lui dresse le même bilan. Il me demande où je vais, me propose de m'accompagner jusqu'à la vieille ville ; il a rendez-vous au *Zerkalo* avec des amis. En bordure du parc, je lui montre un bouleau, un très beau bouleau, solitaire, au tronc tortueux, qui n'a pas encore de bourgeons. Et comme je demande à Lothar si le printemps va finir par arriver, il me dit, oh non, Samuel, le printemps n'est pas pour demain, et, à ce moment-là, je vois que quelque chose a attiré son attention… Regarde là-haut, Samuel, derrière les branches du bouleau. Je regarde. C'est la façade d'une grande maison de ville. Sous les croisillons des colombages qui lui donnent des airs de chalet suisse ou de manoir hanté, court une frise. Sur cette frise, on peut lire, gravés dans la pierre, ces mots :

ARBEIT IST DES BUERGERS ZIERDE

Lothar ne sait pas très bien comment me traduire cette phrase. Le travail est l'ornement ? La gloire ? Le privilège ? L'apanage du citoyen ? Oui, c'est ça, Samuel : l'apanage du citoyen ! Et le voilà qui s'embarque dans une nouvelle diatribe : l'apanage du citoyen ! Mais la Grande-Baronnie est peuplée pour un tiers de non-citoyens, d'apatrides, de sans-papiers, qui travaillent pour les autres, acceptent les métiers que les autres n'auraient pas l'idée d'envisager, suent sang et eau pour les autres, bétonnent les trottoirs des autres, trient les poubelles des autres, recyclent leurs déchets, ramassent leurs ordures, tandis que l'État, l'État américanisé, l'État suissifié, l'État des banques et des marchés, leur dénie le droit de vote et garantit aux autres, à la population *éponyme*, aux *titulaires*, celui de les toiser comme des étrangers, des indésirables, des boucs émissaires ! Et sur ces paroles Lothar me serre la main, s'éclipse à grands pas dans le parc enneigé, il est en retard – appelle-moi

demain, Samuel, allons boire un verre, ça fait longtemps
que je ne t'ai pas battu aux échecs !

La synagogue se trouve assez loin du musée, dans
une ruelle étroite et désolée de la vieille ville. Ruelle
dont les pavés sont tapissés d'une neige à peine pié-
tinée ; des stalactites de glace pendent des gouttières et
des encorbellements – ici, tout l'indique, les rayons du
soleil ne percent pas encore. Comme partout en Europe,
l'emplacement de la synagogue se signale d'abord par
la présence de flics qui en gardent l'entrée – ici, une
fourgonnette blanche, tronquée en deux, leur sert de
guérite. La synagogue est trop sombre ; j'aperçois,
là-bas, des vieillards cacochymes qui marmonnent leur
kaddish – je suis tombé la veille d'un enterrement. Je
sors, ce n'est pas le moment, aucune envie de les
déranger, je reviendrai. En traversant la rue, je guigne
de l'œil à travers la guérite blanche : les deux flics me
regardent sortir en mordant à pleines dents leur sandwich ; un minuscule poste de télévision, écran rose et
flou, les désennuie. Ils portent des gilets pare-balles ;
sur leurs képis bleu marine, le blason de la police repré-
sente deux épées croisées.

TABULA RASA

16 mars. Je note ici cette date car, de toute cette période, c'est la seule dont je me souvienne. Cette date, oui, je ne l'ai pas oubliée, car c'était l'anniversaire de Dvina, vingt-quatre ans, mais aussi un autre anniversaire, anniversaire bizarre qui faisait dire à Dvina qu'elle était née sous une mauvaise étoile. Le 16 mars, donc, la Grande Guilde donnait en début de soirée un concert dans le cadre d'un festival de musique classique. Ayant peiné toute la journée, derrière mon ordinateur, sur mon mémorandum et mon atlas, je sors en hâte de l'ambassade. Je suis en retard. À peine ai-je mis le pied dehors que je sens dans l'air une effervescence, une excitation inhabituelle. Déversée de toutes les rues et les ruelles avoisinantes, une foule hétéroclite se presse par poignées vers la place de la Liberté. On croirait que toute la ville voudrait assister au concert. Ovations, clameurs, huées, sifflets, coups d'archets ferraillent pêle-mêle dans le ciel d'acier, comme si le *la* était donné, comme si des violons mal accordés, évadés de l'estrade,

secouaient les flèches des clochers, les chevrons, les pignons des maisons bourgeoises et me secouaient en retour les nerfs. Reprenant peu à peu mes esprits, je remarque que stationnent aux abords de l'ambassade les fourgonnettes blanches des forces de l'ordre. Que sur les trottoirs sont dressées des grilles jaunes. Se passe-t-il enfin quelque chose ? Une manifestation contre un gouvernement incapable de prendre des mesures face à une crise économique qui jetait des familles entières à la rue ? Dommage, je suis déjà sacrément en retard, et en tant que diplomate, je suis de toute manière tenu à garder mes opinions pour moi, sinon je serais de tout cœur avec eux, je gueulerais bien, moi aussi, à pleins poumons, mon ras-le-bol, mon écœurement, *à bas le gouvernement !* Je consulte ma montre, non, je n'ai pas de temps à perdre, je dois fendre la foule, me frayer un chemin vers la Grande Guilde, dont on voit là-bas percer la flèche gothique. La première partie du concert, la *Tabula Rasa* d'Arvo Pärt, doit avoir commencé. Mais je n'ai pas fait cent mètres que je me retrouve nez à nez avec une sorte de CRS plus raide et plus inflexible qu'un gladiateur ou qu'un robot, caparaçonné de la tête aux pieds, gilet pare-balles, genouillères bleues, jambières bleues, casque blanc, matraque au flanc, bouclier de plexiglas au poing. Je lui fais signe que je désire passer – lui ne daigne pas broncher, inutile d'insister. Je contourne alors la foule, qui s'agglutine par grappes, déploie des affiches, des pancartes, des bannières, des banderoles, siffle à tue-tête, lance des quolibets, fait fuser des noms d'oiseau, entame des refrains vengeurs. Impossible de comprendre quoi que ce soit à tout ce remue-ménage. Tout en ajustant mon écharpe, car la bise souffle fort et la neige fait siffler mes tempes, je me dresse un instant sur la pointe des pieds pour tenter d'attraper rien qu'une miette de la scène qui se déroule derrière le rempart de la foule : sur une banderole bleue, je vois l'image dorée d'un faucon ; sur une pancarte blanche, je crois, sans en être sûr, avoir déchiffré des têtes de mort, des croix gammées, les lettres SS ; entre une épaule un peu plus basse que les autres et le casque blanc d'un CRS, je sens claquer au vent des drapeaux rouges et noirs, leurs hampes acérées – la neige étoile de blanc leurs crêpes funèbres. Arvo Pärt et sa *Tabula Rasa* t'appellent, me dis-je, dépêche-toi. Ne te retourne pas, Samuel, ne te retourne pas – trop tard, des sabots et des brodequins ont martelé dans mon dos le pavé, je tourne un instant la tête, et j'aperçois des armées de bras gantés de cuir noir qui se dressent – je me presse alors pour de bon. Arrivé à la Grande Guilde essoufflé, l'impression qui se grave dans mon cerveau est d'avoir traversé des archives de guerre.

UN ARCHIPEL DE LA BALTIQUE ?

Histoire d'en savoir davantage sur les événements du 16 mars, je me jette sur les journaux dès mon arrivée au bureau le lendemain matin. À la manifestation ne sont consacrées qu'une colonne ou deux, selon les journaux. Avec quelques photos, parfois, assez floues, et sur ces photos, aucune trace de faucon, pas de croix gammée, pas de sigle SS, pas de *Totenkopf,* au point qu'un instant je me demande si on ne les a pas gommés, comme ça se faisait au siècle dernier, ou si la vision de la veille n'est pas imputable à mes nuits blanches, mes hantises, mes cauchemars, mes délires, mes divagations – bref, si je n'ai pas été victime d'hallucinations. Non, rien. Par contre, un député de la Diète apparaît sur une photo en tête du défilé, tenant son épouse par la main, tous deux très pâles, très blonds ; elle, les cheveux longs et tressés, le front ceint d'un diadème, porte une longue robe de couleur pourpre ; lui, bedonnant, vêtu de braies rayées, un casque à corne sur la tête : des costumes traditionnels. Mais le défilé ne faisait jamais la une, sur aucun des quotidiens nationaux. Il faut dire qu'il y avait alors de plus urgentes préoccupations. Et *Telegraf* de titrer dans son édition spéciale : « Un archipel de la Baltique. » Voir pages 12-13. Un dossier consacré aux diverses menaces censées peser sur la zone. J'y trouvais un article de deux pages recensant les dernières menées belliqueuses du voisin. Un autre glosant sur la menace terroriste : oui, le grand pays limitrophe était un vaste réservoir d'immigrants et de terroristes qui risquait de se déverser un peu plus, d'année en année, sur les pays environnants, d'où la nécessité de signer au plus vite le traité frontalier pour sécuriser l'Union. Le troisième article évoquait au contraire la dépopulation dont souffrirait le pays : il fallait à tout prix relancer le taux de fécondité, le pays comptait trop de familles à enfant unique, à ce rythme-là, les Lataves finiraient par disparaître. Le quatrième article dénonçait les stigmates de l'aliénation qui se décelaient depuis l'adhésion du pays à l'Union – illustraient ce propos rebattu des photos de jeunes filles en fleurs se donnant la main, dansant en rond, enjambant la haute flamme d'un feu de joie. Au lieu de robes traditionnelles, déplorait la légende, *elles portent des jeans.* Un cinquième article décrivait le projet d'oléoduc dans la Baltique et les risques de marée noire qu'il ferait courir en cas de fuite. Plus loin, je m'arrêtai longuement sur un sixième article faisant état des conséquences néfastes du réchauffement climatique. Le journaliste y soutenait, carte à l'appui, que la remontée du niveau marin dans les dernières années était scientifiquement prouvée. Autre carte à l'appui, un prétendu expert démontrait que dans deux ou trois siècles les eaux de la Baltique auraient tellement grimpé que des zones et des villes entières seraient rayées de la surface du globe, parmi lesquelles la capitale – et le pays deviendrait *un archipel de la Baltique*. Un archipel de vingt-cinq îles, stipulait la carte, laquelle localisait les vingt-cinq îles du futur. Enfin, quelques brèves rappelaient que la faune des environs se trouvait totalement déboussolée par ces bouleversements climatiques. Une baleine à bosse s'était échouée sur une plage du pays la semaine passée ; cela faisait plus d'un siècle qu'une baleine ne s'était pas aventurée dans les eaux de la Baltique. La veille, c'était au tour d'un ours brun de s'égarer : comme l'ours des légendes, il avait dérivé sur un bloc de glace vers la haute mer, jusqu'au moment où, repéré par l'équipage d'un chalutier, des gardes-côtes l'avaient sauvé des eaux.

L'ÎLE GHETTO

Dans ce qui est écrit ci-dessus, je mêle sans cesse et consciemment le vrai et le faux, je transpose, j'avance masqué, j'invente encore. Mais on ne peut inventer sans limites. Cela, je l'ai découvert le jour où j'ai rencontré Véra Zefer. Le jour où je me suis retrouvé face à la parole, devant l'histoire, en situation et dans la disposition d'écouter pour de bon un témoignage. Je veux parler d'un témoignage de survivant, puisqu'il n'y a de témoignage que de survivant. Qui n'a pas frôlé la mort, qui n'a pas touché le point de non-retour, qui n'a pas eu la révélation qu'il fallait vivre à tout prix, ou survivre, ou revivre, ou ressusciter, remonter à la vie, ne témoigne pas. Il raconte, invente, imagine, brode, tricote, bavarde, comme je l'ai fait jusqu'ici. Véra Zefer ne se contentait pas de raconter son histoire, elle traçait *la* frontière, la frontière entre les histoires et l'Histoire, ce qu'elle avait vécu ne se pouvait en aucun cas romancer, ne rentrait pas dans le roman, ne cadrait pas ; ma vie était romanesque, futile, insouciante ; la sienne ne l'était pas ; j'arpentais les tours et les détours d'un pays imaginaire, je vivotais dans les dédales de mon sous-sol intime ; elle avait survécu dans les sous-sols de l'Histoire. Une vie à peine croyable, une suite de hasards qui lui avait valu de tomber dans des mains charitables et d'être sauvée des eaux. En écoutant Véra Zefer, je me souvenais d'une phrase de Lothar qui aimait répéter que la géographie peut être imaginaire, l'histoire ne l'est jamais. Là se situe la faille de toutes les utopies, disait Lothar : on peut toujours promettre ou inventer un nouvel éden, transplanter les peuples sur des terres vierges, grignoter tous les déserts, multiplier les oasis, poldériser les côtes du monde entier contre les raz-de-marée, effacer la mémoire des catastrophes, on ne fera jamais que la catastrophe n'ait pas eu lieu. Et, disait Lothar, on ne prémunira jamais les utopies de l'éternel retour du chaos, de l'omniprésence de la catastrophe. À la marge de chaque utopie, disait Lothar, il y a toujours un goulag ou un ghetto qui nous guette.

Mais oublions les imprécations de Lothar et écoutons Mme Zefer. Je n'ai pas enregistré ce que m'a dit ce jour-là la vieille dame. Je ne l'ai pas recopié non plus. J'avais pour seuls greffiers mes tympans, et c'était mieux ainsi. Je n'ai donc pas la naïveté de croire que ce que je vais raconter ci-dessous sera le reflet non déformé de ce qui s'est dit entre Mme Zefer et moi ce jour-là – je sais qu'il y a de l'oral à l'écrit la même différence que de la glace à l'eau, et qu'une parole qui passe de bouche à oreille, et de cette oreille à du papier, toute remuée qu'elle a été dans des méninges, dégèle, fond et se salit comme neige de mars au soleil noir des boulevards.

C'était le jour de Pourim. Pourim est la fête des sorts, qui commémore selon le livre d'Esther l'échec d'un massacre des Juifs dans l'Empire perse. Or il est d'usage, ce jour-là, d'inviter les étrangers à sa table. J'étais l'hôte des Zefer. Professeur de littérature française à la retraite, Mme Véra Zefer était une des rares survivantes du ghetto. Je l'avais rencontrée lors d'un congrès organisé par l'ambassade et je m'étais d'emblée attaché à elle. Ce jour de Pourim, la vieille dame avait cuisiné des boulettes de viande qui baignaient dans un bouillon maigre à la surface duquel je revois se dessiner des atolls d'huile. De ces boulettes j'ai déjà oublié le nom – ce que je n'ai pas oublié, c'est le goût, le goût de boulettes que cuisinait ma grand-mère, un des rares mets parmi tous ceux qu'elle savait préparer dont je ne me réjouissais pas de sentir l'odeur me tirer de ma chambre : elles étaient souvent trop sèches, trop épicées, ces boulettes ; flairant leur odeur d'ail qui s'insinuait partout, je craignais le relent qu'elles me laisseraient toute la journée au fond du palais, un relent d'ail contre lequel me brosser les dents le plus énergiquement du monde n'y pourrait rien ; je craignais surtout les miettes trop dures, cartilage ou morceaux d'ail, blancs et luisants tels de petits os de caille ou de lapin, qui s'incrusteraient entre mes molaires. Ce qui ne manqua pas d'advenir chez Mme Zefer, où j'avais dû me retenir de me curer les dents de l'ongle, ayant observé que même son mari, un petit vieillard resté silencieux en nous écoutant tout l'après-midi depuis son sofa cramoisi, n'osait pas porter sa main à la bouche et se contentait de grimacer en silence sous son dentier, tout aussi silencieusement et tout autant qu'il avait grimacé, à table, en mâchant les boulettes. La présence mutique face à nous, sur son sofa, du petit vieillard au front parcheminé, les lèvres cousues, me causait un vague sentiment de malaise ; comme ce malaise, Mme Zefer le perçoit et en devine la cause, elle me dit qu'il ne parle que russe, all... – *nur Deutsch und Lettisch*, l'interrompt le vieillard en esquissant un geste vague de la main, ce qui m'indique que du moins, s'il ne parle pas français, ou ne désire pas le parler, il le comprend assez. Et le yiddish ? Le yiddish, non, dit Mme Zefer, on ne le parlait pas ici, c'était la langue des Juifs de la campagne, le yiddish. Ici, en ville, on parlait allemand jusqu'à la fin de la guerre, c'était notre langue maternelle, l'allemand, et puis après la guerre on s'est mis à parler russe, l'allemand ne passait plus, il était resté coincé là, l'allemand, fait-elle en pointant sa gorge. Après un nouveau silence un peu pénible, Mme Zefer me pose *la* question habituelle : à savoir ce que je suis venu faire ici, dans ce pays, quand on pense que le mois de mars est largement entamé et qu'il neige encore tous les jours, dit-elle en tournant la tête vers la fenêtre, à travers laquelle on aperçoit des frontons jaunes et des toits de guingois sous leur livrée d'hiver. Et comme en souriant elle me dit que je ne suis pas obligé de répondre, que ce n'est pas un interrogatoire, je lui dis qu'enfant j'aimais beaucoup l'hiver, que je rêvais du Grand Nord, que mes meilleurs souvenirs, c'était quand les étangs gelaient, quand la neige effaçait le bocage, biffait les haies, confondait les prés... à cela j'ajoute que me plaisaient toutes ces pelures dont il fallait s'envelopper pour affronter le froid, le vent, la neige… et je finis par lui confier que le jour de la chute du Mur, j'avais inventé un pays dans la mer Baltique, la Zyntarie… Que je me suis embarqué sur les traces de cet archipel imaginaire. Mme Zefer m'écoute attentivement tout en regardant la neige tomber, me dit qu'elle trouve ça bizarre, inventer un pays dans ces parages nordiques, normalement les enfants inventent des pays sous les Tropiques, mais dans la Baltique, quelle idée ! Et tout à coup, je ne sais plus pourquoi, comment, par quels détours, la conversation passe à l'évocation du ghetto. Le ghetto, je savais que Mme Zefer en était une des rares survivantes, mais je n'osais pas l'interroger sur cette époque. Feuilletant son agenda puis un almanach, elle me désigne le ghetto sur un petit plan de la ville. C'est ici, ça s'appelle le faubourg de Moscou, à cause de la voie ferrée de Moscou, qui l'entoure et le coupe du reste de la ville. Je vois alors apparaître le mot *sala,* qui veut dire *île,* sur la carte, à l'endroit où la vieille dame a gardé le doigt pointé. Je lui demande si le ghetto était une île, comme à Venise, elle me dit oui, à l'origine c'était une île marécageuse séparée du reste de la ville, située derrière les remparts, le bois était le seul matériau autorisé, la rivière l'acheminait par flottage, au cas où une armée ennemie s'approchait, il fallait brûler toutes les baraques, faire table rase pour libérer le champ de manœuvre, empêcher le siège, ce qui eut lieu en 1812, après la Bérézina, suite à une fausse alerte, les survivants de la Grande Armée cherchant une ville où se replier. Donc, oui, le ghetto était une île, et puis vous savez, toute la ville est faite d'îles bâties sur pilotis, et le ghetto aujourd'hui c'est encore une île mais au sens figuré, à peine deux ou trois rues y pénètrent à cause de la voie ferrée, de la gare de triage, des terrains vagues, des cimetières, des friches industrielles...

Vous voulez vraiment que je vous raconte l'histoire du ghetto ? On dit que le premier lopin de terre obtenu par les Juifs était un cimetière, alloué en 1725 à la communauté par les autorités locales. Jusqu'à cette date, les rares Juifs qui avaient obtenu des passe-droits pour résider dans la ville et ses environs devaient transporter leurs morts dans des charrettes, pendant des heures, vers la Courlande, où se situait le cimetière juif le plus proche. Puis les Juifs ont eu le droit de s'installer, et dans les années trente le faubourg de Moscou comptait à lui seul quatre synagogues. C'est en août 1941, deux mois après l'arrivée des nazis, que fut décidé l'emplacement du ghetto dans le faubourg de Moscou. Au mois d'octobre, une double clôture électrifiée de fils barbelés fut dressée le long des rues rebaptisées par les nazis. C'est alors qu'ils nous donnèrent l'ordre de quitter notre maison de la vieille ville, d'abandonner tous nos biens et de gagner le ghetto : trente mille personnes – hommes, femmes, enfants – furent ainsi conduites dans une zone où vivaient déjà, dans des conditions misérables, treize mille habitants. On nous entassa dans un taudis de la *Prager Straße*, la rue de Prague. En novembre, le ghetto fut divisé : le petit ghetto devait rassembler les hommes en âge de travailler. Après les premières épidémies et les premiers massacres, il ne restait plus que cinq mille Juifs dans ce petit ghetto. À la place du grand ghetto fut constitué le ghetto allemand, où furent déportés plus de vingt mille Juifs du Reich, acheminés par train depuis Vienne et Berlin. Les Juifs de la ville avaient été massacrés pour faire de la place aux Juifs allemands et autrichiens. Après un hiver terrible, la moitié des Juifs du Reich disparurent et les survivants furent déportés dans des camps de concentration ou emmenés dans la forêt pour y être exécutés. Le ghetto fut liquidé en novembre 1943. Liquidé, oui, mais il n'a pas disparu pour autant. Et pourtant, vous pouvez chercher partout, sur les cartes, sur les murs, nulle part vous ne trouverez écrit le mot ghetto. Ici, c'est un mot tabou, personne n'ose le prononcer. Mais vous pouvez aller voir de vos propres yeux, la plupart des maisons sont restées en l'état ; il y a même un hôpital qui servait pendant la guerre de dispensaire. Vous voulez savoir qui vit là-bas aujourd'hui, quand ils sont arrivés ? Les gens sont venus par vagues successives, après la guerre, des quatre coins du pays, c'étaient pour la plupart des Caucasiens, des Ukrainiens, des Tziganes, etc. Autant dire que les possibilités de s'intégrer, dans le faubourg de Moscou, étaient particulièrement restreintes à l'époque. Sans compter que les nouveaux arrivants travaillaient souvent comme ouvriers dans le quartier. Il y avait de nombreuses usines situées rue de Moscou et desservies par le tramway. En 1991, toutes ces usines ont fermé. La population du faubourg – majoritairement non titulaire – s'est retrouvée assignée à résidence, prisonnière dans un nouveau pays dont elle ne parlait pas la langue, qui lui déniait les droits les plus élémentaires, prise au piège dans un environnement vétuste, insalubre, où les vieilles bicoques en bois bénéficiaient rarement de l'eau courante. La plupart de ces personnes sont âgées et ne quitteront leur quartier que les pieds devant. À la fin des années quatre-vingt-dix, la communauté juive avait le projet de construire un musée dans le ghetto, mais, faute d'argent, ce musée n'a jamais vu le jour. Aujourd'hui, il y a d'autres projets. Tenez, la semaine dernière, j'ai trouvé dans les journaux les plans de *Moscow Garden City* – regardez, j'ai découpé l'article. C'est un projet de cité-jardin qui se déploierait sur plusieurs kilomètres d'est en ouest. Le ghetto disparaîtrait sous les écoquartiers, les shopping malls et les espaces verts, mais un architecte autrichien s'est saisi du dossier et a demandé de préserver ces *romantic wooden houses*, regardez, c'est écrit ici. *Romantic wooden houses !* Vous imaginez ? Pour ma part, je ne vois pas ce qu'il y a de romantique là-dedans ! Allez-y si vous voulez, prenez des photos, puis revenez me voir. Seulement, faites attention à vous, Samuel, je n'y ai jamais remis les pieds depuis la guerre, mais on dit que c'est très mal famé, en argot on appelle ces parages-là Maskatchka, un surnom affectueux pour les uns, railleur pour les autres... Maskatchka : Lothar, Néva, Dvina, les collègues de l'ambassade, tout le monde en parlait, je l'ai dit, comme d'une zone interdite, et, si je ne m'y étais jamais aventuré pour de bon, j'en connaissais les abords, le tunnel sous le viaduc de la gare, la vieille clocharde en frac militaire, les ruines de la synagogue, la cérémonie d'inauguration, le monument de marbre blanc, le bloc noir où Dvina vivait avec ses parents fêlés et sa grand-mère grabataire – toutes ces images, tandis que parle la vieille dame, affleurent dans ma mémoire, me hantent, ne veulent plus me lâcher...

IMPASSE DU NORD-EST

Ce jour-là, quittant la sombre ruelle où se trouvait le petit meublé des Zefer, j'ai la tête pleine du regard gris de la vieille dame – pleine de paroles, aussi, qu'elle a prononcées à table pendant que je touillais le bouillon, les boulettes, et que l'odeur d'ail me montait à la tête. Vous m'avez demandé pourquoi je ne pars pas en Israël, pourquoi je ne quitte pas ce pays, mais ils vont en faire quoi d'une petite vieille dans mon genre, en Israël ? Et puis vivre tous les jours avec la peur des tirs de roquettes, des attentats, de la guerre, non. Enfin j'ai besoin de la mer, de ma mer, de la Baltique. Vous m'avez dit que vous voulez partir en Israël en juin ? Je vais réfléchir, voir si je peux vous adresser chez quelqu'un. En tout cas si d'aventure vous revenez me voir, racontez-moi vos impressions, dites-moi ce que vous en avez pensé d'Israël...

Ce jour-là, je porte un sac en bandoulière. J'y ai jeté mon appareil photo. De la fermeture éclair du sac dépasse un manche de raquette. Et dans la poche intérieure de ma parka se trouvent deux billets d'avion, deux billets pour Tel-Aviv. D'une main, je sors les billets, de l'autre la raquette et joue mentalement à pile ou face : d'abord le squash ou d'abord Dvina ? Je tombe sur face : ma partie de squash terminée, j'appellerai Dvina, lui donnerai rendez-vous dans un bar de la vieille ville et, entre deux verres de vin, lui montrerai les billets. J'imagine déjà sa joie, je la vois sourire de ses grands yeux verts, Dvina. Mais, sur le chemin du squash, je ne vois plus Dvina, je ne vois plus son sourire, ni les coupoles de Jérusalem, ni ses palmiers, ni ses eucalyptus, je vois un cheval blanc, une cape rouge sang, des flocons de neige ou des cristaux de givre, une croix gammée, et je me dis, non, avant de montrer les billets à Dvina, tu lui raconteras ce que t'a confié Mme Zefer, dans l'ordre, exactement, sans inventer, mot pour mot, fidèlement, non, ne rien ajouter, ne rien transformer, ne dire que la vérité, rien que la vérité, témoigner pour elle... Et là, mes yeux s'égarent sur le pavé spongieux, je vois une mare de boue, j'entends un bruit de crécelle, des glapissements, le vrombissement d'une machine qui s'ébroue, renâcle, hennit, se cabre – paniqué, je sursaute ; la conductrice du tramway sort sa tête échevelée de la cabine embuée, me jette à la figure un juron russe. Sous les regards ahuris des passants, je bredouille en russe un pardon honteux, *izvinitié pajalouista*, croise un feu rouge et un vieillard indigné pendant que le tramway redémarre en cahotant. Puis je m'éloigne en hâtant le pas parmi les flaques et les bourrelets de neige fondue, flic, flac, bottines boueuses, chaussettes trempées, pieds gelés. À défaut de canne, j'agrippe le manche de ma raquette, comme pour me raccrocher à quelque chose de réel, toucher du bois, me dire que tout cela n'est pas un cauchemar. Non, pas très envie de brandir ma raquette ce soir, pas très envie de cogner cogner cogner, pas très envie d'entendre la petite balle molle noire nerveuse siffler dans l'air, glapir sur le parquet, salir la cloison blanche, rebondir là-bas au-dessus de la ligne rouge et jaillir vers mon partenaire habituel qui, campé ferme sur ses deux jambes, se ruera le manche en l'air, les doigts serrés, un œil rivé sur la balle, l'autre sur la ligne rouge, suant mugissant écumant jurant, la bave aux lèvres, et cognera de plus belle tandis qu'à mon tour, écumant jurant suant mugissant dans ce tohu-bohu, je piétinerai le parquet, prêt à saillir à gauche, à bondir à droite, à recogner la balle, bondir de nouveau, jusqu'à ce que la dernière balle, n'ayant pas atteint le seuil de la ligne rouge, émette un bruit sourd et rebondisse mollement, petits sauts de puce, ploum ploum ploum, et vienne rouler, raplapla, jusqu'à nos pieds ; mais alors nous monterons dans le 4x4 de mon partenaire et...

À la vue de la tour qui se dresse sur le parvis de la gare et indique trois heures de l'après-midi, je me souviens brusquement que Dvina habite non loin de là. Non ! Pas de squash ce soir. Se rendre d'abord chez Dvina, lui faire une surprise, lui montrer les billets sans plus attendre. Encore faut-il franchir le canal, un souterrain puis le viaduc de la gare. Derrière les vitrines, sous leurs présentoirs empoussiérés, les casquettes d'officiers sont fidèles au poste, avec leurs insignes grimaçants : étoile rouge, croix gammée, ramure d'élan, tête de mort, le filet de camouflage est là aussi, il n'y a pas cette fois-ci de vieille dame en frac militaire venue beugler ses volontés dans un allemand bizarre et m'arracher le parapluie que je n'ai pas mais on peut deviner, à travers les mailles kaki du filet de camouflage, des touristes qui viennent d'entrer dans la boutique, déambulent entre les vareuses, les pantalons rayés, les grenades, les besaces, les sigles SS, les faucilles et les marteaux, parlent à la vendeuse en anglais, en russe, en langue des signes, essaient qui des chandails, qui des chapkas, des brodequins, des masques à gaz... J'ai ralenti le pas pour épier cette petite comédie. Les touristes sortent de la boutique avec les affûtiaux guerriers, la vendeuse leur dit *do svidania*, des badauds passent en murmurant quelque chose en russe, et je m'avise pour la première fois que la seule langue parlée dans les parages, c'est le russe.

Oui, je m'aventure dans une petite Russie fantôme. Lorsque je sors du tunnel, il neige, il neige du duvet d'ange mouillé qui pommelle le ciel gris et fond en effleurant les chapiteaux du marché, fond là-bas sur les carapaces de zinc des halles, fond sur la langue russe, fond dans ma mémoire sur les mots *Zeppelin Kaiser Wilhelm* qui reviennent me hanter. Cette neige essoufflée, ces flocons fanés, je tâche de les éviter, rabattant les pans de ma chapka, rasant les murs, hâtant le pas, sous les cris des *babouchki* du marché, l'œil guidé par la flèche d'une coupole et l'antenne rayée de rouge et de blanc qui est plantée là-bas comme une bougie sur son gratte-ciel, réplique sinistre de l'Empire State Building, que les gens de la ville surnommaient le *gâteau d'anniversaire de Staline.* Puis je bifurque dans une ruelle déserte, passe sous un porche décrépit, évite des pieds une grande flaque de boue. Lève les yeux vers le bloc noir qui se dresse là, avec ses six étages, et sa façade vétuste et délabrée. Lis sur la plaque le nom de la rue :

ZIEMEĻAUSTRUMU IELIŅA

Impasse du Nord-Est. C'est bien ici. Par chance, la porte d'entrée est entrouverte, qui donne sur une petite cour pavée tout encombrée de monceaux de neige sale, de gravats, de détritus. Je jette un coup d'œil furtif aux écriteaux des boîtes aux lettres. ZLATINŠ. Escalier B. Sixième étage droite. Je traverse la cour, grimpe quatre à quatre les marches d'un escalier sordide, puant la vodka vomie, semé de déchets, de sacs plastique, de cartons, de seringues, de mèches de cheveux. Désormais je sais pourquoi Dvina ne voulait pas que je lui rende visite. Au sixième étage, je sonne à la porte. Pas de réponse. Je sonne une deuxième, une troisième fois. J'entends quelqu'un dire en russe *kto zvonit ?* puis une autre voix, *podojdite minutku,* et c'est elle qui m'ouvre la porte, Dvina. Dans l'entrebâillement, elle me demande : Qu'est-ce que tu veux ? Qu'est-ce que tu fais là ? Dans ses yeux verts et légèrement bridés, au lieu de l'air espiègle que je leur connais, se lit un mélange d'effroi, d'outrage, de honte et de colère. J'ai compris. L'impression d'avoir enfreint un tabou. Franchi la limite. Je l'embrasse sur le front. Fais demi-tour. Dévale les escaliers.

Une fois dans la rue, je décide, histoire de me confronter pour de bon à la réalité, la vraie, l'actuelle, d'aller visiter ce faubourg de Moscou, cet ancien ghetto, où je n'ai jamais osé mettre les pieds. Mais je n'ai pas de carte sur moi et rien ne l'indique, l'ancien ghetto. Pas la moindre plaque. Les yeux en l'air, j'observe les enseignes, les frontons. Sur les enseignes, le mot qui revient le plus souvent, c'est ZELTA, le nom d'une bière locale. Sur les frontons revient sans cesse la date, gravée,

1913

mais non, pas la moindre plaque. En traversant un carrefour, je saute du trottoir sur la chaussée, ressaute d'instinct sur le trottoir au moment où déboule à tombeau ouvert une fourgonnette kaki, pétaradante, qui trimbale trois hommes hilares. Pauvre idiot, tu as failli finir encore une fois en chien écrasé, me dis-je, et, levant les yeux au ciel, je remarque alors qu'il y a, sur une façade grise, une vaste fresque, avec, dans un angle, un plan du faubourg, et, tout autour, des représentations naïves, très colorées, de tous les clochers des environs. Je traverse la chaussée en sens inverse. Me plante devant la frise. En bas à gauche, une légende. Je déchiffre la langue du pays. Reporte les inscriptions sur le petit calepin blanc qui ne quitte jamais les poches de ma parka. 1 : église des Vieux-croyants. 2 : église catholique romaine Saint-Jean. 3 : église orthodoxe Saint-Jean-Baptiste. 4 : église uniate Saint-Grégoire. 5 : église orthodoxe de Tous les Saints. 6 : église évangélique luthérienne de Jésus. 7 : église orthodoxe de l'Assomption de la Sainte-Vierge. 8 : église évangélique luthérienne Saint-Paul. 9 : église orthodoxe du Saint Archange Michel. 10 : église orthodoxe de la Vierge de Kazan. 11 : grande synagogue chorale. Détruite le 4 juillet 1941. À l'angle de la rue, une caméra de vidéosurveillance garde l'œil braqué sur cette frise. De l'autre côté de la rue, un bouleau jette l'ombre de ses branches nues, comme des racines renversées, des terminaisons nerveuses, des faisceaux de tendons, des vaisseaux sanguins, qui semblent se prolonger sur le plan du faubourg, se ramifier en autant de voies ferrées, dessiner ou désigner une immense gare de triage.

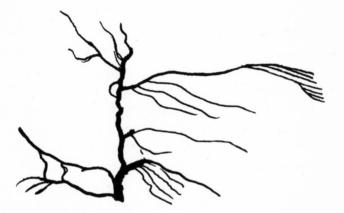

Et l'ombre du bouleau paraît se dédoubler, imprimer sur le mur une autre ombre, non pas frêle mais massive, menaçante – une sorte de mirador. Pris de panique, je me retourne et vois ce qui m'effraie : ce n'est qu'un pylône. Pauvre idiot, me dis-je, un rien te terrorise, et je traverse enfin le carrefour, décide de voir les choses d'un autre œil, de ne plus voir tout en noir. Je m'engage au hasard dans une ruelle qui part sur la droite, attiré par des façades aux couleurs vives. Je marche entre des maisonnettes basses, aux murs de rondins peinturlurés de toutes les couleurs de l'arc-en-ciel, et je me dis ce coin-là à quelque chose d'enchanteur, c'est un village sorti tout droit d'une toile de Chagall. Je griffonne mon calepin blanc, tâche mentalement de retenir chaque nuance. Sans parvenir à m'en expliquer la raison, je remarque que le trottoir, ici, est encore gelé ; gelés les vieux toits de tôles et de bardeaux ; des stalactites de glace pendent d'une gouttière défoncée, font entendre leur triste plic ploc ploc répété sur le trottoir. Plus loin, je suis du regard une vieille dame toute recroquevillée sous sa pelisse et son fichu qui passe à l'angle d'une bicoque calcinée, se faufile à travers un grillage, un sac plastique à la main, et s'en va disperser dans la neige d'un terrain vague des miettes de pain ou des morceaux de viande, à l'intention des moineaux, des chats errants. Sur ce terrain vague, enneigé, qui étale sa blancheur éblouissante entre des gravats, des clôtures de tôle, des palissades de planches, je distingue un mur de béton à moitié défoncé. Au milieu du mur se trouve un grand portail de fer rouillé, fermé, cadenassé, sans poignée ni serrure visibles. Je m'approche du mur ; il y a là une brèche ; je regarde à travers la brèche et je vois, rouillés mais à peine déformés, des fils barbelés. La clôture, laissée en l'état, du ghetto ?

III

Été

In this eternity, which has nothing to do with time or space, there are interludes in which something like a thaw sets in. The form of the self breaks down, but the self, like climate, remains.

Henry Miller, *Tropic of Capricorn*

TERRA INCOGNITA

Je reprends de nouveau ce manuscrit abandonné, bien décidé à en finir. J'ai tout oublié de ce qui s'est passé entre la fin mars et la mi-mai. Je ne revois pas un seul jour du mois d'avril. Je sais que j'avais annulé mes billets d'avion pour Tel-Aviv ; Dvina m'avait quitté, Israël était *en guerre*, selon l'expression consacrée, autrement dit Tsahal bombardait pêle-mêle des terroristes et des civils, mais je ne sais plus si ces terroristes et ces civils vivaient – survivaient, devrais-je dire – à Gaza, en Cisjordanie ou au Sud-Liban, ni la raison qui leur valait de se faire massacrer. Jérusalem et la terre promise enfuies à l'horizon immaculé des *terrae incognitae*, je me consolais en voyageant tous les week-ends en Europe, chaque fois dans un pays nouveau, dans une nouvelle ville, comme pour oublier une ville et un pays où je ne tenais plus en place – j'ai gardé des photos d'Helsinki, de Stockholm, d'Oslo, de Budapest, de Varsovie, de Kiev, mais à vrai dire, je n'ai pas de réels souvenirs de ces voyages et, rétrospectivement, j'ai l'impression bizarre de n'avoir jamais quitté mon meublé de la rue Baronia.

Vers la mi-mai, on avait écourté ma mission, suite à la tension diplomatique régnant de part et d'autre de la frontière qui m'avait accaparé tout l'hiver, et qui se secouait telle une vieille faille longtemps restée somnolente, laissant craindre le séisme tant attendu, la catastrophe inévitable, tant de fois pronostiquée par Bruxelles ou Washington. Ma mission, de toute manière, n'avait plus de raison d'être. Aucun traité frontalier ne serait signé avant longtemps et les cartes nécessaires à l'établissement de mon mémorandum demeuraient introuvables. Comme on n'avait plus besoin de moi à l'ambassade, je disposais, à compter de la fin mai, de près d'un mois de congés. Rentré en France, je tâchais de me faire à l'idée qu'il me faudrait bientôt vivre à Paris, où je m'étais mis en quête d'un logement, que je n'ai pas trouvé. Lothar avait tout tenté pour me joindre, et m'avait laissé de nombreux messages, sur mon répondeur, sur la toile. Il disait déplorer mon absence, souhaitait m'entretenir de ses dernières recherches sur les Lives, me livrait au passage des fragments de sagas selon sa traduction, me faisait savoir que, las des Lives, il s'était penché sur les Coures, qui vivaient autrefois dans la région, dont la langue était morte. Cette langue coure présentait à ses yeux l'avantage d'être un idiome plus authentique que le live, ce mélange fenno-balte – oui, cette langue coure, écrivait-il, était une des plus vieilles langues indo-européennes, du sanskrit presque pur. Il s'était donc porté acquéreur d'un ermitage à quelques pas de la plage, sur une presqu'île. Une chaumière typique, mais laissée à l'état de ruine, et qu'il entendait bien retaper. En attendant, il souhaitait fêter son acquisition et passerait là-bas en compagnie de ses amis la nuit de la Saint-Jean. Tu es, concluait-il, chaleureusement invité.

Retourner là-haut, cette idée me faisait un peu peur. Mais on m'avait tant parlé de l'ardeur extrême de l'été nordique, des nuits blanches de l'été nordique, des longues journées de l'été nordique, de la lumière si enchanteresse qu'elles dispensaient, des pouvoirs de transfiguration, de dédoublement, de cristallisation de cette lumière, des liens nouveaux que les rayons d'un soleil perçant tissaient entre les gens, des langues qui se déliaient, des paroles qui dégelaient, du vent d'ivresse qui soufflait dans les têtes, de la mer qui devenait ivre, ou folle, elle aussi, avec des vagues que les gens vous décrivaient couleur d'émeraude ou de turquoise. Je me disais : tu devrais accepter l'invitation, Samuel – j'avais le sentiment que pendant les neuf mois passés là-bas, je n'avais rien vu du pays, rien senti. Fort de mon titre pompeux de *volontaire international,* enorgueilli par ma fonction pseudo-diplomatique, secouant alentour mon arrogance hexagonale tel un missionnaire son chapelet, obnubilé par une frontière fantôme, j'avais été comme ces enfants qui le jour de Noël s'intéressent davantage au papier cadeau, au dehors, à l'emballage écarlate, qu'au dedans, à ce contenu trop complexe qui demanderait de la patience et de la persévérance. Et les rares fois où je m'étais penché pour de bon sur ce pays, sur ses habitants, c'était à la manière d'un explorateur en pays zoulou, autrement dit j'avais été géographe jusqu'au bout des ongles, attentif seulement à des répétitions de structure, aux choses éternelles, à la Nature avec un grand N, à l'Histoire avec un grand H, triant des articles, compilant des chiffres, dressant des graphiques, classant des tableaux, numérisant des cartes, examinant des photos, accumulant des strates et des strates de légendes, ne décelant finalement que quelques différences de surface, ne faisant preuve d'aucune empathie, n'étant jamais disponible. Car les gens là-haut ne se plaignaient pas, ne geignaient pas, vous parlaient d'un Goulag où ils étaient nés et leurs parents morts comme d'une genèse naturelle, feignant parfois l'ironie, souriant souvent à demi pour retenir des larmes, et vous hochiez la tête, avec sur les lèvres un sourire, mais un sourire benêt, sans compassion, parfois même à la limite de rire franchement pour leur insuffler un zeste de cette bonne humeur dont à vrai dire vous manquiez totalement – ou alors, ils vous parlaient de la guerre et vous pensiez papy aussi a fait la guerre, sans voir qu'il y avait du Blitz au plan Barbarossa, de la drôle de guerre à la grande guerre patriotique et du STO au Goulag un abîme infranchissable et que la seule vraie frontière n'était pas sur les cartes, n'était ni naturelle ni arbitraire, n'était pas une ligne rouge imaginaire mais une ligne rouge bien réelle, une frontière profonde, historique, mémorielle, corporelle, qui n'avait pas tranché l'Europe car il n'y avait jamais eu d'Europe mais qui avait tranché des bras et des jambes, des cous, des cœurs, des langues, des cerveaux. Mais comment comprendre cela quand on n'avait encore rien vécu soi-même, né douillettement, élevé douillettement dans une Europe aseptisée, privé d'une mémoire qui s'était camouflée d'abord à l'abri de la gloire, ensuite à l'abri de la honte, décorant dans un premier temps les hommes de croix puis décorant les lieux de plaques de marbre noir – si bien que cette absence de vécu vous rendait sourd, borgne, indisponible, voire affecté de cette *cécité d'âme,* de cette *insuffisance centrale* que certains Indiens d'Amérique attribuaient à quelques animaux, à quelques plantes, à quelques astres avec lesquels, depuis la fin de l'âge d'or, s'était perdu le privilège de communiquer : poissons, volailles, moustiques, reptiles, broussailles, météores. Oui, j'étais un peu de toutes ces espèces à la fois : plus fuyant qu'une comète, visqueux telle une couleuvre, recroquevillé comme une ronce, avec de surcroît une frousse de poule mouillée, mêlée d'une fierté de coquelet. Néva m'avait averti, Lothar m'avait mis en garde, mes collègues avaient tenté de me faire retoucher terre, de m'ouvrir les yeux – en vain, je restais aveugle. Sans doute la vraie raison de cette cécité résidait-elle dans le fait que c'était un autre pays, imaginaire, que j'avais voulu voir à tout prix – mais de cela, je ne prendrais la pleine conscience qu'à mon retour définitif en France.

Sans les coups d'éperon répétés de Lothar qui avait fini par me joindre au téléphone, un jour bruineux de la mi-juin, et me faisait miroiter dans le combiné une très belle, une très grande surprise, je n'aurais pas pris mes billets. Je ne saurais dire ce qui m'avait décidé en dernier ressort. Était-ce la forme que prenait pour moi cette surprise, dont je sentais avoir deviné la raison pour laquelle il la disait grande et belle ? Était-ce le désir de retrouver Lothar ? Un banal accès de nostalgie ? Un besoin de partir, de quitter ce Paris moribond, ce temps déjà breton ?

Je revois Lothar accompagné d'un grand Black dans le hall de l'aéroport ; Walter, un ami, venait d'atterrir quelques minutes auparavant, dans l'avion en provenance de Glasgow. Les présentations se poursuivent dans la Volkswagen increvable qui nous conduit en ville. Moins d'une heure plus tard, après une petite virée dans un bar, nous voilà sur la route que nous avons prise tant de fois l'hiver. Lothar au volant, Walter à ses côtés, moi sur la banquette arrière, Schubert en boucle dans l'autoradio – *Die schöne Müllerin,* le *Winterreise* n'étant plus de saison. Je nous revois tous les trois regarder la ville rapetisser dans le rétroviseur, ses rues pavées se refermer derrière nous, ses façades s'effilocher, les clochers s'amenuiser, celui de Saint-Pierre vrillant plus que jamais le ciel bleu pâle. Je nous revois passer sous le double Y renversé de l'immense pont qui enjambe l'estuaire et monte la garde sur la ville. Je revois scintiller les vaguelettes du fleuve, je sens encore le vent s'engouffrer à travers la vitre entrouverte, je le vois encore ébouriffer les tempes de Lothar, je sens encore toute cette orgie de bière et de lumière enfiévrer nos paroles et rajeunir nos gestes. Tout était bleu blanc vert autour de nous – bleu le ciel, blancs les cumulus qui s'amassaient à l'horizon, vertes les grandes mains des marronniers qui semblaient tirer comme des marionnettes les engins les frôlant du bout de leur antenne.

Déjà, dans l'avion, une drôle de torpeur avait envahi l'habitacle, s'était infiltrée à travers les rivetages. Au moment ou l'engin basculait dans le bleu du ciel et reprenait de la vitesse à l'approche de l'atterrissage, je m'étais penché contre le hublot et j'avais vu des étangs, des lacs, des rivières zigzaguant au milieu d'une verdure inouïe, des archipels d'îlots verdoyants. Sous les moteurs vrombissant de plus belle, sous l'aile hissée à la verticale telle une voile se dessinait toute une mangrove nordique – je me sentais ivre de joie, galvanisé, je me disais, c'est incroyable, quand je pense qu'il y a un mois à peine, cette terre était grise, brûlée, râpée, en plein dégel ! Voici vraiment sous mes yeux un tout autre pays ! Un pays fin prêt pour l'éphémère été !

DRIVING NOWHERE

Si je prends plaisir à me raconter cette journée dans son menu détail, c'est qu'elle est la plus longue et la plus étrange que j'aie jamais connue. Lorsque j'y repense aujourd'hui, le trajet en voiture me paraît interminable, et pourtant il n'avait pas duré – arrêts compris – plus de quatre ou cinq heures. La faute aux embouteillages fréquents, si fréquents que toute la ville semblait avoir quitté la ville pour la campagne. La faute à notre ébriété qui distillait entre nous une sève impalpable, une résine invisible qui dédoublait nos gestes, enivrait nos paroles. La faute enfin à la lumière intemporelle propre à ces journées sans fin de l'été septentrional. Au souvenir de cette lumière, ces gestes, ces paroles, me reviennent comme enrobés d'un miel impondérable. Et si je fais l'effort de repenser à cette journée, j'ai l'étrange sensation de feuilleter un livre d'heures – de dériver sur l'émail encore tiède et vibrant d'une enluminure médiévale. Ce pays adolescent, ravivé de vert, de bleu, de blanc, l'était aussi de jaune, de rouge, d'orange et d'indigo – phosphorescente sous le soleil zénithal, chaque nuance paraissait un pur précipité d'elle-même : le rouge était plus rouge qu'ailleurs, le vert plus vert, les champs de seigle et d'avoine un vrai brasier d'ambre jaune.

J'avais trouvé sur la plage arrière de la voiture une carte routière en allemand que je dépliais sur mes genoux en demandant une énième fois à Lothar où il nous menait. Pas moyen d'en savoir plus au téléphone, il s'était contenté de dire *sur une presqu'île* – notre destination était un pur mystère, tout serait surprise, belle et grande surprise. *Nowhere, we are driving nowhere*, répondait Lothar en souriant dans le rétroviseur, et comme je le suppliais de me dire enfin la vérité, il souriait de plus belle : mais je ne mens pas, tu peux toujours chercher sur la carte, tu ne trouveras pas ! Et pour quelle raison ? Ah ! ah ! Tu ne connais pas la légende de Kitège, la ville invisible ? Si, et alors ? Eh bien, Samuel, nous sommes en route pour Kitège ! Patience, et dans quelques heures tu la verras surgir du lac Svetloïar ! Je ne me souviens pas d'avoir réagi – je me revois fuyant des yeux sa touffe de cheveux blancs et les broussailles de ses sourcils qui donnaient à son sourire réfracté un air cent fois pervers. Je repassais la tête par-dessus la vitre baissée. Et si je comptais les cigognes ? Je n'avais jamais vu tant de cigognes – leurs nids haut perchés, semés telles des bornes milliaires à la cime des bouleaux et des toitures, scandaient la route droite et monotone.

Tendant le bras droit, Lothar servait de guide à Walter – regarde regarde, là-bas, c'est un campement tzigane, et là-bas, tu vois, derrière l'église, ce sont les vignes les plus nordiques d'Europe, cette étoile de David sur ce bâtiment tout neuf, là-bas, c'est une synagogue fraîchement retapée, et perché sur la colline, là-haut, c'est un cimetière tatar... Peine perdue : Walter ronflait allègrement en rattrapant son petit décalage horaire.

Sur la route de cette destination inconnue, je regardais défiler ces paysages que je voyais – oui, que je voyais *vraiment* pour la première fois. Toutes les bourgades traversées semblaient fièrement apprêtées pour cette grande kermesse nationale qui nous mettait nous-mêmes en liesse : les vieux toits de bardeaux étaient recouverts de chaume, les rues pavoisaient de blasons, de banderoles, de bouquets de fleurs, de guirlandes de gui, de feuilles de chêne, de fanions bariolés. Et quels jardins prospères ! Lys, iris, mauves et dahlias sortaient tout droit d'un manuel d'héraldique. Derrière un rideau de bouleaux fusait le museau lent d'un petit train jaune – la main d'un enfant pouvait bien l'avoir poussé là. Puis défilaient quelques prés et le ciel se crénelait d'un donjon rouge. Des remparts restaurés à la va-vite brillaient au soleil, parfait assemblage de briques neuves. Badigeonnées d'un jaune criard, des clôtures de carton-pâte imitaient des palissades ou des barbacanes. Tout ce décor paraissait l'œuvre éphémère d'un enfant – comme si tout devait finir dans un gigantesque feu de joie tel l'épouvantail de la Saint-Jean.

Au travers d'une haie de trembles, on voyait s'agiter dans un jardin des créatures quasi nues, penchées sur leurs besognes, fessiers prodigieusement rebondis, fichus noués autour du front, qui bêchaient la terre, arrachaient des mauvaises herbes. Le champ suivant, légèrement vallonné, fraîchement moissonné, s'animait de formes fantasques, de figures fantomatiques. Des meules de foin. Mais la plupart des champs étaient encore pleins de leurs belles gerbes blondes que le vent faisait onduler ; au parfum d'embrun qui s'engouffrait par bouffées, je vérifiais que nous roulions bien vers la mer. Mais cette fois-ci nous roulions vers la vraie mer – nous roulions loin du golfe saumâtre et limoneux qui gelait tout l'hiver. Oui, nous roulions vers la vraie mer, la mer ouverte aux quatre vents, la mer des vagues et des marées, et une promesse muette montait dans l'air chargé d'orage – une promesse de clarté, de lumière, de retrouvailles.

HALTES SUR LA ROUTE DE KITÈGE

Sur la route de cette destination inconnue, on ferait six ou sept arrêts. Chacun de ces arrêts me revient sous la forme d'un passage emblématique, isolé des autres. Se dessinent dans ma mémoire les images d'un chemin disloqué sur la reconnaissance d'un pays qui s'avérait alors, comme si je n'y avais jamais mis les pieds, parfaitement étranger – ce qu'à bien des égards il est demeuré.

Premier arrêt. Un embouteillage, de ceux que provoque à toute heure du jour et de la nuit le franchissement d'un pont grillagé, très étroit, qui enjambe un bras de la lagune et ouvre la route de la mer et de l'Ouest. Lothar ayant empiété sur la voie réservée aux tramways, la bagnole stationnant en double file, je croise la mine effarouchée d'une conductrice s'impatientant à son volant. Je vois sa toque pourpre historiée de motifs géométriques, de cette toque jaillissent de belles tresses blondes, il y a dans ma mémoire des croisillons, des zigzags, des flocons de neige et des cristaux

de givre, des faisceaux rouges ou des faucilles noires
– une voix enfin qui me hante et me dit : en 1941 toutes
les femmes du pays en tricotaient, avant l'arrivée des
Allemands, sur les napperons les tabliers les drapeaux
les chandails les moufles, oui, même les moufles et
comme je proteste que ce sont peut-être des svastikas,
il y en a aussi en France, dans les halls d'entrée des
immeubles, sur des frontons, des frises, des carreaux de
faïence, c'est un symbole solaire, un symbole indo-
européen, le svastika, qui se retrouve de l'Inde à l'Islande, et la voix me rétorque : non non non, je vous
dis, je sais faire la différence quand même – alors je
tente de chasser cette voix de mon esprit, j'écoute
Walter et Lothar qui parlent de l'Écosse et de la Suisse,
de l'ennui mortel que c'est de vivre là-bas, dans cette
Europe de l'Ouest trop policée.

Deuxième arrêt. Motivé par le besoin de nous sus-
tenter dans un de ces bazars de cristal qui balisent partout l'orée des villes. Je vois les capots scintillants de la
file d'attente, leurs calandres chromées écumant dans
l'air huileux tels des naseaux d'élan ; chaque voiture est
décorée ainsi qu'un char de kermesse de guirlandes de
gui, de fleurs des champs et de feuilles de chêne, parfois
de bois de cerfs, le tout fixé autour des portières, des
enjoliveurs, des pare-chocs, des rétroviseurs – même les
essuie-glaces, dans ma mémoire, sont camouflés de vert.
Étrange alliage de verdure et d'acier ! Étrange cortège
d'un autre âge ! Et, à cette vue, ce sont des images
d'archives qui me reviennent – images de tanks le canon
dressé brisant des barrières le jour de la Saint-Jean,
images de jeunes filles en fleurs fuyant à la vue de ces

tanks, leurs robes se prennent dans les ronces et les barbelés, leurs sabots sont jetés dans les fossés tandis que là-bas, à l'orée de la forêt, hurlent les orgues de Barbarie...

Troisième arrêt. Un passage à niveau. J'entends encore retentir la sonnerie d'alarme parmi les cris des mouettes, je vois la triste casemate du garde-barrière, un feu jaune s'allume, des barrières zèbrent le ciel de rouge et de blanc, un petit train de marchandises trotte son museau de limace vaille que vaille le long d'une haie de trembles. Je vois la bouille blasée d'un cheminot, son bras tatoué dépasse de la carlingue verdâtre de la locomotive, je n'entends plus le tintouin de ferraille du train, ne vois plus de fumée, ne sais plus s'il trimbalait du charbon, du pétrole ou du fer mais je vois défiler comme si c'était hier, sur des wagons kaki, des caractères cyrilliques à moitié effacés, indéchiffrables, et ces caractères désormais si rares dans tout le pays me rappellent la couverture rouge d'un passeport – la scène se passe dans le salon de Mme Zefer, elle a parlé de l'époque où il était très difficile de sortir du pays, plus difficile encore d'obtenir un visa pour Israël, elle m'a raconté ses voyages lorsque j'ai évoqué mon souhait de voir enfin Jérusalem, et je la revois sourire, d'un sourire adolescent, Mme Zefer, au souvenir des échappées belles de sa jeunesse, et, en guise de preuve, elle se lève, marche à grands pas vers la chambre conjugale, revient en tenant une pile de passeports, me montre les visas et les tampons des différents pays qu'elle a visités. Sur chaque passeport, ceux de couleur rouge délivrés par l'Union soviétique, celui de couleur bleue délivré par la nouvelle république, on peut lire sous la ligne *citoyen-neté*, la mention de sa *nationalité juive* – difficile avec ça d'obtenir un visa, on était des citoyens de seconde classe...

Quatrième arrêt. Un poste frontière. Je vois une tour de guet, des guérites, des baraquements, des pancartes bleu nuit aux douze étoiles d'or, des panneaux portant les sigles $ £ € nous annonçant qu'il est temps de changer de monnaie – puis je vois se croiser les épées ceignant le blason d'un képi penché sur nous, je vois l'éclair agacé de deux yeux bleus sous l'ombre oblique de la visière, une mine dubitative, un sourcil militaire qui se fronce, lorsqu'à la question *What is your...*, on entendrait Walter, coupant sec le bredouillement de Lothar, formuler cette réponse en deux mots : *only friends*.

Cinquième arrêt. Histoire de se dégourdir les jambes. Je vois Walter et Lothar enjamber des fourrés – oui, je les vois courir dans un champ fraîchement fauché, se bousculer, se bagarrer comme de vrais gosses, rouler en boule dans le foin frais, se relever, arracher les branches mortes d'un chêne immense qu'un vent d'orage fait s'ébrouer.

Sixième arrêt. Ici finit la terre ferme et commence, de l'autre côté, nous dit Lothar, le paradis. Pour franchir l'estuaire et gagner la rive promise, nous devons embarquer à bord d'un bac. Je vois les grues et les conteneurs multicolores d'un embarcadère, les vaguelettes scintillantes de l'estuaire, le sourire édenté d'une vieille dame derrière un guichet, le panneau indiquant le nom du fleuve traversé, je vois le pont-levis d'un bac se dresser puis se rabaisser, j'entends crisser les pneus de la voiture contre la tôle, je nous vois ouvrir les portières, je les entends claquer derrière nous, mais je retiendrai surtout l'air absorbé de Lothar fumant sa clope accoudé au bastingage ; Lothar les yeux perdus dans l'eau grise, voyant ou ne voyant pas les grues que je compte, les jupes qui voltigent au vent, les volutes s'échappant de sa clope ; Lothar écoutant ou n'écoutant pas les criailleries des mouettes, et, son mégot tressautant sur sa lippe violacée, il me dirait : regarde, Samuel, nous allons vraiment nulle part, le fleuve s'appelle *Personne*, et, dépliant la carte routière, il me ferait lire le nom germanique du fleuve, qui revenait plusieurs fois le long du tracé bleu, *Nieman Nieman Nieman.*

Septième arrêt. Je vois la piste sablonneuse qui s'enfonce dans la pinède, le sable blanc qui embue les vitres, les rayons du soleil écorchant les troncs rouge sang des pins, le geste de Lothar rabattant un pare-soleil, j'entends encore la bagnole geignant de toutes ses tôles en se frayant son chemin cahin-caha, j'entends Walter geignant de concert en s'éveillant, puis soudain il y a des abois dans l'air, des sabots ébranlent la dune et la pinède, c'est l'an mil qui se réveille, du sous-bois surgissent des filles d'ivoire et de pourpre ; elles accourent, elles bondissent, elles volent ; sous leurs couronnes de fleurs, leurs tresses virevoltent entre les aiguilles de pin, les pans de leurs jupons froissent et font crépiter sur leur passage les ronces et les fougères, malgré la chaleur elles sont vêtues pour l'occasion d'oripeaux d'autrefois, de costumes coures ou lives – sabots de bois, bas de laine, jupes de laine, chemisiers de lin, corsets qui font baller leurs seins. La bagnole roule au pas, j'ouvre la portière, saute parmi les fougères géantes pour embrasser Dvina, qui se cabre, me repousse du bras, me demande de m'agenouiller et de lui baiser la main. Elle est reine, je suis son féal serviteur, me voilà embarqué malgré moi dans un mauvais roman courtois. Dvina et les deux filles qui l'accompagnent dévisagent, éberluées, comme s'il était le premier non-pâle qu'elles voient, Walter. Walter, lui, se frotte les yeux – l'impression, qui sait, d'être à bord d'une machine à remonter le temps. En soulevant les pans de ses jupons pour grimper à l'arrière de notre chariot, Dvina fait les présentations – Laura, que monsieur là au volant connaît très bien, Tatiana, une amie, Samuel, Lothar et ?

Walter.

HIC SUNT LEONES

À leur tour, Laura et Tatiana soulèvent dans un froissement de taffetas les pans de leurs jupes de laine que décorent des frises brodées de motifs variés – zigzags ? croisillons ? flocons de neige ? cristaux de givre ? Elles s'assoient à l'arrière et comme il n'y a plus de place pour moi, je me retrouve ballotté d'abord sur les genoux de Tatiana, puis sur ceux de Dvina, et finalement enfoncé sous les fesses de Laura, le nez dans ses tresses blondes. Lothar a fait marche arrière, massacré des tas de ronces et de fougères – *let's go !* a crié Walter, on sent les galets, les pommes de pin et les racines gémir sous les roues, on entend un dernier crissement d'essieux, on reprend déjà la grande route, on passe bientôt sous de nouvelles guirlandes de fleurs et de feuilles de chêne, il y a tout le long de la chaussée des mâts, des totems, des fétiches, des statuettes de bois, sur tous les toits vrillent des girouettes ajourées – on nage en plein roman pastoral. On entre alors dans une énième forêt de bouleaux tandis que les filles entonnent en chœur

Liiigouooo ! Liiigouooo ! en se balançant sur la banquette et mes genoux telles des tribades. Le soleil zèbre les troncs qui défilent sans fin en scintillant. Au trois millième éclair de ce genre qui vous fend la rétine, comment ne pas cligner de l'œil ? Comment ne pas penser que ce n'est plus l'étendard de l'été nordique que la nature vous agite sous le nez mais des défroques rayées, des spectres étêtés – voire des mannequins, les agences de la ville organisant à tour de bras d'immenses défilés qui se déroulaient dans les toutes nouvelles galeries marchandes, façades translucides, immenses baies vitrées, vérandas verdoyantes, de sorte qu'il nous arrivait de ralentir le pas, Lothar et moi, à la vue d'une de ces très jeunes filles arpentant un tapis rouge, bras blancs désarticulés, jambes blanches et maigrichonnes telles des échasses, tronc rayé de lueurs blafardes, visage hâve et figé, regard vide, oreilles dégagées, pommettes saillantes sous les spots, front pâle et luisant sous les cheveux tirés, et elles faisaient volte-face avec une raideur militaire, talons claquant sur le marbre étincelant, une deux, une deux, comme claquaient les bottes des soldats lors de la relève de la garde. Le cerveau assailli par ces images, je m'efforce de penser à autre chose et me dis : regarde, regarde, regarde la route filer tout droit vers cette mer qui imprègne l'air. Mais pas encore de mer à l'horizon – rien que le gris étale de la lagune, mille miroirs tendus aux rayons du soleil, qui joue à cache-cache entre les mâts de pins et de bouleaux. Le ciel pâlit et, comme la forêt a brûlé par places, l'horizon se découvre à main droite derrière les dunes couleur de cendre, puis s'amoncellent des nuages gris, jaunes, noirs

– il va pleuvoir ce soir, dit Tatiana, comme d'habitude, l'été dure ici deux jours et puis l'automne revient à grande... Elle n'a pas le temps de finir sa phrase – avec dans sa voix la naïveté d'un enfant, Walter s'est écrié *the sea ! the sea ! the sea !* mais elle a déjà disparu derrière les arbres, cette mer tant attendue que les filles ont saluée aux cris de *Sveika Jura ! Sveika Jura !* – oui, saluée, comme elles saluent chaque lieu, chaque être, chaque chose, chaque âme que nous laissons sur notre passage – pins, bouleaux, rochers, étangs, passants, pêcheurs, chaumières. Voici qu'elles reprennent leurs chants en se trémoussant. Dans leur linge et sous leurs galbes, j'étouffe, je sue, je suffoque. Lothar a éteint l'autoradio, la voix du baryton a beau s'égosiller, impossible de supplanter la voix des filles – *Liiigouooo ! Liiigouooo !* À force d'entendre résonner cette litanie qui scande les couplets d'une chanson mythologique dans une langue qui me paraît de plus en plus exotique, à force d'entendre cette mélopée de piroguiers répercutée à tue-tête, car Walter et Lothar s'y mettent à leur tour – *Liiigouooo ! Liiigouoooo !* –, mon imagination aborde une plage polynésienne.

De là ma déception quand nous approchons du village. Les premiers bâtiments en vue sont de toute évidence à l'abandon. On aperçoit, tagués de part en part, des murs de brique rouge, le lierre les escalade, pins et bouleaux défoncent les toitures de béton, s'élancent au-dessus des ruines. Il y a des barbelés, des guérites et des cibles multicolores : on croirait un ancien fort militaire frappé par la foudre. La forêt semble s'employer à en effacer jusqu'au reflet. Dans la triste lagune où se mirent ces lambeaux de brique, les troncs tremblants des pins les hachent en zigzag. C'était une base secrète, nous dit Lothar, pas moyen de la trouver sur les cartes, vous pouvez chercher, vous ne verrez qu'un espace laissé en blanc, on ne l'a découverte qu'après le départ de l'armée Rouge et pourtant l'antenne que vous voyez dépasser là-bas c'est un radiotélescope, les arbres la cachaient à l'époque.

Et vous voyez les deux élans là-bas ? Les filles : des élans, où ça ? Lothar : les élans bleus là-haut dans le ciel. Les filles : ça, des élans, mais on dirait des lions ! Ces deux élans de bois bleu qui se font face et montent la garde entre les cimes des bouleaux, c'est le faîteau qui signale de loin ce que Lothar appelle pompeusement sa *datcha* ou son *ermitage*. Dans le rétroviseur, je vois son regard étinceler et sourire les broussailles noires de ses sourcils – vous verrez, c'est un coin enchanteur, dit-il en engageant la bagnole dans un nouveau tunnel vert sombre. Aux herbes hautes que j'entends crisser sous le châssis, j'en déduis que personne ne s'est aventuré dans ces parages depuis des lustres. Quelques instants plus tard, nous sommes en vue de *l'ermitage* – la fraîcheur du lieu, son atmosphère de sous-bois, son caractère de refuge d'enfant, sont renforcés par la présence tutélaire, dont l'ombre portée s'étale alentour, d'une gigantesque dune.

Machinalement, je lève les yeux, *nous* levons les yeux, comme si nous nous approchions d'un vrai sommet. Il faut dire que dans un pays si plat, fatigué de chercher des repères, sans véritable entrave à son champ de vision, l'œil ne scrute plus guère l'horizon – la moindre éminence, dès lors, étonne. Instantanément, on la toise de haut en bas, on n'en croit pas ses yeux, on la remonte du regard comme on le ferait d'une échancrure de femme, on guigne ses bosquets vaporeux ou ses rochers nus comme on guignerait un corsage, on l'épluche de la paupière, on la soupèse, on l'arpente en rêve, elle nous titille, elle nous agace, on veut en palper les flancs. Or voici qu'au terme d'une journée entière, où l'on a tourbillonné de l'œil telles des girouettes, où l'on s'est nourri l'oreille du chant des oiseaux et les narines d'une odeur d'humus – voici que, las d'épier ce petit jeu de cache-cache du soleil entre les arbres dans l'unique espoir de voir passer une harde d'élans, l'esprit à moitié saoul à force de tant de langueur – voici que se lève cette immense arche écrue, cette grande voûte fauve à peine tachetée de vert : la dune. Elle grimpe très haut à l'aplomb des pins, la dune. Elle nous masque le soleil, tandis que la lune, pleine et blafarde, s'élève dans un ciel opalin. Il pleuvra cette nuit ou demain matin, rien n'est plus sûr, a dit Lothar. Le moteur de la bagnole ne s'est pas encore tu, le châssis rase encore les fougères, sur nos tempes les aiguilles de pin crissent encore à nous hérisser le poil, et les filles se sont remises à chanter *Liiigouooo ! Liiigouoooo !* en faisant claquer, vlan, leurs portières. Sabots jetés dans les fourrés, elles courent pieds nus sur le chemin, courent à travers le pré, courent sur la pelouse, esquissent dans l'air d'amples gestes rituels – tour à tour semeuses, glaneuses, semeuses, glaneuses, elles saluent la lune, saluent la dune, saluent les pins, saluent les pierres, saluent les âmes invisibles des grillons, des fourmis et des cloportes et, pour finir, lancent leurs couronnes de fleurs qui vont se ficher dans les frondaisons d'un grand chêne. Dvina se suspend déjà aux branches d'un bouleau qui ploie sous sa joie, elle se balance, elle nous montre insolemment ses fesses. Walter demeure les bras ballants, l'air hagard, subjugué, les yeux rivés sur l'horizon. Bienvenue au paradis ! claironne Lothar en soulevant le coffre de la voiture. Vous pouvez faire tout le boucan que vous voulez, le voisin le plus proche habite à deux bornes d'ici, dit-il en nous tendant des glacières bourrées de bière et de vodka.

Isolé de tout, *l'ermitage* est une épave. Une vieille masure en ruine que Lothar s'est offerte au mois d'avril, sur un coup de tête, un jour qu'il était de passage dans la contrée. Seule la toiture de chaume a été retapée, le reste est à refaire de fond en comble, les planches de bois sont vermoulues, jaunâtres, enlierrées, les fondations de briques mangées de mousse et de lichen. La porte en bois dont on s'approche est entrouverte, une cordelette l'amarre à un tronc de bouleau, afin de laisser transpirer les mauvaises odeurs – et les mauvais esprits, dit Lothar en sourcillant sur le seuil, lisez les sagas, ces foutues forêts sont hantées de tout un tas de lutins et de farfadets, une vraie jungle.

La poignée de la porte est froide et rouillée. On entend grincer les gonds déchaussés, on voit décamper de leur toiles mouchetées de cadavres deux énormes araignées. D'effroi, je recule – Lothar ricane en me prenant par le bras, et m'introduit dans son inquiétant royaume. Dans le rayon de lumière cuivrée qui filtre à travers un carreau d'albâtre, j'aperçois les faces grimaçantes de fétiches à l'air africain – becs de hiboux,

oreilles pointues, canines de félins, babines bour-
souflées. Lothar m'explique que ce sont des totems, des
statuettes traditionnelles de divinités païennes. L'ancien
propriétaire était un sculpteur qui perpétuait l'art
ancien. La chaumière, qui datait du siècle dernier, lui
servait d'atelier. Il est mort l'an passé, il était assez
réputé dans la contrée, la pinède alentour pullule de ses
œuvres, on les croise souvent sans les voir tant elles se
fondent dans les sous-bois, on marche parfois dessus,
quand on ne se retrouve pas nez à nez avec une d'entre
elles. Il ne faut pas oublier que pour les gens du cru,
les dieux, les déesses, pardon, les mères, se reprend
Lothar, sont partout. Il me laisse visiter le rez-de-
chaussée. Interdiction en revanche de gravir l'escalier.
Nous sortons. Walter nous attend, l'air perdu, sous le
linteau défoncé. Lothar nous passe l'accolade, il veut
nous montrer, dit-il, la merveille des merveilles, ce qu'il
appelle en souriant son *isba torride*. C'est une grossière
baraque de rondins posée en équilibre précaire sur des
piliers de briques, au bord d'une mare. Le sauna. Qui
fonctionne, nous assure Lothar – d'ailleurs il est temps
de faire un tas d'abattis pour en nourrir le foyer.

En revenant vers la prétendue datcha, je lève les yeux.
À part les deux élans bleus qui se font face et sont seuls
intacts, avec le toit de chaume et une jolie girouette
ajourée, on voit des colombages lézardés, un fenil de
guingois, une cheminée de briques lépreuse, une véranda
croulante et, grimpant là-bas, ce qui doit être un escalier,
dont on distingue, entre les fougères et les herbes hautes,
la balustrade. Lothar a suivi mon regard. Il hausse la
voix, de manière à ce que les filles l'entendent bien :

surtout, n'empruntez pas l'escalier, vous risquez de vous tuer. Et il nous fait remarquer, en la caressant de la paume, que la balustrade est une vraie merveille, le style des croisillons, là, ce style en zigzag, comme sur les jupes des filles, un style authentique. *Authentique* : le mot préféré de Lothar ! Sont authentiques les sagas qu'il nous raconte, authentiques les datchas qui défilent, authentique le paysage évidemment, authentique la fête que nous allons célébrer, les traditions, les costumes des filles. Et l'épithète s'accompagne en principe de cette réflexion : *pas comme en Suisse*. Le voilà bien acclimaté ici ! Il aime encore maudire par allusions son Helvétie natale, sa suissitude indécrottable, mais il ne se moque plus de son pays prénatal ni de ses habitants, il aurait même, d'après Dvina, passé un examen de naturalisation, cherché à acquérir la double nationalité, mais au dernier moment on lui avait appris l'impossibilité de la procédure – le pays ne partageait pas sa souveraineté, et Lothar ne pouvait se résoudre à jeter son passeport suisse aux orties. Toujours est-il qu'abominer ces contrées perdues, comme j'avais pris l'habitude de le faire à sa suite, est désormais ce qu'il y a de plus blâmable à ses yeux. Pourquoi un tel revirement ? Lothar doit être de ces gens *qui meurent sur les saisons* : le printemps, l'été, la verdure ont tout rédimé pour lui, fait de ce purgatoire enneigé un vrai paradis.

Nous finissons de décharger la voiture en entendant parvenir, entremêlés de rires, les refrains des chansons folkloriques que récitent, là-bas, les filles. Pressentant qu'elles vont s'ennuyer avec nous, vu notre âge, vu que Lothar les fatigue à force de leur raconter ses sagas, je leur apporte des bières. Laura et Tatiana s'appliquent à tresser des couronnes – les unes de fleurs des champs pour les filles, les autres de feuilles de chêne pour les garçons, me disent-elles, répétant que ce soir, nous repartons de zéro, nous oublions nos vies passées, nous sommes tous rois et reines, oui, rois et reines. Dvina, elle, se balance en riant à la corde qui pend entre les chaînes rouillées d'un portique. Je m'approche, essaie de l'embrasser, dans son élan elle me repousse du pied, je heurte la margelle du puits, me penche au-dessus du trou, l'odeur d'eau croupie m'inspire une grimace, je recule, les filles se moquent – quel froussard !

Je les abandonne à leurs rires, à leurs chants, à leur tressage de couronnes et rejoins Walter et Lothar, qui chargent une brouette de bois sec pour nourrir le feu du sauna. Un murmure monte alors dans l'air, les ombelles des pins remuent, je tends l'oreille, Lothar qui épie chacun de nos gestes, me détrompe – non, ce n'est pas la mer que nous entendons, mais au village la fête a dû commencer. Je leur demande ce qu'ils pensent de cette histoire de *Beach Party*. Dans la voiture, les filles nous ont demandé si nous avions l'intention d'y faire un tour, je n'ai rien dit, Walter a éclaté de rire, Lothar s'est contenté d'un *on verra* ou d'un *pourquoi pas*. Laura : mais, si, venez c'est une putain de rave, y aura un monde fou, et puis y a DJ Untel, DJ Truc, DJ Snowland et DJ Goulag qui jouent, vous allez voir, ça sera génial. Lothar : et vous comptez y aller avec vos costumes ? Tatiana : ça ne va pas la tête ? Et, retroussant ses jupons, elle nous a révélé qu'elle avait pris ses dispositions – minijupe blanche, culotte noire.

Les affaires déchargées, les tentes installées, car on ne pourra pas tous tenir dans la chaumière, nous a prévenus Lothar, nous faisons le tour du propriétaire – l'herbe est splendide, après un printemps si pluvieux. Lothar nous repasse l'accolade et nous entraîne au bout du terrain – les amis, je vous présente *l'arche de l'aurore, le sein du soleil, l'ombilic de l'aube*, je ne sais plus comment les sagas la surnomment, c'est la dune de Parnida, soixante-cinq ou soixante-six mètres d'altitude (ça dépend des cartes et des années, n'est-ce pas monsieur le cartographe ?), la plus haute du pays, la plus haute de la Baltique... Il nous raconte que les sagas disent que Parnida était une ondine, une ondine vierge, une ondine chasseresse de baleines. Elle aurait terrassé la plus grande baleine de la Baltique, un monstre qui engloutissait sans distinction poissons et navires. La dune actuelle serait le cadavre de l'animal que Parnida aurait enseveli sous le sable avec l'aide de tous les villageois. Quant à l'ambre qui se trouve en abondance au pied de la dune, le *spermaceti*, ce serait la semence de la baleine, et Lothar nous dit que toutes sortes de légendes circulaient à son propos, certains prêtaient à son éclat des valeurs aphrodisiaques, d'autres disaient qu'il pouvait frapper de convulsions, il fallait lire à tout prix les sagas, qui relayaient abondamment ces mythes. Au village, les superstitions étaient tenaces, alors comment leur faire entendre que cette dune ne se contentait pas de les protéger des tempêtes ? Car voilà bien le problème, le cadavre remue encore, cette sale bête avance d'un mètre chaque année, nous dit Lothar en écartant les bras, vous imaginez, un mètre par an ?

Et le plus drôle c'est que la frontière est bien forcée d'avancer avec la dune vu qu'elle la coupe en deux à son sommet, donc il y a deux menaces pour le village, tôt ou tard il sera englouti sous le sable, tôt ou tard il passera de l'autre côté, dans le camp de l'ennemi héréditaire, annexé le plus naturellement du monde... Vous imaginez bien, on a tout tenté pour la fixer cette dune frontière, mais rien ne marche, au village ils sont contre, ça détruit le paysage, ils disent, même les oyats, ils n'en veulent pas ! Aujourd'hui il n'y a pas assez de vent, alors on ne peut pas comprendre, mais en hiver pas moyen de tenir debout. Selon Lothar, c'est la raison pour laquelle il n'a pas eu de mal à acquérir la propriété. Le destin de son domaine est scellé, sa datcha finira ensablée. On en a encore pour trente ans, dit-il en riant. Et puis d'ici là... Je n'écoute plus vraiment. D'une oreille, je l'entends poursuivre : on a de la chance, on est en juin, l'hiver à cause de la dune, il n'y a jamais de soleil. Il ajoute que le village est assez loin, mais la plage à quelques pas à peine. On y accède par une sente étroite qui coupe à travers la pinède, là-bas, au pied de la dune. Je scrute de l'œil le tunnel vert sombre que le chemin creuse sous les aiguilles de pin, je pense à la mer, je n'entends plus Lothar, je n'entends plus les chants des filles qui se balancent de plus belle en répétant *Liiigouooo ! Liiigouoooo !* – je tente de distinguer le murmure de la mer. Mais seuls les larsens échappés de la *Beach Party* percent à travers la pinède. Lothar fait quelques pas dans le sable, cueille une plante – vous savez comment ça s'appelle, cette saleté ? Il nous montre une sorte d'aigrette vert-de-gris, pourvue d'une tige turgide et de petits épis touffus et coniques qui jettent des reflets roux. C'est le vulpin des sables, les villageois appellent ça la queue-de-renard à cause de ses reflets roux, cette ordure prolifère à vitesse grand V, une authentique invasion, pas moyen de savoir comment s'en débarrasser ! À mon tour, je tâte les flancs de la dune, ramasse une poignée de sable blanc, le laisse filer entre mes doigts. Et si on grimpait au sommet ? Vas-y si tu veux, me dit Lothar, moi, je vais faire un tour avec Walter. Les filles, vous venez ? Vous avez un maillot de bain sous vos jupons, j'espère ? Non, mais on n'en a pas besoin, rétorquent en chœur, riant, jubilant, se tré-moussant, Dvina, Tatiana et Laura, on ira sur la plage des naturistes. Et elles sautent de leur portique, accou-rent en soulevant les pans de leurs jupes, nous lancent les couronnes de feuilles de chêne qu'elles ont tressées pour chacun de nous. Nous ordonnent de les coiffer sur-le-champ. Aujourd'hui, nous repartons de zéro, nous oublions nos vies passées, nous sommes tous rois et reines, maris de toutes et femmes de tous, les pri-vilèges, les apanages, les vieilles habitudes, la propriété privée, sont abolis, ce sont les sagas qui le disent ! Ma couronne sur la tête, je redemande à Lothar si je peux gravir la dune, si la vue est belle de là-haut. Bien sûr que la vue est belle, dit-il, on voit toute la presqu'île, et l'hiver, par temps clair, presque tout le pays ! Je hasarde mes premiers pas dans les fougères, les joncs, les genêts, les chardons secs et les queues-de-renard. Et j'entends Lothar me crier : mais ne t'éloigne pas trop, tu sais, plus loin c'est la frontière !

PÂLE PAYS DE NEIGE ET D'AMBRE

Après quoi leurs rires s'éloignent sous les piaillements des mouettes. L'ascension dans le sable, entre les herbes qui me fouettent les jambes s'avère vite plus longue et plus fatigante que prévu. Pour avancer à mon aise dans tout ce fouillis, je me déchausse, me décoiffe, prends mes espadrilles et ma couronne de feuilles à la main. Parvenu à mi-hauteur, j'entends des klaxons et des râles de moteur – je me retourne, le temps de voir un convoi de voitures avancer dans un nuage de poussière. En voyant rapetisser le cottage et s'assombrir la pinède, qui paraît bientôt noire, je ne sais pourquoi, j'essaie d'imaginer ce paysage l'hiver, et cet effort s'avère impossible, comme si nous avions débarqué sur une île des Tropiques, une île imaginaire, car le sable a une couleur de rêve, je n'ai jamais vu de sable aussi blanc, et l'impression qui s'impose à mon insu est celle d'avoir enfin sous les yeux, grandeur nature, un de ces petits paysages faits de pépites d'ambre, avec çà et là quelques cristaux de sel gemme, un petit paysage comme aimaient en confectionner les enfants du pays pour la fête des mères. Petit paysage de quelques centimètres carrés qui trônaient sur les poêles en faïence, sur celui de mon meublé, rue Baronia, mais aussi dans le salon de Mme Zefer – petit paysage que j'avais fixé des yeux, car s'y répétaient, malgré d'infimes variations, les mêmes motifs que sur celui de mon meublé : la mer, les dunes, les pins, les bouleaux, et, au premier plan, le toit d'une grange ou, perdue dans les lointains, la voile d'un navire. Mes yeux, oui, s'étaient perdus dans ce pâle pays de neige et d'ambre, tandis que, profitant de l'absence de la maîtresse de maison, je me curais les dents, l'index fourré au fond de la bouche à la recherche d'un morceau d'ail ou d'un brin de coriandre qui se serait coincé entre deux molaires, sous le regard atone de M. Zefer, petit vieillard recroquevillé dans son sofa cramoisi, si bien qu'au moment où la vieille dame s'était annoncée dans mon champ de vision, passant le chambranle de la porte, précédée par une odeur sucrée où je croyais reconnaître un mélange de cannelle et de résine, j'avais été pris en flagrant délit, l'index entre les lèvres, l'air idiot, et je n'avais pas prêté attention à ses premières paroles, les yeux suspendus au tablier qu'elle ôtait tout en déposant sur le buffet un compotier rempli à ras bord de beignets luisants. Et se penchant alors, elle avait dit le nom bizarre de ces petits escargots de pâte roulée fourrés aux raisins de Corinthe et parfumés à la cannelle, nom bizarre que j'avais oublié, nom bizarre suivi d'une explication oubliée, et de la recette oubliée, mais ce que j'avais retenu, c'étaient le mot *ashkénaze*, une spécialité ashkénaze, et l'idée, oui, l'idée surtout, qu'un goût sucré viendrait combattre celui d'ail et de coriandre que les boulettes de viande m'avaient laissé sur la langue. Et voici ce que je ressasse malgré moi lorsqu'un petit panneau gravé d'une flèche me rappelle à la réalité. Un panorama. Je presse le pas. Mais le chemin s'efface et j'erre un moment parmi les touffes de joncs, les mottes d'herbes grasses et les dunes de sable qui se culbutent. Pas de panorama. J'ai dû m'égarer. Les dunes sont griffonnées d'ombres de plus en plus longues.

J'ai la trouille. La vue soudaine d'un pan scintillant sur lequel glisse une voile me fait cligner de l'œil – la mer enfin ! Pas de panorama mais de là où je suis, on voit toute la presqu'île. Pas de table d'orientation mais rien n'est plus facile que de dresser la carte d'ici. Le nuage rouge à main gauche, l'allongement exagéré de mon ombre à main droite ne laissent aucun doute sur la position des points cardinaux. Longue et étroite langue de sable entre deux eaux, la dune de Parnida file vers le sud, arquée telle une comète ; à l'ouest elle plonge à pic dans la lagune jaunâtre ; à l'est elle cavalcade en vallonnant vers la mer. Là-bas, entre deux V sombres – deux fossés ? deux failles ? deux ravins ? – qui paraissent artificiels, bien plus raides que les autres déclivités, comme si l'on avait creusé puis remblayé la dune – là-bas, oui, on aperçoit des feux. C'est le village, maisons de poupées bariolées tassées autour du petit port de pêche dont on voit s'avancer dans la mer la jetée – plus loin, on aperçoit le goulet qui communique avec la lagune. La *Beach Party* n'a pas commencé mais on peut sentir d'ici que chacun s'y prépare diligemment

– gros trapèze noir du podium, petits cônes multicolores des chapiteaux, petits points noirs qui fourmillent, voici la plage du village fin prête pour la grande bamboche balnéaire. Sur le ruban métallique et serpentant de la seule route menant au village, les voitures défilent, capots scintillants sous le soleil, procession de lucioles. Le flot des fêtards s'enfle – on devine d'ici leur hâte, leur excitation, leur fièvre. L'air est toujours empli d'une rumeur muette, mais j'ignore pourquoi, je n'y lis plus la promesse heureuse de la matinée. J'y devine au contraire une menace. La faute au ciel d'un blanc de plus en plus trouble et bientôt chargé d'orage ? La faute aux premiers hululements de larsens qui s'échappent de la *Beach Party,* m'excitent les nerfs, m'écorchent les tympans ?

J'ai la trouille. Je le sens – il est grand temps de faire demi-tour. Je marche encore un peu dans le sable. À l'horizon, il y a comme une ligne droite, une rayure nette, qui lacère de part en part la dune – verdoyante au-delà de cette ligne, d'un ocre pâle en deçà. Foulant les replis de cette arène sans fin en direction de la lagune, l'œil rivé sur l'horizon palé de voiles blanches qui jouent à un drôle de manège entre les banderilles de joncs et les bosses de sable – apparaissant, disparaissant – j'aperçois tout à coup, hissé au loin sur une balise, en plein milieu de la lagune, un pavillon rouge. La frontière ?

Une panique infantile, absurde, me fait rebrousser chemin. Peur d'être surpris par le froid, les ténèbres ? Et pourtant je sais bien que c'est impossible, mais comment en être sûr, comment ne pas redouter le retour subit de l'hiver, comment ne pas se dire : rendors-toi, Samuel, tout ça n'est qu'un rêve, comment croire qu'à minuit, solstice oblige, l'air sera tiède encore et le ciel clair ? Je jette un dernier coup d'œil au village en contrebas, à la pinède noirâtre, à la lagune huileuse, à la mer qui nous tient dans sa paume de damas ridée, à mon ombre démesurée qui s'allonge sur le sable. Où suis-je ?

J'ai la trouille. Assourdissantes, les mouettes piaillent de plus en plus fort dans le ciel. Je ne sais pas ce qui me passe alors par la tête mais je cours, pris d'une joie immense et désespérée. Passé quelques mètres, je me jette au sol et me laisse rouler dans les plis du sable, comme si j'avais envie que cette dune m'engloutisse. En me relevant, un peu honteux de ma galipette puérile et de mon vœu morbide, j'aperçois, gravée de la date 1871, une croix de bois, rongée par les pluies, noircie par les âges, barbelée de fils de fer, décorée d'un petit angelot de faïence que frôlent des freux, des corbeaux, des mouettes à tête noire – une pancarte en français, en allemand et en anglais indique qu'après la guerre de 1870, cette zone qui marquait la frontière entre l'Allemagne et la Russie servit aux Prussiens de camp de prisonniers ; derrière ses fils de fer, plus de douze mille détenus auraient travaillé à la consolidation et au reboisement de la dune ; du fait des conditions de détention, beaucoup d'entre eux périrent (comme des mouches, précise le texte en italique) et ne revirent jamais la France.

J'ai la trouille. Je détale. Pas moyen de retrouver le chemin qui m'a mené jusqu'ici, mais un petit panneau

de bois gravé du mot *JŪRA* m'indique celui de la mer
– la mer encore invisible. À l'odeur de la brise qui se
lève et fait bruire sur mon front les feuilles de ma
couronne, à la vue des joncs qui s'agitent et jouent dans
mes jambes, à la fraîcheur soudaine du sable, à la forme
des nuages qui s'effilochent, à quelque chose d'océa-
nique dans l'air, je reconnais avoir versé d'un royaume
dans un autre – cette sensation est si brutale qu'elle me
laisse à moitié béat. Pourtant, la mer ne se voit toujours
pas, ne s'aperçoit pas, ne se devine pas – elle paraît
même se retirer dans un monde inaccessible, derrière
le rempart d'une dernière dune, sous la frange noire
des nuages. Un panonceau bleu nuit m'avertit que je
mets les pieds dans la zone des naturistes. L'odeur âcre
du goémon m'assure enfin qu'elle est bien là, derrière
ce rempart crénelé de touffes fouaillées par le vent, celle
que j'entends pas à pas marmonner, grommeler, rugir...

LA MER !

À sa vue, je cours, je cours dans la houle, me déshabille à la va-vite, jette ma couronne et mes espadrilles dans le sable, cours sur la plage – pour la première fois, je vais me baigner dans la Baltique ! La pente est raide, les vagues hautes, l'horizon blanc d'écume – ayant enjambé l'écharpe noire du varech, je plonge. Nage vers le large. L'eau est froide et saumâtre, les nuages lourds. D'ici on ne distingue plus le moindre indice de présence humaine, on se sent accablé par tout ce vaste amphithéâtre de sable et d'eau, ses contours sont héliogravés, les silhouettes des pins taillées à vif par les rayons suspendus du soleil, leurs ombres sans fin. La lande passe tout à coup du vert au pourpre – la dune, vue d'ici, est un vrai cachalot couleur de lion. En sortant de l'eau, je marche un moment dans les laisses des vagues, fouillant du pied le sable, le varech – en quête, mais sans y croire, du fameux ambre jaune de la Baltique. Parmi les cris des mouettes et le brouhaha des vagues, la brise m'apporte, entrecoupés, des rires. À l'horizon des corps tourbillonnent, nus, sur le rivage, dans l'écume, tels les motifs d'un tapis secoué par le vent. C'est Walter que je reconnais le premier – son grand corps noir, là-bas, se soulève avec la vague. Je m'approche, il jaillit hors de l'eau, je vois les rayons rasants du soleil faire étinceler sa peau ruisselante – abdominaux et pectoraux bien dessinés – la vague va et vient, l'eau se retire peu à peu le long de son corps, le long de ses membres. À la couleur de ses vêtements, je reconnais Lothar. Il court après une serviette qui s'envole, lui seul est vêtu, les autres – combien sont-ils ? quatre ? cinq ? six ? – sont nus, complètement nus. Ils ont en main des cannes ou des maillets dont les ombres filiformes traînent au sol, on croirait qu'ils ont trois jambes. Ils boivent des bières tout en jouant, l'image est soudain nette, je vois un labyrinthe se dessiner, trous et bosses alterner, arceaux de fer et canettes de bières briller un instant – oui, l'image est nette, ils jouent au croquet... C'est alors que je crois deviner son rire de cristal – je me retourne, le temps d'apercevoir son corps nu qui fend l'air, là-bas, et s'enfuit au loin derrière des fougères. Néva ? Néva ? Néva ? Le vent arrache au sable une robe rouge, Lothar court la rattraper, je m'approche, il me la tend – aucun doute, c'est bien la robe qu'elle portait le jour où je l'ai vue pour la première fois. Je demande où elle s'est enfuie – on me dit qu'elle est allée dans la forêt cueillir des fraises. Des fraises sauvages, a précisé Lothar en retournant jouer au croquet, me laissant sur place, la robe entre les mains. Je jette la robe dans le sable et suis du regard Lothar. Il s'est placé derrière Dvina pour lui inculquer le mouvement de maillet, je vois leurs mains se chercher le long de la canne, la cuisse nue de Dvina effleure la cuisse vêtue de Lothar – Walter, sa serviette sur les épaules, ne les lâche pas des yeux tout en me présentant une certaine Ruta, une amie de Lothar, très brune, la peau mordorée, qui se rhabille, petits gestes furtifs, sous sa serviette jaune. Mais nous n'avons pas le temps de nous dire un seul mot, Ruta et moi. On entend des cris, là-bas. Ce sont Laura et Tatiana, elles jouent avec les dernières vagues en jaillissant de l'eau. Leur emboîtent le pas deux autres filles puis trois immenses gaillards qui essorent leur blondeur au-dessus de l'écume – l'un d'eux fait rouler sous son bras une grosse balle en mousse, ils ne veulent pas jouer au croquet, *it's a game for old people,* disent-ils en anglais, eux préfèrent le volley.

À ce moment, le ciel se fracasse au-dessus de nos têtes, chacun de nous suspend son geste, se bouche les oreilles, lève les yeux. Un pan de ciel bleu laisse voir deux épaisses traces blanches qui le déchirent puis s'effacent sous les nuages – les engins sont déjà loin. En rase-mottes, ils exagèrent ! lance Lothar. Un des grands gaillards blonds rigole : et si c'était la guerre ? La guerre, la guerre, la guerre, reprennent en chœur les filles ; je devine au ton de leur voix qu'une excitation puérile se mêle à leur effroi. Mais non, dit Walter, je parie que ce sont des *Predator*. Lothar : oui, c'étaient des *Predator*, j'en suis sûr. Walter : des *Predator*, je croyais que le pays était neutre ? Je lui rétorque alors que non, plus depuis quelque temps déjà. Que nous ne sommes pas en Suisse ou en Finlande. Comment, Lothar ne lui a pas dit, il n'est pas au courant que l'armée nationale se bat en Afghanistan ? Walter n'en croit pas ses yeux. Et, me tournant vers Lothar, je lui dis que c'est la victoire de l'américanisation sur la suissification. Que l'américanisation, elle, a des avions et même des drones armés de missiles, comme le *Predator* ou le *Reaper*, qui se moquent bien des frontières. Qu'elle se sert de ces miettes de l'ex-empire du mal pour combattre l'axe du mal. Qu'elle entraîne la jeunesse du pays dans ses rangs, lui fait voir du pays, Irak, Afghanistan, Géorgie, s'en sert de bouclier contre les Talibans et promet en échange un beau bouclier antimissile. Tu as raison, me dit Lothar en s'éloignant. Pris d'une soudaine soif de savoir, Walter m'assaille de questions. Je lui explique quand, pourquoi, comment le pays a rallié l'Organisation, que ces drones ne sont qu'une patrouille de routine, une patrouille frontalière, ou alors une petite démonstration, quelques acrobaties aériennes, un petit *show* que l'ambassade américaine aura pris soin d'orchestrer pour le solstice d'été – regardez, là-bas, et en effet, nous les voyons qui virent au-dessus de la lagune, grimpent très haut dans le ciel, reviennent vers nous, foncent en piqué, remontent, disparaissent dans les nuages – laissant dans leur sillage une rumeur inquiète et deux nouvelles traces blanches : des loopings.

Là-dessus tombent les premières gouttes de pluie et nous quittons la plage, retournons vers le domaine, nous réfugions sous un chapiteau dressé par toute une foule d'invités nouvellement arrivés. Comme si toute

l'Europe était réunie sur cette petite presqu'île trans-
formée en tour de Babel, on nous accueille en anglais,
en allemand, en espagnol, en suédois, en polonais, dans
un brouhaha de langues mélangées que scande à rendre
fou le litanique *Liiigouooo ! Liiigouoooo ! Liiigouoooo !*

FLEUR DE FOUGÈRE

De la suite de la soirée je ne me souviens pas très bien, l'alcool et l'herbe ont tout estompé. Sur un fond mauve iridescent, dans une lueur d'aube ou de crépuscule, je me revois juché sur les branches moussues d'un chêne impérial. Mon calepin blanc entre les mains, je prends des notes, et je suis même pris d'une envie de dessiner le paysage en entendant les autres accomplir des rites bizarres, chanter indéfiniment *Liiigouooo ! Liiigouoooo !,* danser, rire, bavarder, fumer des joints, s'arroser de bière autour d'un immense barbecue dont je sens l'odeur de porc grillé imprégner l'air. Le sentiment, tout à coup, est celui de se trouver au beau milieu de nos ancêtres les Gaulois, comme on disait à l'école, et que cette école s'ingéniait à décrire – les Gaulois ayant l'avantage d'être les victimes de l'histoire – avec, au lieu du couteau saignant entre les dents, de petits morions ailés, des lyres dorées, de belles tresses rousses, des braies rayées, des moustaches débonnaires, un embonpoint bonhomme. Il n'y avait plus ici le moindre Live, ni le moindre Coure, comme il n'y avait plus en France le moindre Gaulois, mais cette contrée reculée d'Europe qui sortait de tant d'années d'aliénation, que l'Amérique gagnait à coups de *fast-foods* et de drones, était restée fidèle à des chansons, fidèle à des rites, des jeux, des croyances, fidèle à des légendes, fidèle à tout un folklore désuet. Voilà ce que je me disais, perché sur mon chêne, lorsque je vois Laura courir en criant après Ruta, se jeter sur elle dans le foin frais, l'attraper par les jambes, la chatouiller, la déculotter, dévoiler à tous le tatouage qui lui blasonne le derrière afin de lui planter une paille entre les fesses et de lui insuffler, c'est elle qui le dit, *l'âme*. Lothar qui passe sous mon chêne à ce moment-là explique à Walter, visiblement interloqué ou émoustillé, que c'est un jeu populaire ici, la *torture de Judas*. Je saute alors de la branche sur laquelle j'étais perché, me dirige vers la flamme d'un immense feu de bois, autour duquel dansent des ombres. Ces ombres que je rejoins jouent à toutes sortes de rites folkloriques, répétitifs, interminables. Jeux de balles et de mains, jeux délicieusement vilains dont ne me reviennent que des miettes, mais qui composent une série, laquelle est orchestrée selon une gradation savante, du moins vilain au plus vilain, comme il se doit – hélas, j'en ai perdu l'ordre. Je crois me souvenir qu'au début de chacun de ces jeux, nous formons autour du feu une farandole en nous tenant par la main. Garçons et filles alternent. Les filles chantent une ritournelle ponctuée du *Liiigouooo* rituel, les garçons se passent une balle en mousse, si la balle est interceptée par une jeune fille nubile commence pour celle-ci la deuxième épreuve. Il s'agit de prendre par la main celui dont elle a saisi la balle – les autres dansant et chantant en ronde autour d'eux – et de bondir avec lui par-dessus la haute flamme d'un feu constamment ravivé. Si l'une de leurs couronnes, qu'ils n'ont pas le droit de maintenir, vient à choir, leur couple n'est promis à aucun avenir – ils doivent reprendre leur place dans la ronde. S'ils réussissent leur saut sans se découronner, on passe à l'épreuve suivante. On leur apporte alors des balais, car ils sont au stade des sorciers. Ils doivent enfourcher ces balais, sauter par-dessus la flamme, et jamais leur couronne ne doit tomber. Des étapes qui suivent, je ne me souviens pas. Quand je regagne ma tente, on en est au rite de la fleur de fougère. La jeune fille, à qui revient l'initiative, et le jeune homme dont elle a saisi la balle se tiennent par la main, traversent la clairière, s'enfoncent dans la forêt voir si les fougères ont fleuri – les autres marchent derrière eux jusqu'à l'orée du bois, où ils font halte un temps, reprennent leur farandole en se passant la balle de main en main, entonnent des couplets paillards, ricanent, les épient. Lorsque la jeune femme et son compagnon reviennent du sous-bois, rhabillés à la va-vite et tout rouges de honte, sous le chahut de sifflets qui les acclame, ils ont orné leurs couronnes de frondes de fougères et proclament en chantant et se tenant la main qu'ils ont vu, oui, de leurs yeux vu, la fameuse *fleur de fougère*. Que la chose est rigoureusement impossible, car les fougères mâles et femelles ne fleurissent pas mais se reproduisent par les spores, le folklore s'en moque – il prête à la nature le prodige d'offrir à cette plante qu'il croit hermaphrodite une fleur mystérieuse. Elle n'apparaîtrait que vers la minuit de la Saint-Jean, la fleur de fougère, disent les sagas. Une apparition éphémère qui se dévoile à l'œil nu à deux conditions seulement : la première est d'être soi-même nu ; la seconde de n'être pas seul dans cette nudité et, surtout, d'être secoué du soudain prurit de reproduire le plus simplement du monde l'androgyne primordial.

ÎLES MARQUISES

Difficile de revoir tous les jeux et tous les rites de cette nuit-là. En revanche j'ai bien peur que revienne me hanter quelquefois le rêve qui m'arrache à la nuit fugace et me fait bondir hors de ma tente.

Le décor est une île, de petite taille, circulaire, et de cette île on voit partout la mer, en arrière-plan, se découper – bleu turquoise. Rien ne le dit, rien ne le certifie, mais les rêves sont ainsi faits, je le sais, tout l'indique, c'est une des îles Marquises. Car le rivage est déchiqueté, et les statuettes qui se dressent, çà et là, parmi des palmiers, sont celles que peignait, que sculptait Gauguin. Mais l'île qui se recroqueville sous son morne noir semble avoir été dévastée par un séisme, un volcan, un tsunami, une catastrophe – et le vent la racle de part en part, et les arbres que j'ai pris d'abord pour des palmiers s'avèrent de grands aulnes défoliés. Quant aux statuettes, ce sont des pierres tombales déchaussées, piétinées, rongées par le lichen. On devine des inscriptions dans toutes sortes de caractères – cyrillique ?

arabe ? hébreu ? J'ai cru d'abord l'île déserte, mais je vois bientôt que non – elle semble déserte car son peuple se terre – l'île est poreuse, une vraie termitière. Plus loin, sur un chemin troglodytique, aux abords d'une stèle qui annonce un village, paraît une vieille dame. Elle est seule. Elle est vêtue de noir. Ses rides sont innombrables. Sa peau grise, multiséculaire – de l'écorce de hêtre. Le corps voûté, la démarche hésitante, elle avance à l'aide d'une canne torsadée mais il y a de l'aristocratie dans son port, une allure grecque ou byzantine – les lèvres fines, le nez long, de grands yeux verts cernés de noir qu'elle maquille encore et des sourcils qui dessinent deux comètes effrayées. Elle désigne son village, là-bas, ces cahutes mélanésiennes, vétustes, qui se tiennent de guingois sur des pilotis, leurs planches de bois badigeonnées de teintes vives. L'instant suivant, nous nous tenons à la rambarde ajourée d'une véranda qui s'avance au-dessus d'une grève déserte. Au large, tandis que parle la vieille dame, passent des goélands. Et dans les yeux de la vieille dame se décèle une tristesse, une lassitude, un vide – du discours qu'elle tient, on apprend peu à peu qu'elle est de son peuple la seule survivante, la seule demeurée sur l'île. Les autres sont partis – *ils* les ont chassés. Elle dit entretenir avec son voisin, et c'est aujourd'hui le plus grand de ses tourments, de détestables relations. Et comme on parle du loup, voici qu'il paraît sur le seuil et qu'il trépigne, son voisin, il n'a pas l'air bien méchant, avec sa bouille ronde, moustachue, hâlée par le soleil. Il est vêtu de feuilles et coiffé d'un chapeau bizarre, une toque de fourrure conique rehaussée de bois de cervidé ? d'ailettes gauloises ? non, à la tyrolienne, car il y a des plumes d'autruche qui pointent. À notre vue, le bougre se met à sautiller diablement, bredouille quelque chose dans sa langue étrange, danse un instant comme s'il était pris de transe, et passe l'air de rien en nous frôlant de ses plumes. Si elle ne supporte plus ses facéties, si ce n'est que ça qui la tourmente, il faut déménager, partir d'ici, vivre sur une autre île – les paysages de celle-ci sont d'un morne ! Elle dit qu'elle ne peut pas – et puis que s'*ils* reviennent, *ils* épargneront les petits vieux, les petites vieilles comme elle. C'est à cet instant que parmi les cris des goélands on entend des hurlements, des hennissements – des cravaches claquent, des sabots galopent sur la terre craquelée, de la poussière s'élève dans l'air. Avec la vieille dame, nous sommes à bord d'une calèche dont on a verrouillé les portières et les vitres de plexiglas qui – bizarre, bizarre – sont automatiques, et ce ne sont pas des chevaux qui nous foncent dessus, c'est un troupeau de zèbres qu'éperonnent des figures bigarrées – shakos de hussards ? cimiers de dragons ? hauberts de croisés ? lances d'uhlans ? moustaches de cosaques ? pantalons de zouaves ? Une très longue cape blanche flotte et s'effiloche dans leur sillage, vaste oriflamme ou linceul cinglant l'air, une mare écarlate s'étend sous les pas de leurs palefrois, dans cette mare on se sent déjà piétiné, vagissant de douleur – sur les flancs zébrés des montures, marqués au fer rouge, se dessine un N ou un Z...

CE QUE DIT LA NUIT

... un de nos assaillants brandit un foudre barbelé, penche sur nous sa moustache menaçante et son sourcil grimaçant, fracasse le plexiglas de la calèche et m'alpague – je me réveille en sursaut, trempé de sueur, marche à quatre pattes sous la tente, le sol entier vibre du boum-boum-boum furibond de la *Beach Party*, je chasse une phalène qui s'est glissée là malgré la moustiquaire, je m'extirpe de la tente, manque de tomber en trébuchant contre une sardine, tire sur la fermeture éclair, la source de mon cauchemar se reforme bribe par bribe avec une netteté quasi photographique, et c'est d'abord l'image d'une plaque de bronze ou de laiton portant l'inscription

THE GREAT CHORAL SYNAGOGUE WAS
BUILT IN 1871.
NAZIS BURNED DOWN THE
SYNAGOGUE ON JULY 4, 1941.
HUNDREDS OF JEWS DIED IN FLAMES.

et à la place de *nazis*, je vois gravé *WE WE WE burned down the synagogue*, et avec cette image se réveille l'écho d'une voix qui me dit – c'est faux ce qui est écrit là, vous entendez, c'est faux faux faux, ce ne sont pas non ce ne sont pas les nazis qui ont mis le feu à la synagogue, les nazis nazis nazis n'ont fait que donner les ordres, accepter les propositions, les milices s'étaient formées spontanément, avant même l'arrivée des Nazis, ils raflaient des familles entières dans les environs, ils interpelaient des passants dans la rue, ils les conduisaient dans la synagogue soigneusement fermée pour les brûler vif avec les trois cents Juifs qui s'y étaient réfugiés, puis ce fut le tour de toutes les autres synagogues, sauf celle de la vieille ville qui fut épargnée pour éviter que les flammes ne ravagent les monuments historiques, quand vous pensez que ces gens-là défilent tranquillement tous les ans, tous les 16 mars, en plein centre ville, et qu'ils s'agenouillent et qu'ils déposent des fleurs sur le monument pour lequel le peuple entier s'est saigné... non non non, si vous montrez un jour cette photo, n'oubliez pas de préciser ça, d'ailleurs si je m'en souviens bien c'est écrit dans le livre de Raul Hilberg, vous avez lu Raul Hilberg ? et cette explication est suivie dans ma mémoire d'un nom qui se répète, le nom Zukurs Zukurs Zukurs – c'était le jour de Pourim, au moment du dessert, Mme Zefer avait parlé d'un projet de film pour la télévision locale, un projet de film sur un dénommé Zukurs, oui, un type qu'un agent du Mossad, après l'avoir filé des années durant, devait assassiner au Brésil où il s'était réfugié – ce Zukurs, ça veut dire *sucre* avait précisé la vieille dame et comment oublier sa grimace à ce moment-là ? – ce Zukurs que son mari avait connu à l'université – ce Zukurs, hein Andreï, et Andreï, le mari de Véra Zefer, d'opiner du chef sur son sofa cramoisi – oui, ce Zukurs avait été pendant l'entre-deux-guerres un aviateur célèbre, une sorte de héros national, un Saint-Exupéry pardon un Lindbergh, qui s'était mis en tête, après avoir planté le drapeau national sur l'île James, oh c'est une île dans l'estuaire du fleuve Gambie, l'île James, un ancien comptoir d'esclaves, puis sur l'île de Tobago, vous connaissez Tobago, eh bien c'était une ancienne colonie du grand-duché de Courlande, vous voyez, ce pays aussi a eu ses colonies, sa petite heure de gloire qui n'a pas duré plus d'un demi-siècle si ma mémoire est bonne, et pour revenir à notre Zukurs, figurez-vous qu'il s'était mis en tête de le planter sur le pôle Nord, son drapeau. À l'époque, vous savez, tous les aviateurs de tous les pays d'Europe cherchaient à l'atteindre, le pôle Nord, toute l'Europe était obsédée par le pôle Nord, c'était l'époque où prospérait l'ordre de Thulé, la *Thule Gesellschaft* du baron von Sebottendorf, cette société secrète que fréquentait le jeune Hit... Cela dit, poursuivait Mme Zefer, ce Zukurs était connu pour d'autres exploits, qui nous ramènent au temps du ghetto. Il avait obtenu des Allemands un drôle de privilège. Une fois par semaine, affublé d'une longue cape rouge sang, il montait un grand cheval blanc, et sabre au clair, il... Je n'écoutais plus, j'avais les yeux perdus là-bas, de l'autre côté de la croisée, dans la neige virevoltante de mars, qu'un bref rayon de soleil faisait étinceler ; je ruminais le relent d'ail des boulettes de viande qui revenait sous le goût de cannelle et de raisins secs, tout accaparé par l'idée qu'il ne fallait pas me curer les dents, entendant seulement : tout le monde criait Zukurs arrive, Zukurs arrive, Zukurs arrive, Zukurs arrive, Zukurs arrive, et on racontait même, je ne sais pas si c'est vrai, je ne l'ai pas vu faire, on survivait à demi terrés dans des taudis, on racontait même qu'il montait dans les dispensaires, Zukurs, et que les vouneau-v..., pardon, les nouveau-n...– là, sur ce mot, elle hésite, se reprend, balbutie, sa voix se brise. Je ne vois plus tomber la neige, ce mensonge. Je ne vois plus que le visage de la vieille dame et me perds alors dans le brouillard de ses grands yeux gris, suivant des miens les fibrilles rougies qui se ramifient en tous sens – oui, je les revois très nettement les grands yeux gris de Véra Zefer, les grands yeux gris de ma grand-mère... Assez, Samuel, arrête de ressasser ces images, ces paroles, tout ça c'est du passé, essaie de trouver une bouteille, tu as juste besoin de boire un bon coup – oui, là-bas, dépêche-toi, par ici, par là, jambes nues et pattes de chien te frôlent, des ricanements fusent de toutes parts, le jardin irradie une lueur d'aquarium, c'est déjà l'aube, la verdure vacille alentour, les arbres se dandinent telles des algues, on se prendrait pour des créatures subaquatiques, il y a toutes sortes d'obstacles sur ton chemin, les ronces s'agrippent à ton jean, puis des racines s'enchevêtrent, des troncs se dressent, tu les caresses, leur écorce se décroche par plaques, ça colle, ça sent une odeur de miel et de mer mêlés, une odeur d'été, tu as de la résine plein les doigts, tu marches au hasard, des lumignons font une farandole, une masse énorme et noire et touffue les dissimule un instant, ça doit être le gros chêne, et la petite pointe effilée qui vrille là-bas le brouillard indigo, oui, c'est le chapiteau, tu sens tes jambes buter contre une chaise, il y a des bouteilles de vin, des canettes de bière au sol, la table est dévastée, tu portes tes doigts à ta bouche, un mélange de résine et de ketchup t'agace les papilles, tu trébuches contre une bouteille de vodka, te baisses pour la ramasser, merde, elle est presque vide. Tu te relèves, marches en sens inverse, croises une bacchanale de walkyries tressées de blond, couronnées de vert, corsages blancs, jupes rouge sang, croisillons noirs, motifs floraux, cristaux de givre, flocons de neige, puis ce sont des ribambelles de diablotins gambadant en tous sens, braillant des paillardises dans des langues qui s'entrelacent – les rites idiots de la veille ne sont pas finis ! Tu poursuis ton chemin à travers les herbes hautes en direction du grand feu de bois là-bas, des gamins blondinets batifolent, te bousculent, prennent leur élan, courent en riant, bondissent par-dessus les flammes, des bras nus les applaudissent, ils sont assis sur des pierres, sur des souches, à même le sol – au creux d'une multitude de voix gronde celle que tu reconnais sur-le-champ, grave et gutturale, c'est Lothar couronné comme un roi des bois, gesticulant tel un chaman qui se découvre bientôt, deux filles blotties contre sa poitrine, leurs faces cramoisies par l'alcool et le feu se trémoussent frénétiquement sur un fond glauque, dansent dans les flammes qu'elles paraissent un instant raviver – tu as reconnu Laura et Tatiana, elles te montrent du doigt, elles rient à pleine gorge, ce sont ta tignasse hirsute et ta trogne barbouillée qui doivent les amuser et qui les saluent. Lothar raconte, agrémente ou invente une énième saga, fait des gestes exagérés pour en illustrer les grivoiseries, elles avalent ses paroles et ses gestes en émettant de petits rires mouillés, leurs seins se soulèvent dans leurs corsets, les flammes du feu de joie se reflètent dans les plis purpurins de leurs robes. Eh ! Samuel ! *What did the night say ?* glapit Tatiana. Tu ne vas pas écouter DJ Snowland ? ajoute Laura en te tendant une canette de bière ; d'une main tu prends la canette ; de l'autre tu tâtonnes à la recherche d'une pierre, d'une souche, d'une motte de terre, peu importe, où t'asseoir. Lothar a repris son récit : il était une fois une jeune sentinelle égarée tout au nord de ses rêves, qui cherche à s'éveiller, qui doit dessiner un atlas, écrire un mémorandum mais qui a perdu le fil de l'histoire... Sans attendre la suite, tu te lèves, poses au hasard la canette de bière, qui chancelle, se renverse, arrose tes jambes nues. Tu te diriges vers d'autres lumières – un chevron se détache au loin entre les pins, ça doit être le sauna. Voici la véranda sur la gauche, et des inconnus qui dansent en sautillant sur des chansons folkloriques. Contre le grand tronc d'un pin, un couple est en train de s'embrasser goulûment, on dirait Dvina dans les bras d'un type qui la dépasse d'une tête au moins ; d'un geste brusque, il ôte sa casquette kaki, il la presse vio-lemment contre lui, Dvina s'accroupit à ses genoux, le déboutonne – dans la secousse, la masse de ses cheveux bruns s'agite comme une méduse. Du sauna te parvient alors un sabir enjoué où s'entrelacent toutes sortes de langues, des jambes trouent la buée, nues, noires – Walter se retourne, ses fesses scintillantes te font face, à son rire contagieux répond un fou rire irritant, foudroyant, convulsif… Néva ! Néva ! – bras blancs et bras noirs s'élancent ensemble dans la lueur abyssale – Néva ! Néva ! – seins blancs et membre noir se balancent dans l'ivresse estivale, leurs rires ivoirins mordent la nuit d'aquarium à pleines dents. Une nouvelle bouteille de vodka ramassée dans l'herbe, tu t'échappes en titubant de ce jardin des délices…

DES FEMMES FRONTIÈRES

À mesure que tu avances sur le chemin que tu ne reconnais toujours pas, les cris et les rires se dissipent et te rendent à ton demi-sommeil, à ton ivresse ou, comment savoir, à ton rêve. Tu marches au hasard et seul te guide l'espoir que le chemin que tu as pris ne mène pas à la *Beach Party,* car on voit poindre l'aube à l'horizon et tu crois te souvenir que la plage se situe au couchant. Sur ce chemin tu aperçois bientôt une jeune fille qui s'avance, une inconnue. Elle n'est pas comme les autres filles accoutrée d'oripeaux d'antan : elle porte un maillot jaune en haillons et sa jupe noire est déchirée. Elle est maigre. Elle est rousse. Elle est pâle. Elle est seule. Elle a les cheveux courts, très courts. Elle frissonne. Des gouttes perlent le long de sa nuque rase sur ses épaules nues. Tu cherches son regard, tu cherches une contenance – tu sens qu'elle a vu que tu tiens à peine debout, tu crains qu'elle ne t'évite. Elle a compris que tu souhaites l'approcher, lui parler. Elle sort une cigarette de son paquet, te demande si tu as du feu. Tu lui tends ton briquet d'une main en dissi-mulant de l'autre, dans ton dos, la bouteille de vodka ; la flamme vacille, ne laisse aucun doute sur ton état – tu bafouilles quelque chose dans la langue du pays, la flamme éclaire des lèvres d'un rose pâle, retroussées, la supérieure aérienne, évanescente, sous la trace de l'ange ; à la lueur du briquet, on croirait une entaille. En bredouillant la langue du pays tant bien que mal, sans savoir placer les accents, tu lui demandes son nom. Elle ne répond pas, elle n'a pas compris. Déjà, elle s'ap-prête à tracer sa route. En anglais, tu lui demandes si elle sait où mène ce chemin. Elle sourit. Ses yeux sont d'un vert farouche, des yeux ciselés de cernes ; ce sont des yeux qui s'ignorent, qui vous épient et vous fuient tour à tour, des yeux qui vous intimident, des yeux de sphinx. Ses cheveux très courts sont d'un roux vif, le clair de lune leur donne des reflets d'ambre et la brise qui monte de la mer les ébouriffe sur son front blême, biffant un instant tout cet air inquiet, grave, androgyne. Les sourcils sont d'un roux blond, le menton rond, légèrement fendu, et, perchées là-haut, les pommettes se plissent sur des joues constellées de taches de rous-seur – celle de gauche est paraphée à la commissure des lèvres d'un grain de beauté.

Tu lui demandes d'où elle vient, quel est son nom. D'un index appliqué sur ses lèvres pâles, elle t'intime l'ordre de te taire. Puis, d'un geste vague, elle se contente de balayer l'air en direction de la pinède, d'où semblerait venir le raffut de la fête, et le feu follet de sa cigarette fait quelques tours dans l'aube indigo, avant de revenir se poser sur son visage auprès du grain de beauté. Soufflant sa première bouffée de fumée, elle secoue la tête en arrière, tu reçois quelques gouttes, tu t'essuies le bout du nez, ça l'amuse, elle se penche, fait mine de vouloir t'embrasser et t'arrache en souriant la bouteille des mains. Elle dévisse le bouchon, renifle le goulot, esquisse une grimace, jette bouteille et bouchon dans le fossé, reprend sa route. Tu lui demandes où elle va. Elle ouvre la bouche, enfin, et tu écoutes le va-et-vient des consonnes, des voyelles, sur ses lèvres, sans réaliser que c'est en français qu'elle parle, avec une pointe de moquerie dans la voix – disant que si tu peux mettre un pied devant l'autre, tu n'as qu'à la suivre. Pour aller où ? Elle a une surprise pour toi, dit-elle, dans un français chantant. Marchant côte à côte, vous sortez de la pinède, traversez une petite dune, tu te déchausses, prends tes espadrilles à la main, elle est pieds nus, elle court, revient vers toi, s'éloigne, reparaît, pendant que vous débouchez sur une grève de galets qui glissent sous vos pieds de petites boules froides. Elle marche plusieurs longueurs devant toi en se servant de ses bras comme d'un balancier, tu vois l'aurore se lever, tapisser d'été sa peau pâle. Tu as le vertige. Après quelques pas sur la grève de galets, tu dérapes – te retrouves les quatre fers en l'air. Elle se retourne, rit en te tendant la main, une main longue – ses doigts très fins, très agiles.

En te relevant, tu tentes de l'étreindre, elle se dérobe en riant, tu insistes, elle te repousse violemment, te serre vigoureusement la main. Tu lui demandes quel est son nom. Elle ne répond pas, dans un premier temps, puis se retourne et dit d'une voix enrouée : qu'importe mon nom ? Patience, tu me reconnaîtras bientôt ! Décontenancé par cette réponse irréelle, tu te demandes si tu rêves et sinon, comment se fait-il qu'elle parle ta langue maternelle avec une telle aisance ? Et comme elle ne répond rien, tu lui dis, histoire de la faire parler, que tu n'as jamais vu de cheveux si roux, jamais vu d'yeux si verts. D'où viennent-ils, ces yeux, ces cheveux ? Elle ne répond toujours pas. Tu lui dis que tu trouves beau son pays, belle cette presqu'île, splendide cette dune au pied de laquelle vous marchez. À ces mots, elle répond en pointant du doigt le ciel où brille encore l'étoile polaire : quel pays ? Mais je ne suis pas d'ici, je viens de l'autre côté ! Et comme tu ne la crois pas, tu lui demandes comment elle a bien pu franchir la frontière – alors elle te montre sa jupe déchirée, ses paumes égratignées, et tu vois qu'il y a des traces de sang sur ses mollets. Elle a marché plusieurs jours et plusieurs nuits pour parvenir jusqu'ici, dit-elle. Seulement, la frontière qu'elle a franchie n'est pas une simple ligne, ce n'est pas d'un autre pays qu'elle vient, mais d'un autre monde. La tirade est ponctuée par une mouette, qui fait pleuvoir sur vos têtes une cascade de sanglots moqueurs.

Entre-temps, une réplique t'est venue à l'esprit ; tu n'as pas le temps de dire un seul mot qu'elle t'interrompt d'une voix enrouée : tais-toi. Suis-moi. Ne te retourne pas. Ne me lâche pas la main.

Tandis que vous avancez sur la grève de galets, la main dans la main, bras tendus vers les lueurs de l'aurore, tu t'aperçois que tu ne reconnais pas le paysage de la veille. Où êtes-vous ? On croirait que vous avez suivi la trajectoire du soleil et que vous voilà transportés de l'autre côté de la mer. À la place de la dune gravie la veille, à la place de la plage où l'on jouait au croquet, se dessinent de très hauts pitons rocheux. Ils surgissent de l'eau, grossissent, grimpent les uns sur les autres et se dressent, véritable armée d'ours ou d'orques venus de la rive opposée qui s'animent sous vos yeux, casqués de grès, de gneiss ou de granit. Bientôt vous êtes assaillis par ces fantassins biscornus, et les poses qu'ils prennent, les allures que leur donne la lune, sont tour à tour inquiétantes, suspicieuses, hautaines, bienveillantes. Ces poses, ces allures, ton guide se met à les commenter – toi, pris d'un hoquet que tu dissimules mal, tu t'agenouilles au pied du premier roc venu. Elle continue de parler et ne voit pas que tu es sur le point de vomir. Tu fais tout pour te retenir et, dans cet effort sur toi-même, tu entends sa voix aller et venir, parmi les cris répétés des mouettes et la clameur de la mer. Elle va d'un roc à l'autre. Sa voix va et vient, se mêle aux voix de la marée, raconte une légende des confins. Des vierges chasseresses d'ours, dit cette voix, décident un beau jour de débarrasser la presqu'île infestée de ces créatures sanguinaires. Elles les poussent vers le rivage. Là les attend la mer, qui se sert de flèches de glace. Elle en décoche toute une volée ; les ours sont sur-le-champ pétrifiés. Ces ours pétrifiés, ce sont les pitons de pierre que vous avez sous les yeux. Ils n'hibernent plus, ne chassent plus, ne vivent plus, mais se souviennent indéfiniment de leur vie passée et, soumis au rythme des saisons, livrés aux quatre vents, captifs des lunes et des marées, évoluant selon les alternances de la neige et du soleil, du gel et du dégel, leur corps s'érode et s'amenuise, leur face s'effrite et se désole. La nuit, on les entend murmurer, ils se remémorent, ils rêvent d'expier leurs crimes, ils ressassent leurs remords. La suite de l'histoire s'effiloche dans le ressac, la houle et les nuées. La jeune fille crie mais tu ne l'entends plus, elle est déjà trop loin. Tâtant la pierre pommelée de lichen comme on flatterait l'encolure d'un cheval, elle grimpe sur un rocher, t'enjoint de la suivre. Tu la laisses faire, bredouilles que tu ne te sens pas très bien – d'ailleurs, il faut qu'elle descende immédiatement, elle risque de se rompre les os mais tu as beau crier, elle ne t'entend pas, la brise marine s'est levée, tes paroles sont hachées par des hoquets et des relents de vodka ; les doigts agrippés à la roche, tu te tords en tous sens sous les effets de l'alcool ingurgité, apercevant au loin la jeune fille qui se suspend à la pierre. Elle tâtonne une prise de son pied nu, la brise marine fait voleter sa jupe, dévoile un instant ses fesses. Il lui faut peu de temps pour se retrouver juchée sur le rocher. À califourchon, elle s'assoit là-haut et fait mine de piquer de l'éperon – on croirait que la pierre s'anime entre les jambes de cette jeune fille étrangère, inconnue, venue d'un autre monde, imprénommée. Tu te redresses, elle saute au bas du rocher, ses petits seins blancs tressaillent, leurs tétons pointus sont d'un rose pâle. Puis vous reprenez votre chemin sur les galets, tu te retournes, les rochers se sont effacés, devant vous s'étend la plage de la veille, qui paraît bleuâtre et bruire de tous ses grains sous la cadence saccadée, de plus en plus insistante, de la *Beach Party*. Tu retrouves peu à peu tes sens et tout te porte à croire que tu ne rêves plus, que vous reprenez pied sur le réel. Tu lèves la tête. Le ciel lie-de-vin est balafré de part en part de jets de lumières psychédéliques. Les nuages dérivent du couchant, s'amassent à présent vers la dune, se teintent de nuances menaçantes.

Sous l'ombre immense de la dune, qui grandit à chacun de vos pas, et qui, pour de bon, a l'air d'un monstre échoué, vous longez à présent la mer dont on perçoit mieux, malgré le vacarme effréné de la fête, le triste ressac. Une odeur âcre te parvient avec ce ressac et te rappelle à ta nausée. Tu demandes à ton guide s'il s'agit de l'ambre. Elle rit et te répond : qui t'a raconté que l'ambre a une odeur ? Comment peut-on croire des sornettes pareilles ? Non, l'ambre n'a pas d'odeur, cette odeur de pourriture, c'est le varech. Si tu es sage, si tu acceptes de me suivre, je te raconterai la vraie légende de l'ambre.

En attendant, tu lui demandes ce qu'elle pense de tout ce tohu-bohu, de cette damnée *Beach Party*. Elle te répond qu'elle n'y prête pas attention, c'est l'écho de la mer qu'elle écoute. Pourtant, le boucan, son amble endiablé, ne peut s'ignorer – on voit bientôt, là-bas, à l'autre bout de la plage, le podium crénelé de projecteurs et d'affiches publicitaires ; les chapiteaux bariolés dressent leurs pointes vers le ciel ; on croirait un campement de tentes romaines ; les ombres casquettées qui vont et viennent d'une tente à l'autre avec leur canette de bière ont des airs de légionnaires. De nouveau, tu demandes à ton guide où vous allez, si vous pouvez vous éloigner, par pitié, de ce pandémonium.

Son index sur la trace de l'ange, elle te fait signe de te taire.

Des ombres se dirigent vers vous. Ce sont deux adolescents – deux garçons ? un garçon et une fille ? des jumeaux ? Impossible de trancher : mêmes cheveux longs et blonds, peau livide, casquettes militaires bien enfoncées sur le nez, visages à moitié masqués, clope au bec. L'un d'eux vous demande du feu, tu lui tends ton briquet. Sans mot dire, ils s'éloignent dans la fumée de leur cigarette. Et comme tu as l'air ahuri par des manières si frustes, la jeune fille en riant te prend la main, t'emmène en courant vers la dune. Oui mais c'est la frontière, là-bas, on ne peut pas aller plus loin, dis-tu. Elle rit. Tu as peur des frontières ? Laisse-moi te raconter une nouvelle légende des confins, dit-elle en traçant, dans le sable, de la pointe du pied, des signes qu'elle efface aussitôt. C'est l'histoire d'une ville frontière peuplée de femmes frontières qu'assiège une armée d'ours. Comme la ville a souffert de nombreuses pertes, car ses murailles sont faites de sable et les ours la bombardent de rochers, les prêtresses invoquent Perké, la déesse de la foudre, et l'implorent de sauver la ville ; alors, Perké frappe la cité de son sceptre torsadé, ses murailles se désagrègent et se répandent au fond d'une lagune, qui s'ouvre entre des dunes. L'armée d'ours se retire, apeurée à la vue des flots, ignorant que la ville ensevelie subsiste invisible, que des femmes frontières ont survécu, ce sont dorénavant des ondines, qui perpétuent leur race hybride en puisant leurs forces dans la mer à laquelle tout un dédale de chenaux souterrains relie la lagune. Le seul témoignage de leur existence antérieure sont les pépites d'ambre que la mer recrache sur la plage ; oui, l'ambre jaune, dit la jeune fille, serait selon certaines versions leur semence ; selon d'autres versions, l'ambre jaune serait la sueur, les larmes et le sang versés le jour du siège, fossilisés par le gel, polis par la mer.

Viens, dit-elle, je vais te montrer cette cité transfrontalière.

C'est en vous agrippant aux touffes de joncs que vous vous enfoncez dans le sable, à clair de lune ou de dune, tant l'une et l'autre rivalisent de pâleur. Le tapage de la plage s'évanouit pas à pas. Alors que vous avez du sable à mi-mollets, tu quêtes la main de la jeune fille – elle hâte le pas, t'échappe, le soleil levant éclaire sa nuque, sa jupe noire effleure les tiges de joncs, les pans de son maillot jaune bâillent dans la brise, tu aperçois sur ses hanches des entailles, du sang séché s'écaille au creux de ses mollets blancs. En courant tu la suis un instant, mais tout ce sable a tôt fait de t'essouffler et tu finis par ralentir le pas. Elle est déjà loin, elle te hèle en faisant de grands gestes. Puis elle t'attend. Bras croisés. Front boudeur.

Une fois contourné le sommet de la dune, vous marchez de nouveau côte à côte, sous les cris des mouettes, dans les commissures du sable, qui retrouve sa couleur ocre aux lueurs de l'aurore. Le vertige, le hoquet, la nausée, ont reflué. Désormais, tu es certain que tout ça est réel, réelle cette dune, réel ce pays, réelle cette jeune fille, réelle cette histoire – non, tu ne rêves pas, Samuel, au contraire, il te faut lutter contre le sommeil et le froid qui t'engourdissent. Lutter contre la soif, aussi

– tout ce Sahara minuscule qui vous entoure te rappelles
que tu as la bouche affreusement sèche. Tu supplies ton
guide de faire une pause, histoire de souffler, et qu'elle
te révèle enfin, par pitié, où elle t'emmène.

Viens, dit-elle, je vais te montrer la vraie frontière.

Vous voici parvenus au haut d'un monticule duquel
on voit la lagune et que surplombe la frontière de plus
en plus nette, là-bas, entre la dune verdoyante et la
dune encore nue. Soudain, derrière des genêts en fleurs,
la jeune fille s'allonge dans le sable – on peut souffler
ici, si tu veux, avec un peu de chance, on devrait bientôt
voir se dresser à l'horizon la vraie frontière, et de l'autre
côté de la vraie frontière, la ville dont je t'ai parlé. Tu
te penches alors vers elle et tu l'entends te chuchoter à
l'oreille de bien prendre garde que la ville invisible,
comme la fleur de fougère, ne se révèle pas au commun
des mortels mais seulement aux âmes ferventes qui désirent ardemment la voir, qui désirent ardemment l'entendre, car il arrive qu'elle se dérobe à la plus affûtée
des vues, ou que se perçoive à peine, à défaut du reflet
de ses coupoles, le bourdon d'une cloche, le bruisse-
ment d'un if, le murmure d'une ondine – aussi faut-il
faire silence, tendre les oreilles, ouvrir grand les yeux.

Tu prêtes l'oreille. Tu n'entends rien. Pas même le
bruit de la fête. Tu écarquilles autant que la fatigue te
le permet ces yeux qui te démangent, tu ne vois rien –
le temps est à l'orage, la lagune couleur de plomb, mais
voici qu'au loin brille un petit vaisseau de guerre, genre
aviso. Tu le montres du doigt : un pavillon blanc bleu
rouge indique qu'il s'agit d'une patrouille russe.

La jeune fille te fait signe de te lever. C'est alors que tu remarques, à main gauche, là-bas, que la dune est entaillée par deux V – fossés ? failles ? ravins ? – dont les flancs sont plus abrupts, plus sombres que ceux des autres déclivités. Tu te rappelles que ces deux V t'ont intrigué, déjà, la veille. Tu les désignes à ton guide. Histoire d'avoir le cœur net, tu vas voir ce qui se trouve au fond de ce ravin. Attends-moi, lui dis-tu, au moment où des images t'assaillent, des images de femmes et d'enfants qui se déshabillent entre des dunes, que des haies de fusils mettent en joue, et tu revois les bottes noires, les culottes de cheval, les vareuses vertes, les casquettes à tête de mort, car tu te souviens soudain quelle était la destination de ces dunes pendant la guerre, car tu te souviens soudain de qui elles sont la tombe. Une fois là-bas, sur le rebord du ravin, tu hèles la jeune fille en faisant de grands signes paniqués des bras. Elle te rejoint. Voit de ses yeux ce qui t'effraie : au fond du ravin se trouve un petit tas d'ambre et d'os blancs comme neige.

RUSIJA

Qu'est-ce qui t'a réveillé ? La chaleur ? La moiteur ? Un air de matin gras, une odeur de renfermé ? Est-ce le rayon de lumière qui filtre à travers les carreaux sales et t'aveugle au point que, d'instinct, tu te frottes les yeux ? Où es-tu ? Qu'est-ce que tu fais ici ? Qui sont ces gens ? Quelle heure est-il ? Pourquoi n'es-tu pas en train de dormir sous la tente ? Où s'est enfuie l'inconnue au bras de laquelle tu marchais à l'instant sur la dune ? Le cottage dort et ronfle à qui mieux mieux, et l'on se croirait sur un drôle de radeau échoué – corps enchevêtrés, matelas chamboulés. Tu te lèves, enjambes des paumes culbutées, des cuisses ébouriffées, des joues rougies et striées, des plantes de pied béates, des duvets de poils et de plumes, des lèvres remuant dans le vide, des orteils qui mordillent des nuques, des bras blancs qui chevauchent des mollets noirs, des poignets qui se prennent pour des chevilles, du brun et du blond qui tirent sur le roux, des veines gonflées de réel, des rêves hirsutes, des broussailles de songe et de mensonge, des strates et des strates de cauchemars, des contes et des légendes, des faits oubliés ou niés, des désirs inachevés. Puis tu pousses la porte qui grince allègrement sur ses gonds, sors dans la rosée du matin, te diriges vers le sauna – tu as remarqué la veille qu'une bicyclette se tient à l'angle du mur de rondins. C'est une vieille bicyclette hollandaise, noire, son guidon renversé. Elle est couverte de toiles d'araignée, ses jantes sont constellées de rouille, son cadre bosselé, le cuir de sa selle éventré. Par bonheur, les pneus ne sont pas crevés. La chaîne est rouillée mais n'a pas l'air déraillée. Tu relèves l'engin, le secoues, l'essuies d'un revers de main. Puis tu montes en selle, tâtonnes de la pointe des pieds les pédales branlantes – aussitôt les manivelles, le dérailleur, la chaîne, répondent dans un bruit de ferraille antédiluvien, une dynamo fait entendre son râle de vétéran. Tu empruntes le sentier qui passe sous la dune et s'enfonce dans la pinède. Tu as la ferme intention – pure curiosité, puisque tu sais que tu ne pourras la franchir sans visa – de pédaler jusqu'à la frontière. À l'angle d'une route bitumée, le panneau fléché => RUSIJA t'indique la direction.

Tu pédales comme un forcené, sur cette route bitumée, dans cette lumière ambrée et, craignant ou rêvant de croiser une harde d'élans, tu épies les moindres rumeurs de cette verdure maritime, crois voir passer mille fois des ramures qui ne sont que des branches de bouleaux torturées par la foudre, et tu vois bientôt pointer une antenne métallique et grossir le halo rouge d'un mur de briques. La frontière, déjà ? Non, ce n'est que l'ancienne base militaire, tu dois faire fausse route.

Alors tu feras demi-tour et pédaleras comme un forcené, repenseras à ton mémorandum avorté, imagineras la frontière à l'horizon. Mirage intérieur et lointain où se mêleront des images d'archive et les souvenirs de tes errances à travers l'Europe, tu verras venir l'hiver et se dresser tout l'attirail des guerres froides. Drapeaux, radars, barbelés, guérites, miradors, réflecteurs, douaniers, flics, bergers allemands… tandis que de vieilles veuves, fichus noués sous un soleil de plomb, regards hébétés, gestes las, fronts ridés, clopineront sous les pancartes *non-EU-citizens*, clopineront sous les douze étoiles d'or, dans le bleu de la nuit. La nouvelle frontière de l'Europe ! *Notre* frontière ! Et derrière toi, derrière nous, derrière vous, à quelques encablures à peine de sa promesse de printemps, se colmatera cette brèche ouverte il y a vingt ans...

TABLE

Mes remerciements à Tristan Jordis.

Mise en pages PCA
44400 Rezé

Achevé d'imprimer en mars 2014
sur les presses de Normandie Roto Impression s.a.s.
à Lonrai (Orne)
pour le compte des Éditions Payot & Rivages
106, bd Saint-Germain — 75006 Paris
N° d'impression : 1400917
Dépôt légal : mars 2014

Imprimé en France